北障

老藤 著

CNS 湖南文艺出版社

图书在版编目（CIP）数据

北障 / 老藤著. -- 长沙 : 湖南文艺出版社,
2022.2（2023.8重印）
ISBN 978-7-5726-0441-6

Ⅰ. ①北… Ⅱ. ①老… Ⅲ. ①长篇小说—中国—当代
Ⅳ. ① I247.5

中国版本图书馆 CIP 数据核字（2021）第 220446 号

北障

BEIZHANG

老 藤 / 著

出 版 人　陈新文
责任编辑　汤亚竹　张文爽
责任校对　刘　波
书籍设计　肖睿子

出版发行　湖南文艺出版社
（长沙市雨花区东二环一段 508 号　邮编：410014）
网　　址　http://www.hnwy.net
印　　刷　山东蓝彩天下教育科技有限公司
经　　销　新华书店
开　　本　710 mm×1000 mm　1/16
印　　张　17.25
字　　数　248 千字
版　　次　2022 年 2 月第 1 版
印　　次　2023 年 8 月第 2 次印刷
书　　号　ISBN 978-7-5726-0441-6
定　　价　42.00 元

目录 contents

黑龙江省山为北障，山之大者曰内、外兴安岭。内岭环卫诸城，外岭限俄罗斯，冈峦起伏，联络群山，诸水多出其下。

——〔清〕西清《黑龙江外记》

1

第一章

金虎知道胡所长已设好圈套等着自己往里钻，一旦自己中招，胡所长当三林区猎手终结者的春秋大梦就会实现。胡所长甫任三林区派出所所长就撂下话：要当三林区猎手终结者。三林区是个出猎手的地方，民风硬朗，擅耍刀枪。居民大都是驿站人后裔，驿站人的彪悍已经融入血液中。虽驿站已经消失了百余年，但这份血性犹在。历史上北障有两条驿路，驿站人除了确保驿路通畅外，狩猎养马这一副业几乎与主业并行，保驿路就要驱野狼，驱野狼就离不开好马，这条生产生活链是扯不断的。驿路荒废后，官马不再养，但猎却一直打，一直延续到国营林场时期。后来其他地方禁止狩猎，唯有三林区因其特殊历史原因，禁猎政策并未一步到位，而是像扎口袋一样一点点收紧，到了胡所长这一任，就完全将口扎死了。胡所长上任不到一个月，派出所就张贴出收缴民间枪支的公告，林场的有线电视对公告内容做了滚动播出，播出的宣传语像山枣刺一样扎人：今天不交枪，明天进班房。谁都知道班房就是笆篱子，那可不是人待的地方，于是猎手们感叹，好日子算是到了尽头。

金虎一直在静观其变，他拿不准事情有没有转机。三林区五大猎手之首刘大牙来金虎家表过态：我们不看公告，哥爷们就看你一枪飙，你交我们就交，你留我们就留，他胡所长总不能把我们都塞进班房吧。五大猎手是金虎死党，也是三林区猎手中的骨干。三林区猎手遇事喜欢抱团，五大猎手起到了四梁八柱的作用。

刘大牙之所以说哥爷们，是因为五大猎手差着辈。与金虎年纪相仿的是刘大牙、宋老三和李库，两个低一辈的是唐胖子和冯麻秆。这话说了没到一星期，刘大牙把枪交了。刘大牙长着一脸恰似波斯人的络腮胡须，两只外凸的金鱼眼。他话特多，如果金虎不在场，众人堆里他一定是主角，但是只要金虎一露脸，他就会闭嘴。刘大牙以胆子大著称，曾经独自一人抱着猎枪在坟地里蹲过一整夜，只是为了和人打赌，那次打赌他赢了，赢了一盒子弹，同时也赚了个“刘大胆”的绰号。刘大牙蹲了一夜的那片坟地是古道边的驿站老茔，墓碑都是黑乎乎的，白桦树上筑着几个老鸹窝，月黑夜里，鬼火荧荧中不时传来几声老鸹的叫声，让人心惊胆战。能在那里蹲上一夜没胆量不行，从康熙年间开始，站上人的列祖列宗都睡在那里。谁也没想到这样一个鬼都不惧的猎手居然被胡所长一张告示给镇住了，带头乖乖把猎枪交到了派出所。据说刘大牙交枪的时候说，那张告示像道士画的符咒，让他爷爷不得安睡。他已经盘算好，枪可以交，猎手的名字还得用，交枪后他要开个猎人棋牌室，这种生意离不开派出所关照。胡所长在表扬了刘大牙识大体、明法规之后告诉他，别说叫猎人棋牌室，就是叫将军棋牌室也没问题，这事派出所不管，只要经营不违法。刘大牙交枪前给金虎打了个电话，说对不住了金哥，我要改行开棋牌室，枪留着没啥用，送给胡所长算了。金虎说你的枪你说了算，就是送给收废品的也没人管。

第二个交枪的是宋老三。宋老三是练家子，家传硬气功本事十分了得，有空就喜欢和别人切磋。宋老三有个练武的朋友在县林业局当科长，有一天来宋老三家吃饭，借着酒劲儿吓唬了他一番，说收枪规定是上头下的，不交的话要抓人罚钱，别说你会硬气功，你就是有三头六臂也不中，关到小黑屋就像老虎进了笼子，只能老老实实蜷着、趴着。宋老三问，留着当纪念品也不中吗？那位科长说肯定不中，再留就是犯罪，叫非法持有武器罪。于是宋老三便不敢再留枪，这个朋友在他眼里代表政府，政府的话不能不听。宋老三交枪那天特意来动员金虎，说金哥枪不交不中哇，胳膊拧不过大腿。金虎没有阻拦，宋老三的话没错，胳膊确实拧不过大腿。宋老三交枪时被胡所长没头没脸地训斥了一顿：“宋老三，你不打猎之后是不是想一门心思耍钱？耍钱违法知道吗？你牌桌上那点事都在我本子上记着，再耍钱就加重处罚。”宋老三说：“都是乡里乡亲的，我咋忍心赢他们的钱？”胡所长说：“赢谁的钱都不行，你别以为牌桌上的小动作我不知道，你要是不怕蹲笆篱子你就耍，看我怎么收拾你！”宋老三回来和刘大牙唠叨，你去交枪受表扬，我去交枪挨顿狗屁呲，我咋这么晦气呢！要不看他是所长，我就在他脑门上来个单掌开碑。宋老三喜欢打牌，仗着有武艺在身，牌桌上常常出老千，三林区没人和他玩，他就到别的林区或村屯玩，不时闹出点治安事件来。

第三个交枪的是李库。李库是个有花花肠子的人，和三林区唯一的饭店女老板燕子关系不明不白。李库的枪是一杆老掉牙的土铳，据李库说是曾祖父时花五十块大洋从白俄人手里买的。这杆土铳上没有标明产地，金虎曾鉴定过，认为这杆土铳原本是有字的，只不过时间太久给磨掉了，土铳来自哪个国家就成了谜。土铳虽然老，但打成群的飞禽却好用，一铳放出去最多打到过十几只沙半鸡。沙半鸡比飞龙还小，用口径枪打不划算，李库的土铳最好用。李库打飞禽不装霰弹，而是填一枪管大粒盐，这样即使打中了飞禽也不影响肉质，如果用了铁砂、铅弹，打下来的飞禽肉就不好吃了。李库打的飞龙、野鸡、斑鸠、鹌鹑等都悄悄送到了燕子饭店。燕子是个见了男人就笑的女人，唯独见了李库会怒目相视，其中有啥猫腻没人搞得清。但因为土铳不上档次，李库虽在五大猎手之列，但没啥话语权。李库将那杆老土铳交到派出所，胡所长掂量着土铳惊讶地说，这是出土文物吗？放起来炸膛咋办？李库说，没事儿，要不我给你放一铳试试？胡所长就真让他放一铳。他们在派出所后院一棵大杨树下试铳，恰好杨树上有一群家雀在叽叽喳喳叫个不停。李库装药填砂，对着树冠就是一铳，这一铳竟然打下了三只麻雀。胡所长脸色大变，说让你试试你干吗打麻雀？李库说不打个东西怎么证明这铳好用。胡所长说麻雀也是受保护的，打不得。

两个年轻猎手是冯麻秆和唐胖子。冯麻秆当过兵，身材细高，有两条丹顶鹤一样的长腿，他打猎瘾头大，喜欢磨着金虎讲打猎的故事。冯麻秆的长处是骑马，他骑马不用马鞍，两条长腿像带弹性的夹子会箍住马肚子。他是五大猎手中唯一骑马的。他家里有匹黑鬃马，是从部队马场撤编时低价买的，这匹马会自己卧倒，除了主人外不许别人靠近。冯麻秆在外好打抱不平，在内却是有名的“妻管严”，媳妇吼一声就会像病猫一样眯着。

唐胖子是个喜欢摆点谱的年轻人，平时一副电影大片里西部牛仔装束。因为身材矮胖，那顶礼帽戴在头上更加降低了身高。他枪法不错，打固定目标很有把握，对外自称是一枪飙的关门弟子。唐胖子的猎枪最贵，是双筒，美国造，五大猎手聚会的时候，他从来不带子弹，因为怕别人拿过去试枪过瘾。两个年轻猎手关系比较密切，看到刘大牙、宋老三和李库都能装孙子，便觉得自己更没有咬钢嚼铁的必要，便主动到派出所把枪交了。胡所长看到冯麻秆和唐胖子来交枪，这俩人一高一矮、一瘦一胖挺般配，便把他俩叫到办公室，问愿不愿意留在所里干。两人相互看了一眼，不知道胡所长啥意思。胡所长用右手食指敲敲桌面道，到所里来当辅警呀，像六子那样，一个月两千多块呢！六子也是金虎的徒弟，六子只是喜欢枪，对各种猎枪如数家珍，但自己从来不打猎，这是六子妈从小教育他不许杀生的结果。胡所长来上任的路上，吉普车陷在翻浆的土路上。六子开着小四轮外出拉化肥，恰好遇到胡所长和司机正吭哧瘪肚铲土垫轮胎，便停下车，拴上绳子把吉普车拖出了泥坑。胡所长和司机并没有要求六子拉车，是六子主动帮忙，这件事给胡所长留下了好印象。胡所长上任后打听六子，知道六子爹是个伐木工，六子妈是个接生婆，在三林区口碑不错，便招六子到派出所当了一名辅警。穿上辅警制服的六子走在街上，让同龄人羡慕不已，很多人分不出是正式民警还是辅警，制服看上去都差不多。唐胖子和冯麻秆听说能像六子一样到派出所来当辅警，心里像灌了蜜，二话没说就应允下来。这样，交了枪的冯麻秆和唐胖子成了派出所辅警，等于从一个阵营忽然跳到另一个阵营。唐胖子和冯麻秆来向金虎报告，金虎说三林区派出所是林业派出所，主业是看护北障森林，辅警这个职业是正事，可以保护老祖宗留下的这片山林。

其实，金虎与五大猎手的关系并不是紧密型的，虽然一年四季猎手们都要进山搞几次活动，但这种活动已经没有了旧时狩猎的实质内容，更多是一种纪念仪式，他们需要用这种狩猎仪式来宣示自己是站上人的后裔。这些仪式一般会打几只野鸡、野兔，撵撵落单的狍子，在草地上搞一次野餐。每年度猎手活动的高潮是赛枪，第一名会得到林区工会主席奖励的一双高鞠皮靴，猎手们称之为金靴奖。赛枪时金虎不参加，而是担任裁判长，谁都知道若是一枪飙参赛，冠军不会旁落他人。刘大牙等五大猎手都获得过年度冠军，这是他们最感到自豪的荣誉。

现在，五大猎手的枪都交了，金虎被一种落寞的情绪笼罩着，像一个没有士兵的光杆司令，尝到了四面楚歌的意味。

金虎通过六子知道，五大猎手之所以交枪，是胡所长给他们分别打了电话，电话语气挺重，毫无商量余地，有点最后通牒的意思。但不知什么原因，胡所长单单没给金虎打电话。金虎希望胡所长能来个电话，那样的话他就不用这么绷着了。

于是他怀疑这是胡所长故意做扣，是专门给他定制了圈套。

决不能中他的圈套，金虎想，红箭该交就交，不给胡所长留把柄。

红箭不是箭，是陪伴金虎多年的一杆小口径猎枪，仿苏制TOZ-8型，射击精度极佳，北安庆华厂的名牌产品。红箭是金虎的心肝宝贝，之所以迟迟不交，是那种割肉的感觉实在受不住，没了红箭，金虎还是一枪飙吗？他甚至怀疑起自己的未来，眼看着猎物在面前奔跑，而自己却两手空空一筹莫展，那将是一种多么难过的感受。

金虎的猎枪之所以取名红箭，是因为枪龄较长，梨木枪托有了层厚厚的包浆，透出暗红的木纹，像凝固的血丝，又像锈蚀的箭镞，“红箭”这个名字，意思是带血的箭。在金虎眼里，红箭不是一支枪，而是一个懂他心事的老友，是须臾不可分离的伴侣。

上交枪支公告截止时间在一天天逼近。金虎迟迟没有动，他不知道自己在等什么，政策不是裤腰带，说解就解，禁止民间持枪已经不是禁猎这么简单，是社会治安大势所趋，想想看，十几亿人口的大国如果任由枪支泛滥，治安状况能好吗？他坐在家里一遍遍用鹿皮拭擦红箭，每擦一次都感到红箭亮了不少。擦枪如同洗脸，是他每天必做的功课，不管红箭用不用，每天都要擦，而且边擦边和它说话，至于说了些什么他自己也记不住，他只知道红箭能听懂自己的话。因为打猎大都在冬季，林区大多猎手在夏季会将猎枪打上黄油封好搁置起来。金虎不这样做，红箭是贴心知己，打入冷宫怎么行？猎手只有对枪上心，关键时刻枪才会给你争脸，使枪现用现擦和做人现用现交一样，都是一锤子买卖，要不得。三林区有个老猎手，夏季会给猎枪打上蓖麻油用油布封起来，觉得这是爱枪的体现。

有一年，入冬启封用枪，进山后却发现枪怎么也打不准，连平时十枪九准的狍子都打不中，老猎手心里纳闷儿，从山上回来就开始比比画画校枪，明明记得枪里没装弹，校枪时却突然走火，铅弹射出去把炕琴上一罐蓖麻油击得粉碎。老猎人有所感悟，枪走火单单打中了蓖麻油，这事不是很蹊跷吗？老猎手认为这是猎枪在发泄不满，便把枪擦干净后摆上香案，焚香作揖，好一顿念叨才算了事。从此以后，老猎手夏季再也不涂油封枪了。这不是故事，三林区的猎手都听说过，老猎手在世时还讲了一件擦枪走火的真事——有个人春天封了枪，入冬解封时试着扣动扳机，结果猎枪走火打中了自己的脚背，由此成了跛脚，这个跛脚的猎手活到一九六一年才去世。人们怀疑这子弹是怎么上膛的，油封了半年的猎枪能走火，令人不可思议。

派出所对辖区猎手了如指掌，谁有枪、什么牌子，所里都有底单，公告贴出去，没有谁敢隐藏不交。大家都知道胡所长是个得罪不起的狠角，与他作对没好果子吃。去交枪时个个蔫头耷脑像打了败仗，出来时每个人的眼圈都是红的，像刚刚走出殡仪馆一样沮丧。金虎的邻居苗魁也去交了枪，苗魁是交枪者中唯一神情自若的人，他新买的猎枪一次未用，就乖乖交到了派出所，好像买枪就是为了上交。金虎知道苗魁交枪有猫腻，却不想点破，心想，一个不打猎的人有枪没枪一个样，交了倒省心。苗魁是他多年邻居，两家颇多走动，苗魁和六子一样，也是他的铁粉。

金虎知道胡所长一定会在三林区猎手中掐尖，当猎手终结者不拿下一枪飙怎么当？他也明白，是一枪飙这个绰号把自己推上了风口浪尖，出头的钉子挨锤，胡所长不对自己下死手才怪。

金虎对胡所长印象并不好，尽管这个侦察连长出身的所长确实有两下子，但金虎不喜欢他。胡所长骨相峥嵘，发须皆黄，连眼珠也是黄的，这副模样怎么看怎么是凶相。四林区会看风水的姜大先生说过：目发皆黄，疑鬼疑神，悬针破印，六亲不认。胡所长就是这副德行。

胡所长和金虎有过节儿，而且是解不开的过节儿，金虎估计胡所长十有八九会利用收枪这件事做文章。胡所长关于收枪一事有什么举动，六子都会偷偷来告诉金虎。六子说胡所长已经撂下狠话：一枪飙不是三林区猎手中的老大吗？我不管什么一枪飙、两枪飙，就是猎神也得按法律办事，不服就等着事儿上见！“事儿上见”是胡所长的口头禅，胡所长一旦拎出这句话来，说明他早已胸有成竹、稳操胜券。

规定时限最后一日，离下班还有一个钟头，派出所全所七名干警都带上配枪，穿好防弹背心，边看手表边观察胡所长脸色，箭在弦上一般紧张。胡所长已经下令，下午五点钟一到，上门传唤金虎！所谓传唤，就是把人强行带回派出所，绝不是客客气气地邀请。民警知道金虎不会束手就擒，想把这个在猎手中呼风唤雨的一枪飙带回来可不是件容易事。当然，胡所长下令也有道理，因为公告期限已到，金虎手里再持有红箭就属违法，传唤金虎合乎规定。

在胡所长下传唤令之前，六子趁胡所长上厕所的当口悄悄进言，能不能给师傅宽限两天，说师傅把红箭当命根子，就让他再稀罕两天。胡所长一边提裤子一边说，别说两天，宽限两小时都不行，法律不是儿戏。六子知道所长和师傅顶上牛了，心里只能暗自为师傅祈祷。六子拜金虎为师是三林区公开的秘密，说白了六子属于追星族，在六子眼里，师傅金虎是无人超越的大英雄。

墙上石英钟的秒针在飞转，平时几乎听不到声音，现在却嗒嗒嗒清晰可辨。这秒针好像在人的神经上弹跳，让人每一条血管都变成了传感器。干警们不能不紧张，因为要传唤的金虎枪法十分了得，想打你鼻梁，不会打到额头，如果地形有利，一支小口径团灭七个警察不是没有可能，所以说这次行动的危险程度不亚于抓捕杀人犯。民警们当然还记得一件抓逃犯的事，那时胡所长还没来三林区，派出所和金虎的关系比较融洽。一天，派出所接到通知，说扎兰屯有个持枪杀人犯逃到了三林区，那是个背负两条人命的罪犯，猎手出身，有丰富的山林生存经验，更严重的是他手里有一支抢来的半自动步枪和十几发子弹。当时派出所的民警都缺乏山林抓捕经验，所长便想到了金虎，请金虎来帮忙。所长觉得对付持半自动步枪的亡命徒，靠派出所这几支五四式手枪不行，当时还没有配备微冲，真交起火来肯定吃大亏。所长说，金虎啊，猎手打豺狼与警察抓罪犯是一个道理，你就权当打一回猎，只不过这个猎物危险，有枪有子弹，还有当猎手的经验。通报中说被他杀害的两个警察都是远距离中枪，可见这家伙枪法不可小觑。金虎毫不犹豫地答应了，说抓捕罪犯他理当尽力，好猎手从来不惧野兽的狡猾，罪犯就是一头猞猁，我也要收拾它。那次，多亏了金虎出手，否则派出所警察肯定会有伤亡。警察呈散兵阵形搜山，所长在最前面，中间是五个警察，金虎端着红箭断后。在搜到菠萝河悬崖下的时候，金虎抬头发现悬崖一块巉岩上落着只苍鹰，苍鹰很紧张的样子，不时扑闪翅膀，做出要进攻的姿势。金虎叫住大家不要再往前走，然后悄悄告诉所长，罪犯很可能就藏在悬崖的某个地方。所长让大家就地隐蔽起来，仔细观察搜索悬崖断面。悬崖上长了些不老松，还有稀稀拉拉的藤萝植物，大伙观察了半天，什么也没发现。所长问金虎，你发现可疑之处了？金虎点点头，指指巉岩下端约两丈处的一个鹰巢说，你看看那个老鹰窝。所长举起望远镜仔细看了看，老鹰窝本来相当隐蔽，但因为鹰的粪便会在岩石上形成道道白痕，这便暴露了它的存在。所长没有发现什么，只看到那里有道黑乎乎的石缝。金虎没有说话，目光像钢钉一样射向老鹰窝，手中的红箭慢慢端平。所长看了他一眼，马上举起望远镜观察。忽然听到身后“砰”的一声，只见巉岩上的苍鹰腾空飞起，巉岩下的老鹰窝里一根黑乎乎的东西坠落悬崖。“是枪！”大伙惊呼道。金虎把罪犯手里的枪给打掉了。没了枪的罪犯只能束手就擒。罪犯被抓到后不解地问所长：“你们是怎么发现我的？我藏身的那个地方除了老鹰，谁也发现不了。”金虎道：“你说对了，就是老鹰给我报的信儿。”罪犯说：“你好像不是警察，你是谁？”金虎报上了自己的大名。罪犯说：“原来是大名鼎鼎的一枪飙啊，栽在你枪下，不丢人！”罪犯对民警们说：“也该你们命大，我在上面已经瞄准了，你们再往前走几步就是鬼门关。”金虎说：“本来我可以一枪取你性命，想了想还是打掉你的枪，我杀过不少猎物，不想再背负一条人命。”

警察们当然记得这件事，对付金虎这样的猎手，保不齐自己就会成为被猎杀的猎物，个个心里难免紧张。胡所长却稳得住，两腿垫在板凳上嘎嘣嘎嘣嗑榛子。嗑榛子需要一口好牙，胡所长捏起一粒榛子扔到嘴里，只听“嘎嘣”一声，然后吐出榛壳，有滋有味地咀嚼榛仁。临战之前嗑榛子，一惊一乍让周围的人像听爆竹一样心里发颤。警察们看到胡所长先前摆弄了好一会儿微冲，备了四个压满子弹的弹夹。

派出所大门临街西向，门敞开着，阳光斜照进来，灰白色水泥地面明晃晃的像块矩形荧屏。下午四点一刻，一个长长的影子一点点漫进来，在那块矩形荧屏上越来越大，最后占满了整个地面。是金虎，不仅扛着枪，还拎着一个黑色塑料袋。因为背对阳光，金虎凹凸不平的脸阴郁不清，倒是乱糟糟的头发格外惹眼。金虎把枪和塑料袋放在桌上，从塑料袋里拿出两盒没启封的子弹，然后对众人说：“都在这儿，拿去吧。”

一屋子警察都起身围过来，但没有谁去碰那支叫红箭的猎枪，好像这是一根烧红的钢条，一摸就会烫了手。这可是一杆非同凡响的枪，这杆枪的传奇足够写一本精彩的小说。警察们眼神复杂，有的用舌尖舔舔嘴唇，有的下意识地摸摸腰间的手枪，却没人说话。

胡所长站起身，扒开围观的警察，先是警惕地审视了一番金虎，然后拿起枪，熟练地拉开枪栓查看枪膛，枪膛里没有子弹，他点点头，“好枪，干净！”说完，把枪递给身边一个警察，“收起来吧，登记编号。”

六子拿过一张表格，让金虎就枪型枪号做了个登记，然后按了手印。

“没事了吧？”金虎问。

“枪交了，自然不会有事。”胡所长坐回去，用十分放松的语气对大家说，“五点了，都下班吧。”金虎明显感觉到胡所长有种泄气的意味，心想，精心设计的圈套白费了，“事儿上见”的想法落空了，不沮丧才是怪事。

胡所长和金虎的过节儿在三林区不是秘密，两人在三件事上结下了梁子。

一件事是飙枪。所谓飙枪是当地猎手说的比枪法，就像电影《智取威虎山》里杨子荣和座山雕在威虎厅比枪法一样，这是东北胡子选老大的招数，是真功夫较量。过去胡子飙枪一般是在活人头顶立个酒碗，打不准就会爆头，目的是增加飙枪的难度。胡所长到任后听说三林区有个一枪飙，就很想见识一下。胡所长在部队当过侦察连长，是全师有名的神枪手，根本没把金虎这个野路子猎手放在眼里。比枪的原因在六子。六子喜欢吹牛，他吹牛不吹自己，只吹师傅，逢人就说师傅怎么怎么厉害，一枪撂倒黑瞎子，一根麻绳能逮狼，枪法百步穿杨，没人比得了。六子对别人炫耀也就算了，胡所长上任后他当着所长的面来这套嗑，胡所长就不愿意听了：怎么？三林区还有这等人才？我倒要见识见识。于是就有了两人飙枪这件事。为了公平合理，比试分三项，步枪固定靶、步枪移动靶和手枪三十米靶，三局两胜。比试结果步枪两项金虎胜出，胡所长只赢了手枪。按规则，胡所长输了。后来六子告诉金虎，说胡所长当天晚上没有吃饭，操一支半自动在派出所后院练单臂擎枪，枪上还坠着三块砖头。金虎说，胡所长臂力没问题，他输在心态上。

另一件事是辅警风波。胡所长发现金虎是个人才，便想收到麾下为其所用，派副所长小汪去找金虎，小汪是上面下派锻炼的小伙子，人很精干，戴着眼镜，一副书生模样。他向金虎说明来意，金虎问，当辅警能穿正规制服吗？小汪说正规制服没有，可以发没有警徽的辅警服，外表看起来区别不大。金虎对这份差事不感兴趣，说那就是二警察了。小汪说，二警察这个叫法不好，有贬义。金虎说，还不是那么回事，反正辅警不是真警。小汪说，你一枪飙的功夫不公干可惜。金虎说，我一枪飙混得再不好，也不能去给手下败将当差呀，那岂不让人耻笑？金虎这句话有点伤人，在三林区还没有人不给胡所长面子，金虎可以拒绝，但不该揭人短处，飙枪输掉是胡所长过不去的一道坎，不能哪壶不开提哪壶。于是派出所便有话传出来：一枪飙装什么灯？等着事儿上见吧。

还有一件事是金虎受罚。这件事让金虎丢了面子。起因是金虎在山上套了头野猪被警察抓住，不仅罚了钱，还在派出所那间小黑屋里关了一夜。六子悄悄告诉他，你偷着乐吧师傅，你要是带了红箭上山，红箭就给没收了。金虎暗自庆幸那天没带红箭，打猎新规出台后他尽量避免用枪。

那次被关他认为是胡所长故意找碴儿，山上野猪稀烂贱，别人打没事，偏偏自己打就蹲了笆篱子。其实，金虎也不想下套逮野猪，有天晚上邻居苗魁来家里小坐，苗魁说他最近身上发干，胳膊大腿像长鳞了一样，过去遇到这种情况，吃两顿野猪肉就好，现在野猪肉也没处弄了，馋得慌。金虎说，吃野猪肉有啥难？三林区别的野物少，野猪却满山跑，我去给你套一头回来就是了。苗魁说，按照派出所新规野猪也不准打，你打了野猪让胡所长抓到就毁了。金虎说，大不了批评几句吧，我前两天还看到菜市场有人卖野猪肉，也没有人处罚。苗魁说，也是，刘大牙家的菜地叫野猪拱了，刘大牙火了，在菜地里挖了个陷阱抓了三头小野猪，都让他喂了猎狗，也没见胡所长上门找碴儿。但打野猪在别人身上无所谓，在金虎身上就是个事儿，警察拦住金虎时可谓是人赃俱获，将他带到所里等待处理，恰恰碰上胡所长在县局开会，要到次日上午才回来。胡所长在电话里吩咐，先让金虎在所里待一宿，明天由他回来处理。所谓待一宿，就是在派出所小黑屋里关一夜。尽管六子给他买了晚饭和瓶装矿泉水，还给他点了一盘蚊香，但那个带铁栅栏的小屋子充满了一股尿臊味，他靠着墙壁坐了一夜。第二天，胡所长从县里回来，没有走审问程序，只是开了一张罚款单就把他放了。在离开派出所那幢二层小黄楼时，他无意中回头望了一眼，发现胡所长正背着手站在窗前望他，那姿势那表情，俨然就是一个胜利者。

这三件事想必胡所长也不会忘记。

此时此刻，金虎不想多看胡所长那双黄眼珠，微微点了点头转身欲走，胡所长却突然问："没了枪，你弄啥去？"

金虎头也没回，背对着胡所长道："给苗魁放羊。"

"放羊比当辅警体面？"胡所长话里明显带着一丝嘲讽。其实，即使金虎现在想来派出所当辅警胡所长也不会答应，两个空额辅警指标已经给了冯麻秆和唐胖子，这么说是故意旧账重提，让金虎难堪。

"苗魁是我兄弟，"金虎回过头说，"为兄弟做事无关体不体面。"

"大名鼎鼎的一枪飙变成了拎牧羊铲的羊倌儿，怎么听起来有点不对劲呢。”胡所长走到脸盆前，绞了毛巾擦手。金虎看到胡所长绞毛巾很用力，几乎要把毛巾拧断。胡所长擦手的时候，金虎不知怎么就想到了一个词：金盆洗手。

“听说你是打飞龙高手。”胡所长擦干了手，将毛巾团成一团，扔到脸盆里。

作为站上人后裔，金虎秉承了先辈打飞龙的绝技，在猎手中影响不小。金虎打飞龙专打飞龙头部，十枪九不空。飞龙打头是有道理的，若是身子中了铅弹，铅毒会随着血流改变肉味，那样厨子就没法氽飞龙汤了。飞龙是有名的禽八珍之一，主要烹调方式是氽汤，飞龙汤鲜美无双，是闻名遐迩的佳肴。

“我已经金盆洗手了，何况现在飞龙受国家保护，犯法的事我不干。”金虎心想，我套一头野猪被你关了一夜，要是打几只飞龙，你还不得关我一年半载？你肯定巴望着我犯事落到你手里呢。

胡所长愣了一下：“一枪飙有了环保意识，新鲜！”

金虎知道话不投机，便转身推门离开。

胡所长在身后缀了一句：“进山放羊可以，别搂草打兔子。”

金虎回了一句：“真想打，没人拦得住。”

胡所长双手叉腰，头歪向一边，看着金虎走远的身影，对满屋子下属道：“那就试试，咱早晚事儿上见！”

2

第二章

过后，六子告诉胡所长，说我师傅不用枪也能打猎，除了枪法好外，师傅下套特神，想套什么就套什么，三十多年前就套过黑瞎子。套黑瞎子在林区历史上极为少见，尽管下套这种古老的狩猎方法沿用至今，但顶多是套狍子、鹿和野猪之类易受惊吓的动物，黑瞎子力大无比，胳膊粗的小树都能掰断，如果不是套住要害，猎套不被挣断也会被咬断。

胡所长听后黄眼珠转了几圈，对六子说，孙悟空本事大不大？不还是在如来佛的手心里。六子说，孙悟空那是神话故事，我师傅和他的猎套却是实实在在的，不假，我看过师傅设套，别说套野兽，就是套人也会把人吊起来。胡所长听后沉默了，他知道，金虎如果口服心不服将是三林区实实在在的威胁。

六子说："你俩都是大英雄，干脆像过去那样做个磕头弟兄多好，省得相互看着不顺眼。"

胡所长问："我看他不顺眼了吗？"

六子不再多说，这是只可意会不可言传的事。

上交猎枪后，金虎就到苗魁的制箸公司当起羊倌儿。金虎觉得当羊倌儿挺好，自嘲说五十岁还当上了官。他记得电视节目里出过一个谜语，谜面是"千里挑一选干部，打一字"，谜底就是"倌"字。当羊倌儿太清闲，金虎就想买条狗，他喜欢藏獒，一獒抵三狼，獒是唯一不怕野兽的犬种。他和苗魁说了自己的想法，苗魁满口支持，亲自开车拉着金虎去辽宁北镇买獒。北镇有东北最大的狗市，什么犬都能买到。

一眼望不到头的狗市令人眼花缭乱，大狗小狗的汪汪声很远就能听得到。慢慢逛了一个来回，金虎甚至看到了几只阿富汗犬，这种犬过去只是听说，亲眼见到还是第一回。阿富汗猎犬高贵脱俗，是犬类中唯一可以住五星级酒店的贵族犬。金虎没有问价格，他知道自己养不了这种高级猎犬，买犬和购枪一样，不在贵而在中意，中意说明有缘。狗市上卖藏獒的不少，金虎在一个长着鞋拔子脸的摊主面前停下了，这个摊位上出售的都是黑色藏獒，个个体形壮实，堪比狗熊。这些黑色藏獒耷拉着眼皮，蔑视着每一个走过的行人。摊主说这是纯种狮头獒，护主比人忠诚。苗魁蹲下来，和笼子里的藏獒对视，发现藏獒并不友好，盯着他竟然低吼了一声，把他吓了一跳。金虎没有观察黑獒，站在一旁朝两边张望，他看到了一个穿水红色夹克的少女。少女圆脸圆眼，连嘴都是圆的，坐在凳子上和笼子里一只藏獒说话。他感到奇怪，藏獒虽然是色盲，但对红色还是有反应的，就像公牛看到红色会受刺激一样，在狗市尽量不要穿这种刺激性颜色的衣服。金虎再细看少女的狗笼，是一条醒目的红獒，而且仅此一条。红獒似乎能听懂少女说话，不时颔首摇颈。这是一条难得的红獒！

金虎撇下苗魁，快步走到红衣少女的狗摊前，仔细观察了一番后，问："怎么就一条？"

"它妈妈就生了这一条。"红衣少女说，"是个独生子呢。"

"多大了？"他问。

"还不到一岁，只是长得壮实了些。"红衣少女说。

金虎靠近笼子看了看这只通体枣红色的藏獒，藏獒本来是趴着的，看到金虎后忽然站了起来，摇了摇尾巴。少女惊讶地看着金虎问："大叔你是驯犬师？"

金虎摇摇头，"我是猎手。"

"红獒第一次见到生人摇尾巴，它一定闻出了什么味道，要不怎么会向你摇尾巴。"红衣少女说，"满狗市上百家摊位，谁家的獒朝人摇尾巴了？我爹说有人天生带戾狗毛，比如职业驯犬师和那些狗屠，什么狗见了都打哆嗦。"

"什么是狗屠？"金虎不明白这个词。

"就是那些杀狗、吃狗肉的人，他们身上有杀气，狗见了会打哆嗦。"

"我可不是狗屠，我是猎手，猎手会把猎犬当兄弟待。"

金虎问了价格，尽管贵一点，尚能接受。又问獒有没有名字，红衣少女说："家里就叫它红獒，你若领回去就起个好名字，要不等红獒长大就不好改了。"

"红獒这个名字挺好。"金虎想，红獒和红箭只有一字之差，叫起来蛮顺的。刚才，他注意到红衣少女用了一个"领"字而不是买，看来，少女是将红獒当家人待的。这时苗魁过来了，看着红獒道："这只獒不错，喜庆。"

金虎点点头，刚才红獒摇尾的刹那他就觉得心头忽然探出一根牵狗绳，而且这绳子已经拴起了笼中的红獒。这是我的了，他暗想，一条没成年的红獒，像孩子一样也好调教。有了这番心理活动，再看红獒，发现这只雄獒体形威猛，毛色纯正，四只狮爪和两只带泪囊的三角眼颇具王者风范。凭直觉金虎认为，只要好好调教，这只红獒必成獒中龙凤。

"这么小就有泪囊？"苗魁似乎有点担心。

"那不是缺点，相书说那是子女宫呢，说不定红獒会当太爷爷、祖爷爷呢。"红衣少女懂得还不少。

"我领了。"金虎也没有用买字。他掏出钱夹开始点钱。他没有注意，红衣少女听到他说领了之后，没有格外兴奋，脸上竟然飘过一抹愁云。这个变化被苗魁看到了，苗魁说："小姑娘怎么不高兴？买卖成交是好事，这位大叔都没有和你讨价还价。"

苗魁这一说，少女眼圈瞬间便红了，接过钱，简单数了数，装入包里，然后对金虎说："大叔，这个笼子我送你了，你一定要对红獒好，别只喂它鸡架，鸡架没肉，红獒吃不饱。"

少女又从纸盒里拿出一个双排刺不锈钢项圈递给金虎，"这个项圈也送给你，红獒还小，需要保护，尤其要保护脖子，獒与獒掐架，总是咬脖子，戴上钢项圈就安全了。"

金虎接过项圈，觉得红衣少女想得真细，其实何止藏獒，就是猎人遭遇野狼袭击时也要保护好脖子，脖子是对方一招致命的绝杀部位，这是猛兽都懂的常识。

装车的时候红獒很安静，没有丝毫不安。少女嘱咐要勤喂，红獒长身体需要喂饱。苗魁启动汽车，要开走的时候，少女转到副驾驶的位置对金虎怯怯地说："能留一下您的电话吗？这样，我想红獒的时候就会给您打个电话。”金虎与她互留了联系方式，微笑着说：“放心吧小姑娘，我会像带孩子一样待红獒的。”少女含着泪花笑了。车驶离了狗市，苗魁说：“这小姑娘挺舍不得这只红獒。”

金虎说：“是啊，一胎只有一只，独生子嘛。”

一路上，红獒都很安静，直到了服务区才下车大小便，金虎觉得这只红獒被小姑娘调教得很不错，好习惯已经养成，能很快辨析出新主人。红衣少女的提示不无道理，很多人买了獒，却觉得饲养是个负担，舍不得喂鲜肉，天天喂鸡架，这种养法无疑是在摧残獒，把獒养得灰头土脸毫无毛色，实属不该。

红獒弥补了失去红箭的缺憾，让金虎获得了新的快乐。他和红獒天天厮磨在一起，几乎形影不离。为了培养红獒对羊群的保护意识，金虎将红獒的獒舍就设在羊圈管护房旁。金虎记住了红衣少女的嘱托，经常到市场上买新鲜的牛羊肉喂红獒，廉价的鸡架一次也没买。为了红獒，他明显入不敷出，好在有苗魁支持，苗魁不时让职工食堂送些带肉的牛羊骨头来。红獒的咬合力十分惊人，牛骨棒也能咬碎，看着红獒咬碎牛腿骨的样子金虎就想，这要是咬住老虎或黑熊的腿，不也一口就咬断吗？因为三林区没有其他人家养獒，不存在獒之间掐架的可能，那个双排刺不锈钢项圈就一直没有戴，金虎把它用红布包好放在了箱底。

生活中有些事令人匪夷所思，按常理很难解释。苗魁媳妇怀了第三胎，本来离预产期还有一个礼拜，县医院产科病房也早就联系到位，谁知就在金虎和苗魁从北镇回来当天夜里，苗魁媳妇早产了。三林区只有一个乡镇规模的卫生院，产科医生也不是很专业，好在六子妈是个有着丰富经验的接生婆，苗魁把六子妈接到家里，很顺利接生了一个男婴。

媳妇高龄产子而且母子平安，可谓苗门幸事！苗魁高兴得发疯，他甩给六子妈一个万元红包，六子妈说给了这么多赏金我就再多做一点事，这个孩子最好找个高人取名。苗魁很不幸，大儿子患先天性心脏病不幸夭折，二儿子生下来就有听觉障碍，长大后也难以继承产业，这个刚出生的小儿子便成了苗魁全部的希望。听了六子妈的话他便有点上心，就问这个能掐会算的高人在哪儿。六子妈说在四林区，姓姜，叫姜大先生。此人不白给，四林区谁家丢了东西找他掐算，每次都算个八九不离十。姜大先生对外介绍说自己是姜子牙后人，他过去是戏班里唱皮影戏拿线的，因为皮影戏没了观众，改行专做打卦起名看风水的营生，在四林区名气不小。金虎知道姜大先生，六子当了辅警后此人来六子家串门，六子请他去陪客，席中说起胡所长，姜大先生对胡所长的面相有过精彩点评，那几句话他觉得挺靠谱。

苗魁动了心，亲自开车拉着六子妈去了趟四林区，去之前问金虎去不去，金虎说，我还要放羊照顾红獒，就不去了吧。金虎这是找了个托词，其实他不想和这些江湖人士打交道。金家家训有一条，远离三姑六婆，不近巫医神汉。他觉得姜大先生属于此类，非同道之人，因而不愿意去见面。但金虎也没有劝苗魁，萝卜白菜，各有所爱，苗魁信这个就由他去吧。

苗魁在六子妈引路下来到姜大先生家。姜大先生着一件灰布长袍，非僧非道，很会保养身体，让人猜不出实际年龄。姜大先生在看过孩子八字后，不容置疑地说，贱名好养，贵名易折，乳名叫狗剩吧，大号就叫占鳌，独占鳌头的鳌。至于为啥这么叫，姜大先生并不解释，只撂下话，孩子有什么差池可以随时来找他，他会帮助拿主意。因为是六子妈领来的，这次起名姜大先生没收费，只是用毛笔在一本册子上做了登记，说有心意的话将来一并表示不迟。其实这是姜大先生放了一根长线。

从四林区回来，老婆听说给儿子起了个“狗剩”的乳名心里老不痛快，说都啥年月了还起这样的名字，多土呀，将来孩子上学会让人耻笑。苗魁来问金虎，金虎想了想道：“狗剩这名字在农村很普遍，因为传说贱名好养，但现在很少叫了，我看把乳名先放放，不说叫也不说不叫，直接叫大号不就行了嘛。占鳌这名字不错，鳌与獒同音，孩子是红獒领回来那天夜里出生的，这算是一种缘分。”就这样，苗魁三儿子正式起名占鳌。

苗魁虽然制箸公司生意做得大，胆子却比兔子还小，从家到公司不到两里路，晚上自己都不敢走，非要拉上金虎做伴。金虎问他为啥胆子这么小，苗魁说是小时候被吊死鬼吓的。小时候在胶东老家苗家夼发生过一件事。那时村东边有个远离其他人家的小院，孤零零在一个高岗上，房子里有个鳏居的老闫头，老闫头七十多岁，留着山羊胡子，没人知道他的来历，据说当兵打过鬼子，但参加的是国军还是八路军没人知道，因为他耳朵被炮弹震聋了，又不会写字，无法和别人交流。老闫头是土改后流浪至此的，当时那个房子没人住，他便栖身在此不再走了。老闫头院子里有棵桑树，结的桑葚又大又甜，村里孩子们常去偷吃。有一天黄昏他馋桑葚吃，就偷偷自己去了，爬上树摘桑葚，冷不丁发现树枝上有一件黑褂子，他扒拉了一下，觉得不对，黑褂子怎么沉扑扑的，仔细一看，妈呀，原来是老闫头吊在树上。他跑回去喊人，说不好了，老闫头上吊了。大人们闻讯赶到老闫头家，果然是老人上吊了，树下被蹬倒的板凳还在。老闫头无病无灾，就是不想活了，大队干部在整理他遗物时发现了一枚国军勋章，那种勋章是抗战胜利时颁发给尉官的，由此大家认为这个老头是个国军军官。这件事之后苗魁就害怕走夜路，尤其怕夜里路边的树，总觉得有件黑褂子吊在那里。到林区创业后，这个毛病变得愈加严重。有一次晚上下班回家，发现路旁谷地里竖了个假人，假人穿了件黑褂子，他知道这是吓鸟的，却不自觉地就想起挂在桑树上的老闫头，心里怕得要死。第二天，他让公司员工去地里拔了假人扔掉。谷地主人来找，他说你别竖假人了，鸟儿偷吃你多少谷子，我替鸟赔你就是，到秋天你说个数就行。谷地主人哪好意思来要，这吓鸟的假人便没有再竖。

苗魁走夜路胆子小，但在吃野味上却放得开，堪称野味美食家。苗魁看到什么动物首先想到是肉好不好吃，凡是他吃过的都有不少心得，能讲出一番道理来，比如山鸡发柴、野猪油腻、狍子肉燥、兔子肉无味，最好吃的莫过犴鼻、熊掌和飞龙，尤其是飞龙，给鱼翅都不换。在吃的问题上金虎与苗魁不同，金虎虽然是猎手中的大哥大，但对吃野味没啥兴趣，用他自己的话说，打猎要的是一种快感，打到手就足够了，不一定非要吃。他对站上人祖传的一些习俗做了改进，比如父辈们打了狍子，当场就将狍子开膛破肚，摘出狍肝来生吃，然后再吊上锅炖狍子肉。他觉得这样不文明，心里也不舒服，总有点杀俘的感觉。有次和刘大牙、李库进山，他坐在草地上歇息，看着刘大牙将猎获的狍子吊在树枝上剥皮，他发现远处有几只狍子站在桦树林里，惊恐地望着这边，狍子们高高地仰着脖子，也许被剥皮的是它们的首领。他摸起红箭，想了想又放下了。这件事之后，他召集三林区有头有脸的猎手碰头，定下一个规矩，不在山上生吃狍肝，不在山里吊锅炖猎物肉，至于理由嘛，他说这么做是为了把猎手头顶上“野蛮”两个字去掉。金虎说话还是管用的，自这个习俗一改，三林区猎手口碑果然就好于其他林区，外界对三林区猎手的评价多了两个字：讲究。其实，猎手也知道狍肝生吃没啥滋味，完全靠烧酒往胃里冲，但旧俗难改，金虎的改革实际上顺应了猎手们的要求，所以一改就成。

收枪之前，苗魁悄悄买回两支奥地利进口猎枪，两支枪同一品牌，价格也一样，应该是三林区猎手中顶级的好枪。对外界，苗魁只说自己买了支奥地利猎枪，没人知道是一对儿，包括六子也不知道。收枪公告出来后，苗魁交了一支，另一支则藏匿家中。交枪时苗魁受到了胡所长的夸赞，胡所长说苗魁是个明白人，明白人办事透亮，新买的猎枪一次未用就上交，说明法治意识强。苗魁偷偷藏了另一支猎枪的事瞒得了别人却瞒不过金虎，因为苗魁买枪不避讳金虎，几次将猎枪拿给金虎看，说这枪虽然好却没有战绩，要是像红箭一样打过黑瞎子就厉害了。金虎对枪过目不忘，他从枪托木质上断定这是两支枪，一支是核桃木，另一支是枫木，但金虎没说破此事，苗魁买枪无非为了壮胆镇宅，家中有枪，遇贼不慌。

苗魁当时买了枪却不打猎，他曾对金虎说，枪可以随用随拿，就当是你的，我只要吃一口野味就行。金虎就问他，不用枪你买枪干吗？他说，这个你不懂，古代书生不会武功，但出门腰里也挂一把宝剑，我买枪就这个意思。金虎觉得苗魁的想法很有意思，唬人用不着买这么好的枪。但他觉得苗魁不动枪是对的，玩枪人都懂，枪这个东西有时候犯邪，摸不准枪脾气的人易出事儿。三林区有个叫宝子的年轻人，从小就喜欢舞枪弄棒，后来攒钱买了一杆猎枪，有一天酒后擦枪，结果失手走火把老婆肚子穿了个洞。苗魁知道这件事，对金虎说他的枪从来都枪弹分离，子弹锁在保险柜里，想走火也走不成。

苗魁对金虎金盆洗手想不通，红箭可以交，但猎手不能不当，堂堂一枪飙不上山打猎，这个称号可惜了。金虎交枪从派出所回来，他在家门口把金虎让到他家，泡了壶浓茶来安慰金虎，他试探着问："你是怕胡所长吗？"

金虎摇摇头，"一枪飙怕过谁？"

苗魁说："我觉得你也不该怕他，他是你的手下败将。不过，你为啥要金盆洗手呢？"

"几年前就有这个念头啦，这次是个当口。"

"为啥有这个念头呢？"苗魁接着问。

"凡事要懂得适可而止，"金虎说，"有次我上山打回一只狍子、几只野兔，女儿带着孩子从县城回来，外孙女刚两岁，看着我带回的猎物忽然就哭了，女儿问她为啥哭，她说姥爷是个坏人，比大灰狼还坏，这么好的小鹿和小兔子给打死了。外孙女把狍子看成了小鹿，这句话让我当夜失眠，我想我身上背负了多少野物的性命啊。"

"不能这么说，有猎物就该有猎手，自古以来就是这样。"苗魁觉得金虎这颗心软得没道理，他不明白，一个杀气腾腾的猎手怎么忽然有了恻隐之心。

"山上野物多的时代打一点没关系，可是现在野物多稀啊，转几个山头也见不到一只带毛的在跑，这么打下去，野物就绝根了。"

苗魁睁大了眼道："照你这么说，我吃野味也不对了。"

金虎道："不吃也好，有啥吃头呢？"

"你这是吃斋念佛的节奏呀。"苗魁觉得金虎真的变了一个人。

"我也是在事儿上悟开的。"

"除了外孙女那句无忌童言，还有啥事能动摇你一枪飙呢？"

金虎又讲了一件事。有次在菠萝沟他打中了一匹狼，打中的部位靠近狼的前胛，照常理这狼应该跑不动了，但狼还是哀号着跑了。他觉得奇怪，是什么神力在支撑这匹伤到要害处的狼？一匹被口径枪贯通了前胛的狼还能跑，这简直是奇迹。他端着红箭沿着血迹撵上去，想看这匹中枪的狼能跑多远。在一处长满酸枣窠的土崖下他找到了这匹狼，狼的身子探进洞里，只有扫帚一样的尾巴还在洞外，一动不动。他估计狼因为流血殆尽而死掉了，便上前抓住尾巴将狼拖了出来，拖出来一看，才发现洞里有一窝小狼正在吃奶，小狼衔着奶头就被带出来了，一个个依然拱在母狼肚皮上。

“你打中的是匹母狼？”苗魁打了个寒战，“都说哺乳期的母狼最厉害，敢拼命。”

金虎说：“是的，我当时就心软了，垂死的母狼是为了喂它的孩子才硬撑着跑回来的，这是一种舍生忘死的母性啊！我扭头离开了狼窝，没有带走那匹母狼，我在心里祈祷，但愿公狼还活着，让这窝小狼不至于饿死。在离开狼窝那一刻，我挺佩服自己，谁说猎手都是残忍冷酷的杀手，我一枪飙就不是！”

苗魁说：“这匹护犊子的母狼了不起。”

“可我却杀死了它，它又没袭击我，本来我们可以各走各的路，那匹狼在菠萝沟应该想捕猎獭兔，那里獭兔成群。”

“只要是猎手，都不会放过狼。”苗魁说，“打狼天经地义。”

金虎说：“理是这么个理，但到具体事儿上就不一样了，我小时候亲眼见过父亲放过几匹狼，当时父亲枪已上膛，但望着狼迟迟没有举枪。我在打死这匹狼后连续三个晚上都做噩梦，梦见那窝狼崽啃我的脚指头，怎么甩也甩不掉，小狼崽的嘴像水蛭一样，吸力蛮大。我就觉得某些时候人和狼也会相通，万物皆有灵性。”

“还梦到啥了？”

“还梦到那匹被我射杀的母狼，蹲在我下山的路中央等我，我举起红箭它也不走，我就想，被我打死的母狼怎么又会复活？我再次扣动扳机，枪虽然没响，母狼却不见了，面前还是那群小狼，围着我的裤脚想咬我脚指头，我走不动，裤腿像缠了沙袋。从那以后，我一看到小狗崽就会想到那窝小狼，小狼和小狗在哺乳期是分不出来的。”

苗魁心想，大名鼎鼎的一枪飙竟然让一窝小狼给改变了，几十年来，死在红箭枪口下的狼恐怕难以计数，为什么菠萝沟这匹狼就让他想得这么多呢？

“这次打狼与你以前打狼有什么区别吗？”

“以前就是击毙一匹或几匹狼而已，而这次，我毁掉的是一种母爱，而任何动物的母爱都值得尊重，哪怕是野兽的母爱。”

苗魁顿时明白了，让金虎变得纠结的这次捕猎确实是个例外。

金虎说：“作为好朋友，有件事我想对你说，我觉得你的制箸公司应该考虑转型。”

“为什么？”苗魁不解。

“你想想，三林区的桦树越伐越少，现在是间伐，公司尚有原料，等没有桦树可间伐的时候生产如何维持？”

苗魁笑了，“我可以从对岸进口。”

“要是有一天对岸也禁伐呢？”

苗魁不笑了，他从来没有考虑过这个问题，是啊，桦树总有伐光的时候，自己生产的一次性筷子能不能持续下去呢？金虎这是由山上动物被打光进而想到了桦树。制箸公司产品大都出口日本，销路没问题，将来有问题的肯定是原料。

3

第三章

胡所长早就备足了课，这一点金虎深信不疑。自己的身世连三林区最长寿的孙大麻子都不一定比胡所长知道得多。金虎想不明白，胡所长是从哪里知道自己家族历史的呢？金家又不是大户人家，费劲巴力打听这些又有什么意义？这是一个谜，一个无法破解的谜，他问过六子，六子说胡所长想知道的事没人捂得住。听了六子的话，金虎感到很不舒服，就好像在胡所长面前没穿裤子一样。六子说，在派出所，三林区每个人都是根透明的水萝卜。

一次在集市上金虎偶遇胡所长，胡所长着便装，看似闲逛，实际在查看有没有野生动物出售。胡所长站在一棵杨树下朝他招手，金虎不得不过去，尽管他心里很不想过去，但胡所长的面子还是要给的，再说招手又不是传唤，不去于情于理都说不通。金虎走过来，并不先说话，而是弯下腰扑了扑裤腿上的土，集市没有硬覆盖，走一趟裤腿上就会沾满尘土。胡所长一双黄眼珠转了几圈儿后说："我知道，你们金家祖孙三代都有绰号，你祖父叫'狼见愁'，令尊叫'金快手'，你叫'一枪飙'，这在整个北障可谓蝎子——毒一份。"金虎愣了一下，祖父和父亲的绰号在三林区除了猎手很少有人知道，胡所长初来乍到，他是从哪里打听到的呢？便问："怎么，胡所长查了我祖宗八代？"胡所长并不藏着掖着，很自负地道："八代之前还略知一些，你祖上是康熙年间从开原城来北障驿站的，实打实的坐地户。如果我没猜错的话，你祖上应该是大周够品级的武官，吴三桂兵败后被朝廷发配来北障驿路。按照当时朝廷规定，只有五品以上大周官员才能流放到这里，这批官员虽说是给驿站人和披甲人为奴，实际上并非如此，因为北障人口稀少，人情醇厚，这些流人和驿卒一样都受到了善待。"金虎觉得后颈有些湿冷，金氏家谱中附有一份《草创纪略》，出自开山先祖金一畋之手，其中确有这段历史的记载，但文字不多，只能看出来龙去脉，关于官阶品级之事也是一笔带过，只是标明了金一畋乃云南某城守备，并未经历大的战事。金虎在惊诧的同时，觉得后颈上的凉意已经渗透到神经里，在内心深处打起哆嗦，他冷冷地说："看来胡所长对我挺上心啊。"

胡所长黄眼珠狡黠地转了转道：“职责所系，职责所系。”

与胡所长交谈时，杨树上冷不丁落下一只洋辣子。这种浑身长满毛刺的毒虫若是落在脖子上就惨了，会蜇出一道红棱子。好在洋辣子刚掉落到金虎头顶上，胡所长就发现了这只蠕动的洋辣子，让他站住别动，伸手折了段树枝，小心地将洋辣子挑下去，然后用脚踾死。金虎想说声谢谢，却没有说出来，看着胡所长扔掉树枝，背着手走进了集市。

胡所长的话让他下意识地盘点起自己家族的过往。三林区的猎手都知道，金虎总以自己的祖上为荣，不善言谈的他不止一次地说，打鹿沟的历史与金家祖上的关系就像树和树根，根本无法分开，作为驿站人兼猎手的祖辈，是八百里北障驿路上从不停歇的行者。从某种意义上说，驿路的历史，就是猎手开拓北障的历史，而金家先人在这幕大戏里扮演了不可或缺的角色。

金虎脑海里关于祖辈的故事像从北障深处流来的菠萝河，越是近处，越能看到清晰的粼粼波光，而远处则未免有些缥缈，但有些故事却像黛色的山峦一样，会从雾气中矗立出来。在祖父之前，三林区不叫现在这个名字，而是有一个充满动感的地名——打鹿沟。金虎的父亲金喜仁认为三林区这个地名毫无想象力，命名者应该是个没有读过几天书的干部，用数字来起地名是一种懒政，就像把一个倾国倾城的女孩叫二丫一样，生生将美貌打了折扣。

作为站上人后裔，金虎对打鹿沟这段驿路有着别样的情感。这条古老驿路旁的一片白桦林里，有大大小小几百盔土冢，这是一代又一代驿站人的归宿。每年清明扫墓，金虎在每一盔大大小小的坟头压上纸钱后，都会在路旁望着这片坟茔呆呆地坐上很久。坟地里有许多灰色的野兔跳来跳去，他从不打坟地里的猎物，担心惊扰了先人。土冢大都没有石碑，也许以前有，已经被岁月所销蚀，但对于站上人后裔来说有没有石碑无关紧要，因为这些土冢是个不可分割的群体，无论哪一个姓氏的后人来上坟，都会给每一盔坟头上压一张纸钱，家家如此。白桦林里不让烧纸，他们便把纸钱折叠起来，用石块压在坟头。也许他们猜测，先人们在另一个世界里一定在过集体生活，有饭大伙吃，有钱大家花，驿站人要是没有集体意识，在荒无人烟的苦寒之地开辟不了驿路。林中的一切，他都觉得那么亲切。每次进山走在驿路故道，他仿佛能听到白桦林里先人们在喃喃细语，述说着往事。驿路上有过太多的生离死别，许多故事毫无限制地在民间流传。

这条康熙年间所设的北障驿路，如同一条彩带，在每一个要紧的地方都打了一个结。结与结之间相隔约六十里，其中有两个结与金家的繁衍息息相关，一个是打鹿沟，另一个就是北障深处的达音炉。从打鹿沟到达音炉恰好六十里，因为是地势舒缓的林间带，有连片的湿地和草原，便成了獐、狍、野鹿的天堂。站上人在感恩北障给他们带来丰富猎物的同时，也感叹福祸相依法则，因为食草动物的诱惑，达音炉一带食肉猛兽也多，尤其是成群的野狼，给驿站之间人马往来增添了威胁，有的驿丁连人带马失踪于驿路，不用猜，这一定是遭遇了狼群。

一般来说，狼群在春夏秋三季很少攻击驿丁，因为这三个季节狼群捕获食草动物要比攻击人马容易得多，但到了冬季情形就发生了变化——大雪封山，草原湿地都被冰雪覆盖，獐、狍、野鹿迁徙去了别处，饥饿的狼群便会冒险攻击驿路上行走的人们。金家家谱上有一段惊心动魄的记载，每每看到这段记载，金家后人都会唏嘘不已。金虎的祖上金一畋是当年传递雅克萨战役捷报的驿丁，是著名的“奏捷之路”的演绎者之一。当时八百里加急的官文传到打鹿沟，金一畋受命背过本箱，纵身上马开始往下一站达音炉奔驰。官文十万火急，不容片刻耽误。金一畋纵马飞奔上路，他的两只猎犬紧紧跟在马后。这是两只普通的柴狗，通体黑色，在雪地里格外显眼。两只猎犬耐力很好，每次金一畋出马，两只猎犬从不离左右。这一次，金一畋遇到了狼群的攻击，《草创纪略》中的那段记载，金虎少年时就能倒背如流：

本箱由上站传至打鹿沟，驿马扑地，刻不容缓，余奉命负本箱策马疾驰达音炉，两黑犬依旧跟随左右。路半程，张三飙至，数不可计，穷追不舍，韧力胜马，遥见驿旗之时，张三已近咫尺，余勒马仗刀回首，生死在此一搏，此时两犬得令奋勇出击，与张三混战成团，一时间犬吠狼嚎，雪泥飞溅，余趁机回马飞奔，将本箱送至驿站。见本箱传往下站，带驿丁数人持械及返，雪地一片狼藉，两犬已殒命。余以为义犬，赔送热泪，厚葬于野，呜呼哀哉，心扉痛彻，竟成沉疴。

本箱是盛文牒的箱子，类似今日的加密公文包；张三是野狼，北障人俗称之张三。金虎脑海里经常浮现出想象中的情景：数不过来的野狼围追一匹驿马，当时是正月，久未出征的驿马有些倦怠，金一畋胯下的枣红马膘肥体壮，奔跑速度并不上乘，但驿马知道后面有狼群追赶，便没命地飞奔，打出的响鼻像鞭炮炸响。两只猎犬紧跟其后，尾随的狼群距离猎犬也就几十步的距离。狼的耐力不可小视，它们保持匀速穷追不舍，在距离达音炉还有十几里的时候，狼群追上了驿马。金一畋勒马回头，抽出腰刀准备拼死一搏。驿丁都知道，在狼群将要追上你的时候，如果不回头直面它们，会被野狼咬住马腿导致人仰马翻。金一畋一回头，狼群也停下来，头狼凶狠的目光在猎犬和金一畋身上来回转着。头狼大概正迟疑该先攻击什么，头狼狡猾，没有把握不会贸然发起攻击。趁狼群停下来的瞬间，金一畋用腰刀向头狼一指，大吼一声：“上！”两只猎犬得令，发疯一样扑上去，同时咬住了头狼的前肢和后肢。狼群一下子大乱起来，两只猎犬与狼群绞成一团，雪泥溅起，遮住了视线，这个当口金一畋趁机掉头，策马飞奔，一口气逃出险地到达达音炉驿站。驿丁接过本箱策马奔向下一站，金一畋则带人返回去救猎犬，遗憾的是两只猎犬已经牺牲。伤心欲绝的金一畋埋葬了两只猎犬的残骸，伤心得大病一场。

因为报捷有功，金一畋由驿丁改做笔帖式——一个相当于文书的职位。金一畋在这一职位上无疾而终，弥留之际总是念叨着这样一句话：义犬救主，堪比忠仆。

金家因为是流人之后，在驿丁队伍里一直默默无闻，更何况北障这条驿路荒废日久，直到清末朝廷开发老金沟才重新得以恢复，这便有了后人说的黄金之路。祖父金克野就是因为在黄金之路上擅打野狼才有了“狼见愁”这个绰号。当时打鹿沟的猎人说，驿路上的狼群只要一听到金克野穿着乌拉在雪地上咔嚓咔嚓走路的声音就会逃之夭夭，这个传言真假无法考证，但金家有一烟笸箩狼牙却是事实。祖父除了有一杆火枪外，还喜好用箭，在他手上箭比火枪管用，火枪用来对付黑瞎子、大的孤猪，而对付狼群，他胯下的一袋箭足矣！

祖父在打狼上够狠是有原因的。祖父曾在山里遇到一个从老金沟逃出的年轻人，年轻人当时迷了山，遇到祖父时已经奄奄一息。祖父救了他，问他为啥要独自出山，这么乱走就是不迷山也会喂狼。年轻人说他家在山东牟平，本想来老金沟淘金挣点钱就回家，家里有年过古稀的父母需要养活，谁知一进山就走不了了，把头对淘金工比狼还狠，钱赚不到不说，再干下去小命难保。他夜夜梦见父母朝他伸手要吃的，他是独子，若是不回去父母肯定就饿死了。眼看着与他一起来的好几个老乡都得“攻心翻”死掉了，就埋在河边，连口薄棺材都没有。这些老乡死前都托付他给家里捎个口信，他逃出来一来为父母，二来也是替死去的老乡报个信儿。祖父同情这个年轻人，感叹他一番孝心，便给了他些吃的，把他领到驿路上；又给他写了个单子，让他沿着驿路南下，说若是遇到官府盘问就说是替打鹿沟驿站去卜奎抓药。次日，祖父策马去达音炉时，在驿路上发现了这个年轻人的破褡裢，知道是被狼所害。祖父从此发誓，对野狼见一匹灭一匹，绝不手下留情。

父亲金喜仁的“金快手”绰号更非浪得虚名。父亲有一杆汉阳造，是用十张貂皮从一个东北军军官手里换的。父亲的快是出手快，汉阳造这种老旧步枪竟能被他玩出花样，装弹上膛瞄准射击，像戏法一般比别人快出两步之外。金虎对祖父的情况知之不多，但对朝夕相处的父亲了解甚多。他看过美国西部牛仔的电影后，觉得父亲就是一个典型的东方北障牛仔，父亲在马背上玩枪颇具观赏性，动作连贯，一气呵成。与西部牛仔不同的是父亲身穿羊皮袄、头戴貉皮帽、脚蹬牛皮乌拉，出手的是长枪，而西部牛仔一身牛仔服，头戴卷檐帽、脚蹬长靿马靴，出手的是左轮枪。小时候有一次他跟父亲到山里玩耍时，正巧遇到一支雁阵从头顶飞过，大雁低空飞过林间草地时会发出叫声，父亲本来正在下套套野兔，仔细听了听雁叫，端枪上膛，抬头扬手就是一枪，眼见雁阵最后一只大雁被射中落了下来，很快猎犬跑去把大雁叼了回来，这一枪射中了大雁的脖子。那一刻，父亲在金虎心目中成了英雄，这种打猎的技法似乎只在电影里才能看到，没想到父亲就是身怀绝技之人。他问父亲怎么不好好瞄准就能打中。父亲说他仔细听了，好猎手听就是瞄。他又问父亲为啥不打头雁，打狼不是要先打头狼吗？父亲说雁不是狼，雁不伤人，打雁要适可而止，头雁担负领航责任，打掉了头雁，一群大雁就不知所向，那是造孽，打猎不能造孽。父亲的话让他沉吟良久，从此他在打猎生涯中记住了一个词：适可而止。

金虎的父亲金喜仁见证了北障森林大量被采伐的全过程。他常常看到父亲一个人坐在门槛上默默地抽关东烟，老掉牙的汉阳造已经不能用，父亲花钱买了那支被他称为红箭的小口径。因为北障新建了众多林区，伐木工像集团冲锋的战士蜂拥而至，先是打鹿沟没了鹿，接下来狍子、野猪也不再成群，后来连打鹿沟的名字都被“三林区”这三个干巴巴的汉字所取代，这种变化让父亲极不适应。父亲一直为北障的萎缩而忧心忡忡，父亲说过，水抽干了，还能有鱼吗？北障是大甸的屏障，屏障不在，大甸不保啊！金虎那时尚小，不知道父亲说的大甸其实就是地理课本里的松嫩平原，只是觉得父亲有点杞人忧天，家里又不种地，操那么多心干啥，当林场职工挣工资有啥不好？父亲去世多年后，北障猎手们变得无猎可打，金虎才想起父亲关于鱼和水、北障和大甸的话，觉得父亲很有远见卓识，父亲的忧虑正在变成现实。

金虎还记得自己上中学时跟随父亲进山打猎，在靠近四方台的地方遇到了一大三小四匹狼。狼群已经多年不见，能一次遇到四匹狼的机会难得，按理说这正是父亲一展身手的好机会，但父亲只是站在一棵合抱粗的大白榆后探头观察，肩上的枪迟迟没有拿下，眼看着四匹狼一路小跑钻进了柞树林。父亲神色凝重，牙齿紧紧咬住下唇，目光一直盯着正在逃走的几匹狼。眼看狼跑远了，他不解地问父亲为什么不打。父亲摇摇头，没头没脑地回了一句：给北障留个狼种吧。那时狼虽然已经少见，但打一匹狼林区还有五块钱的奖励，父亲放走四匹狼，就等于丢掉二十块钱，二十块钱可是父亲半个月的退休金。他再追问父亲为什么要这样做，父亲说了打雁时的那句话：适可而止。父亲这样做并不能得到猎手们的认可，因为自从驿路开通以来，打狼就是猎手们的责任和义务，为了驿路安全，狼成了猎手们的死敌，这个传统被猎手们传承了下来。驿路不在了，传承却没有变，金快手竟然能放过四匹狼，这是让人难以理解的事。金虎没有和父亲深谈这件事，他为父亲保守着这个秘密，担心一旦被人知道会遭受议论。他曾想，野狼打尽了对北障有什么不好？害人的东西留种何用？那一次，下山时父亲见他闷闷不乐，就问他，自从打鹿沟改成林场后有人被狼吃掉吗？金虎想了想，说没有。从他记事起，还真没听说哪个伐木工被狼吃掉，关于狼群攻击驿丁的故事都在传说里，包括祖上两只猎犬被群狼吃掉的惨剧只记在家谱里，现实中从没有发生。父亲说，过去猎手打狼是因为狼主动攻击人，现在狼怕人，见了人就远远躲开，既然它没有伤害你，你又何必对它赶尽杀绝呢？他知道父亲这是动了恻隐之心，一个捕狼顶级杀手，见了狼却会心软，这种转变实在有些唐突。他就问父亲为什么会这样想。父亲说有一次他进山打猎，转了一天却空手而归，沮丧中他想明白了一个问题，好猎手是活在猎物中的，猎物在，猎手才有价值，没有了猎物，猎手还有存在的必要吗？狼也好，虎、豹、狮子也罢，一旦吃饱了就不再猎杀，哪怕獐、狍、野鹿从跟前走过都懒得看一眼，连动物都知道适可而止，猎手为什么就不能这样想问题呢？它害你，你可以报仇；它躲着你，你也应该放过它。人和猎物不是死敌，是一对儿欢喜冤家。

父亲的话金虎一直记在心里，适可而止，这个词成了他的座右铭。

林区的体制像幻灯片一样抽一张换一张，在林区改革前金虎是护林员，这个角色和猎手能很好地兼顾起来；林区改革后金虎处于半下岗状态，成了职业猎人。金虎知道自己当护林员时得罪过不少人，有林区的职工，也有附近的村民，对他有气的人干脆在他绰号后面加了一个字，把他叫作一枪飙子，这个字一加，绰号就变成了贬义。后来，一场山火把这个字给烧掉了，人们开始感谢金虎，说如果没有金虎看护说不准会烧死更多人。那场山火不大，却死了三个村民，林管局出动了打火队，耗费很大。事情发生绝非偶然，北障附近的村民因为要给院落夹杖子，便常到山里砍伐那些碗口粗的柞树，柞树夹杖子扛烂，是村民的最爱。当时路口木材检查站有林区人把守，不允许砍活树。但村民有村民的聪明，他们砍了小柞树堆在一起用火燎一燎，燎掉树叶，燎黑树干，看上去像是过了山火的死树，这样的小柞树被称为“火燎鬼”。对这种黑黢黢的“火燎鬼”检查人员心照不宣，塞两盒握手烟也就真的握手放行了。金虎见没人管，就自己主动去管，禁止人们在山里点火弄“火燎鬼”。一个要砍，一个要禁，于是便有了冲突，金虎手里有枪，一枪飙的名气又大，村民奈何不了他，就背后骂他，说一枪飙、一枪飙，飙子总有一天会弯腰！话传到他耳朵里，他想，咒我弯腰啥意思？有人解释说弯腰就是脖子上挂牌遭批斗，他就一笑了之。后来，附近村民上山弄“火燎鬼”，没有控制好火势，引发了山火，结果烧死了三个人、两匹马和一挂马车。出了大事后人们才觉得金虎这件事抓得对，人们都说这三个人要是被一枪飙拦下来，何至于丢了性命？

现在，胡所长把他的祖宗八代都查了一遍，而且当面告诉他查的结果，他觉得这有点咄咄逼人的架势。胡所长告诉他这些事情目的何在？无非把他当成了孙猴子，而他胡所长就是神通广大的如来佛。他对自己说，祖辈的事都在那片白桦林中，你怎么去打探那是你的事，我一枪飙只做我想做的事，你休想吓唬我！

金虎也从县畜牧公司马经理处了解到胡所长一些在部队的往事，县畜牧公司的工会主席和胡所长是一个部队转业，他向马经理透露了胡所长在部队的两件糗事。一件事是集团军组织的红蓝两军演习，胡所长作为蓝方侦察连长不按套路出牌，将红方的侦察小分队打了个伏击，俘虏了红方全部侦察人员，结果打乱了演习导演部的整体部署，最后改变了预定的演习结果。这件事完全是胡所长自作主张，处分他时他还振振有词，说打仗哪有按着导演方案打的？战场上情况瞬息万变，不能像宋襄公那样按条条框框打仗，演习本来就该检验真本事，演戏一般搞演习那是自欺欺人。他的顶撞把首长噎得说不出话来，生气是自然的。演习演习，前面不是有个演字吗？哪能像实战那样动真格的。胡所长这次鲁莽之举导致他与提职机会擦肩而过。

另一件事更滑稽，在一次部队拉练中，地方一辆慢悠悠行驶的桑塔纳挡住了军车行进道路。路很窄，桑塔纳又不让道，后面军车按爆了喇叭也不起作用。负责前导的侦察连上前处置，没想到桑塔纳轿车里是几个小混混，嬉皮笑脸看热闹。担任侦察连长的胡所长警告了两遍不起作用，便下令将桑塔纳直接掀到了沟里。事后几个小混混到部队来告状，说胡所长破坏军地关系。上级追问下来，责令胡所长去给人家道歉。没想到道歉那天，几个小混混当着乡领导的面嘴里不干净，侮辱胡所长一行，胡所长没搂住火，竟然在乡政府会议室里动了拳脚，愣把那几个小混混胖打一顿。乡里觉得这件事不光彩，便压下没有闹大，但部队却赔了一笔医药费和误工费。两件事发生的当年，胡所长便转业到了地方。

听到这两件事后，金虎并没有对胡所长产生坏印象，倒是觉得他城府不深，但是，一个在部队城府不深的人，到了地方怎么就精灵鬼怪起来了呢？也许是胡所长吸取了两件事的教训吧。与胡所长不同的是，金虎没有告诉胡所长他了解的情况，人要脸、树要皮，他不想揭别人的短处，在人际关系上有些事也需要适可而止。

4

第四章

金虎一周三次进山放羊，倒不是为了节省饲料，主要是想进山转转，猎手的世界在山野，离开山野，猎手就没了感觉。对于金虎来说，放羊只是一个进山的由头。

三林区所在这一带是北障腹地。茫茫北障森林和草原交替错落，宜猎宜牧。对于金虎来说，北障是他的天堂，是幸福的源泉，在北障行走，就是与快感同行。金虎曾经对派出所副所长小汪讲过北障的好处。那次，小汪到猎手家里访问，第一站来到他家。小汪见他家中只有他和老伴，就问他为啥不搬到县城和女儿女婿一起住，县城生活条件和林区相比，一个天上一个地下。他对小汪说，你不了解北障，如果真用天上地下来比喻，那么北障才是天上。小汪让他说说道理，他便给小汪讲了北障一年四季的好处。

初春，落叶林还没有吐绿的时候，整个山区渐渐变成达子香的世界，那是一片片桃红色的花海。你不会觉得这是花，它就是一波波向你涌来的粉雾，在尚有寒意的春风里，这粉雾不用绿色装扮，是一种全裸的粉红，没有人会对此不动心。达子香在南方叫杜鹃，在朝鲜叫金达莱，在北障叫达子香，还是达子香这个名字棒，因为这个名字有北地特色。达子香开过之后，其他各种花才姗姗来迟地绽放，但后来者也可居上，有人们熟知的山丁子花、柳叶兰、鹿蹄草花、鸢尾花、野火球、狼毒花、刺玫，种类实在太多了。最美丽的是山丹、黄花和芍药，山丹是野百合，黄花是仙人菜，芍药的根叫白芍，是药材，但你不能挖，你挖了就等于毁掉了一片和牡丹有一拼的芍药花。

夏季，北障仿佛被绿色的帷幔罩起来，满眼都是湿透的绿。绿色这种颜色很怪，干绿没什么看头，只有湿绿才有味道。这个时候林间的草地是最美的，像一块块绿色的金丝绒，让人恨不得在上面打滚儿。各种蝴蝶是草地之魂，在野花中纷飞不止。运气好的话你会看到笨拙的旱獭站起来和你打招呼，它们前爪抱着食物，直立着身子四处张望，不时发出怪叫来吓人。与其他林区猎手不同，三林区的猎手很少打旱獭，旱獭的天敌是鹰和狐狸。站上人认为旱獭是老天给鹰和狐狸准备的大餐，人不能与鹰和狐狸争食，世间万事万物各行其道这个世界才会和谐。夏季，猎手一般不会打猎，但山还是要进的，主要是采集山货，比如木耳、蘑菇、猴头菇、桦树菇等等；采集各种浆果，比如一把抓、羊奶子、马林果、黑加仑；也采集五味子、刺五加、三七、黄芪等中草药；有时也会拾些野鸡蛋、雁蛋。拾蛋是有说道的，必须拾没有孵过的蛋，孵过的蛋无论如何不能拾，拾回去也不能吃，倒害了一窝性命。那么怎么来区分呢？一般来说空敞着窝的蛋都没有问题，若是你走近之后飞禽再逃走的，那就不要拾了。夏季北障最迷人的是草地与森林边缘的泡子，这些大大小小的泡子里有不知从哪里飞来的白鹭、鸳鸯、野鸭、长脖老等，还有一种叫不上名字的水鸟，个头像鹌鹑，却长着长长的喙，专吃小鱼小虾。泡子周围的灌木大都是榛窠和都柿窠，尤其是都柿，那是一种吃起来上瘾的浆果，比人工种植的蓝莓不知好上多少倍。都柿能天然防腐，可以长久保存，将成熟的都柿装入玻璃瓶中，拧紧瓶盖，放个一年半载依然酸甜可口。有巧妇用都柿酿酒，美味可口的都柿酒能让海量的汉子醉上一天一夜。都柿窠周围还有高粱果，这种酷似草莓的小果子不仅颜色红得发紫，而且味道极佳，一枚高粱果胜过一捧草莓。

进入初秋，北障就到了收获的季节，榛子等坚果成熟不说，红玛瑙粒一样的山丁子、带着雀斑的山里红，还有名字不雅的臭李子，到山里转上半天，回家不用吃饭了，各种水果、坚果早就填饱了肚子。深秋里有时能在山中徒手抓住肚子胀鼓鼓的野猪或马鹿，它们因为偷吃了太多农田里的黄豆又喝了大量的水而腹胀难行，因此落入赶山人的手中。这种现象不难理解，秋季打场的时候农民会看住自己的牛，就是担心牛吃了太多的黄豆腹胀致死。如果因为贪吃搭上性命，说起来也难听，猎手们以此为戒，联想到狩猎切勿贪心，贪心必招灾祸。你走在草枯树黄的林地边缘，不时会有鹌鹑扑棱棱飞起来，鹌鹑飞不高也飞不远，猎犬会蹿起来力图叼住它，但猎犬不是山猫，没有成功的可能。猎手是不屑于打鹌鹑的，因为它的价值甚至不抵一粒子弹。

北障一落雪，猎手们狂欢的季节就到了，这个时候各种野兽都长满秋膘，个个体圆毛亮，等着猎手出征。三十年前，北障还是野生动物的天下，只要背枪进山，回来时便是满爬犁的收获，以野猪和狍子居多，运气好的还会打到黑瞎子和马鹿。冬季进山，你进入的是一个童话世界，破解这个神秘世界的密码就在雪地上，各种野兽会把自己的一切都涂写在雪地上。在猎手眼里雪地就像一块巨大的画板，各种野兽在画板上勾勒出自己的形态和行踪。猎手只要沿着足迹就不愁找不到它的藏身之处，除非那些蹲仓的黑熊，但即便黑熊蹲仓，也会在树洞入口处留下哈气凝霜。

小汪几乎是张着嘴听完了金虎讲的北障四季，这个城里长大的年轻警官被金虎的描述深深感染了，目光里满是向往和崇拜，他忽然问："你为什么不考大学呢？你应该考东北林学院，这样你就不是猎手而是一个生态学者。"金虎说自己上学偏科，语文、历史、地理尚过得去，数理化简直一窍不通，高考初考就名落孙山，只能回林区子承父业当猎手。小汪说："听你的描述挺有文学天赋，要是上了大学说不定就是中国的屠格涅夫。"

"上大学、坐办公室，那种生活不适合我，我天生属于北障。"金虎说。

金虎进山，苗魁没事的时候喜欢跟着去，进入山林的苗魁像个孩子，对花草树木格外亲近。苗魁小儿子占鳌生下来就不省心，晚上总是哭闹，苗魁心里烦，进山散心也是一种排遣。

北障大多是缓坡，多林地草场，适合放牧。羊群赶到林中草地上，不用牧羊人多照顾，自然会安心吃草。红獒虽未成年，但看守羊群却早早进入了角色，像模像样地替主人尽职尽责。金虎放羊的二道沟有一片石砬子，大小有如篮球场，石砬子很平坦，适合仰面躺下晒太阳。金虎喜欢看蓝天，他觉得天空无边的瓦蓝就是方位倒置的大海，里面肯定有数不清的生灵。金虎没见过海，对海却有许多憧憬，记得父亲说过，地上有什么，海里就有什么。那么这句话可不可以这样延伸，地上有什么，天上也就有什么呢？有时，天空中会挂满絮状的白云，像小时候爱吃的棉花糖。还经常有钩钩云出现，将蓝天耕耘成一条条豆垄。最难捉摸的是积云，积云形似大山，群峰耸峙，巍峨壮观，但很快就会雪崩一样蔓延开来，变得暗淡，天空仿佛被乌云拉上了帷幔，这个时候暴雨就要降临了。

跑累的苗魁也过来躺下，嘴里衔着一截叫酸木浆的蔓生植物，手里攥着一把刚采摘的黄花菜。处于山野中的苗魁由生意人回归了孩子的天性，望着天空问："看啥呢？"

"看云，"金虎说，"天上的云特有意思，你心里想啥，它就像啥。"

苗魁对天上的云没有兴趣，问："你说山中野兽什么最厉害？"

这是个小孩子常问的问题，金虎记得自己小时候也这样问过父亲。父亲是个经验丰富却总是面带忧郁的老猎手，喜欢想一些与猎手无关的事情。父亲冬季头戴一顶貉皮帽子，脚蹬白毡高筒乌拉，身穿翻毛羊皮袄，背一杆火铳徒步走向山林的形象木刻一般印在金虎脑子里。父亲打了一辈子猎，深谙狩猎禁忌，给了金虎许多家传。父亲怎么回答这个问题的，金虎记不清楚了，但他没有忘记父亲说过的一句话：不要低估动物。

"民间有一猪二熊三老虎之说，"金虎道，"这个说法不是空穴来风，老虎我没遇过，野猪和黑熊都交过手，黑熊莽，野猪猛，莽容易躲避，猛就不好对付了。尤其是孤猪，见人就追，追上就咬，很多猎手吃过野猪的亏。"

"难怪野猪排老大。"苗魁倒吸一口凉气。

"但野猪发火是有规律的，一般情况下野猪见人会跑掉，不会与人为敌，它们知道人手里有家伙，自己斗不过人类。野生动物有个共同点，见到人首先一条是逃命，只有逃不掉的时候才会转过身来拼命。"

"那么，野猪什么情况下会伤人呢？"

"发情期，人发情不畏法，猪发情不要命，最可怕的是发情的公猪，荷尔蒙这个东西在猪身上格外起作用，能让公猪战斗力倍增，在发情公猪眼里除了母猪其他都是死敌。"金虎停顿了一下，接着道，"当然这是大众的看法，我不全信，猪毕竟是猪，再猛也是猪，脑子不够用。"

"你认为什么野兽能排老大？"

"我觉着最厉害的是猞猁，就是耳朵上长着簇毛的那种短尾大猫。"

“听说过猞猁，从来没见过。”

“猞猁体形不大，但下口狠，往往一招致命。张三厉害吧，遇见猞猁立马就怂了。”

狼都怕的野兽人怎能不怕？苗魁哆嗦了一下。

“猞猁是大山之灵，是喜欢动脑子的野兽，会揣摩人的心理，有经验的猎手都忌惮它，不到万不得已不去碰它。我祖父、父亲都是北障一带有头有脸的猎手，山中什么野物没打过？唯独没打过猞猁，问原因，父亲说没看到猞猁两只耳朵上的簇毛吗？它和蛇芯子一样，是警告人不要靠近，靠近它会有危险。”

“猞猁耳朵上的簇毛是蛇芯子？”苗魁很惊讶。

“我父亲说动物是最讲规矩的，它们总是先礼后兵，尤其那些能夺命的动物，会通过声音、颜色、体态等来警示你，让你远离，如果你置之不理，那就另当别论了。比如响尾蛇、银环蛇、带花纹斑点的虎豹。其实不仅是动物，植物也是如此，山里那些有毒的蘑菇，哪种不是色彩艳丽？”

苗魁点点头，有毒的蛇虫确实花纹不一样，斑斓和艳丽那是一种警告，似乎在告诉接近者：我有毒，离远点。猞猁那两撮簇毛原来也有这个作用。

金虎说：“猞猁前肢短，后肢长，这种进化趋势接近灵长类，你看看人的胳臂和腿，也是一短一长。”

苗魁说：“怪不得林区说一个人狠，就说他像猞猁，看来猞猁排猛兽之首没问题。”

“四林区有个姓高的猎手就是在山里撵猞猁结果被猞猁耍了，掉下山崖摔断了两条腿。”金虎说，“这件事北障的猎手都知道。”

羊群在开阔的草地上悠闲地吃草。忽然间羊群有些躁动，拴在树上的红獒发出吼叫：“汪汪汪。”叫声如同低音炮，极具穿透力。金虎觉得奇怪，这一带没有猛兽活动，红獒怎么会反应异常。他坐起来，看到红獒朝着石砬子后面叫，估计是那里有什么情况，便解开拴在树上的链子，牵着红獒转向石砬子后方。红獒力气很大，拖着金虎很快就绕到了石砬子背面。金虎没有太在意，心想也许是野兔、松鼠之类的东西引起了红獒的注意。忽然，红獒猛地发力扑上去，把金虎拽了个趔趄。金虎定睛一看，原来草丛里蜷缩着一只灰狐狸。这是一只雌性狐狸，除了眼圈、嘴巴和四爪是白色外，其他部位通体银灰。可怜的灰狐狸被猎套套住了一只前爪，两只大耳朵直竖着，龇着白色的利齿，惊恐地望着来人。金虎拉紧了红獒，一旦松手，红獒会扑上去将纤小的狐狸撕成碎片。苗魁也跟过来，哆嗦着掏出手机拍照，这是他第一次看到中套猎物，而且还是狡猾异常的狐狸。灰狐狸用力后退，想挣脱猎套，发出"喔喔"的叫声。猎手设计的猎套像手铐，越挣扎越紧，如果套在颈部，灰狐狸早就窒息而死，所幸被套住的是一只前爪，挣扎才不至于致命。

"谁下的套子？"金虎皱着眉头说，"一定是宋老三，在石砬子下套，能套住啥？"

三林区五大猎手只有刘大牙和宋老三喜欢下猎套，刘大牙不下小套，专门套野猪，宋老三却大小套都下。人们怀疑宋老三偷套黄鼠狼，这一点让别的猎手很是看不惯，包括冯麻秆和唐胖子对宋老三都颇有微词，认为宋老三没有前辈的样子。站上人狩猎一向不碰胡黄二家，这里的胡黄二家就是指狐狸和黄鼠狼，宋老三不该破前人留下的规矩。但宋老三从来不承认自己套过黄鼠狼，他说有过误套狐狸的时候，但都放了，绝没有伤害过。宋老三喜欢玩牌，去年过年他到附近电子玩牌因为出老千被抓住，输家要剁他指头，他会功夫，三拳两脚将对方打趴下，后来经县林业局那个开车的朋友出面斡旋，赔上一笔钱才平了事。事后他纳闷出老千是怎么暴露的，就求六子妈带他去四林区看姜大先生，姜大先生煞有其事地掐算一番说："你让狐狸屁给崩了。"他回想了一下，确实有一次套到一只狐狸，收套时闻到狐狸放的屁，那个臭啊，让他恶心了一天一夜。从此，宋老三再下套总要等着猎物死掉再来收，担心被狐狸放屁崩了牌运。

有金虎和红獒在，苗魁胆子便壮起来，打量着中套的狐狸说："这只狐狸的皮能给我老婆做条好围脖。"

金虎摇摇头："这猎套套住狐狸应该是个意外，估计是想套兔子。"

苗魁道：“是呀，没听说谁套狐狸。”

“这是只过路狐狸，窝不在附近。”

“那咋办？”苗魁问。

“自然是放了。”金虎没有丝毫犹豫。

苗魁问：“我过去给它解套，它会不会咬我？”

“会咬的。”解套是个危险营生，金虎曾经给一只活着的野兔解套，结果不小心被咬了一口，由此懂得“兔子急了也咬人”这话是有道理的。金虎将红獒拴在一棵柞树上，从树上折下根带杈的树枝递给苗魁，说：“你把它的头叉住，我来把套豁开。”金虎从鞋鞡里拔出攮子。攮子比一般的匕首要短，锋利无比，是当地猎手人人必备的防身武器。苗魁一点点逼近狐狸，想用树杈叉住狐狸脖子。狐狸先是往后退，待套绳像弓弦一样绷紧时，猛地向前跃起，“咔吧”一声从苗魁左侧跳过，瘸着腿跑了，猎套上留下一只血淋淋的狐狸爪。红獒猛虎般跟着跃起，却被链子拉住了，它如同一只疯牛和链子较着劲，几乎要把那棵碗口粗的柞树拉弯。

苗魁被惊坐在草地上，因为他动作迟缓给了狐狸拼命一跃的时机。

“老天爷，狐狸有这么大的劲儿！”苗魁惊魂未定，“爪子都不要了。”

金虎感慨道：“断爪求生，这是一只了不起的狐狸，勇气可嘉！”

苗魁站起身，扔掉手里的树杈说：“我的奥地利猎枪要是在，一枪解决问题。”

金虎摇摇头，“有枪也不能打，再说打了也没有用，没看见狐狸正在褪毛吗？皮不能用，肉又不好吃。”

两人牵着红獒回到石砬子上躺下，天空多了许多积雨云，山上变得时阴时晴。羊群在悠闲地吃草，全然不在意刚才发生的事情。一般来说，狐狸不会偷袭羊群，狐狸知道自己有多大本事，吃不下的东西不会贪。金虎想，刚才要是一匹狼就不一样了，羊一定会炸群。

苗魁悄悄地说：“真是奇怪，狐狸喔喔的叫声怎么像小孩子哭呢？”

金虎说："民间认为位列仙班的动物，叫声都与人相似，这就是传说动物修炼的最高境界是化成人形的原因吧。山林中两种野物的叫声最迷惑人，一个是狐狸，让你误认为是小孩在哭；一个是刺猬，让你误认为是老人在咳。狐狸和刺猬都在仙班之列。"

"断了一只前爪，它能活吗？"苗魁担心这只灰狐狸的来日。

"既然老天爷饿不死瞎家雀，也就饿不死三条腿的狐狸，再说了，狐狸聪明着呢，想夺它命不容易，除非它惹着了天上的金雕。"

站上的猎手有个不成文的老规矩，要把狐狸和黄鼠狼当朋友待，开始金虎以为这规矩无非是迷信，后来一个下放林区劳动的生物教授说通了道理。那个教授写有不少专著，下放时就住在金虎家，给金虎讲了许多生物链知识。那时金虎还小，像听故事一样听这位专家讲生物知识。旧时北障易发鼠疫，尤其是出血热，得上这种病十有八九不治。鼠疫病毒的宿主是老鼠，而狐狸和黄鼠狼都是捕鼠能手，狐狸和黄鼠狼多的地方，出血热发病率就低，所以老辈人定的规矩有一定道理。当然，并不是所有的猎手都能恪守这个不成文的规矩，有个别猎手偷偷猎杀狐狸、黄鼠狼，甚至还打猫头鹰。金虎就在猎手活动中把教授讲的道理讲给大家听，在讲了这些道理后，他还用老辈人传下来的故事加以佐证，给猎手心里种下了一个难以消除的因果：猎杀狐狸和黄鼠狼会遭报应！这种因果播种日久成俗，三林区不论何人，对那些猎杀胡黄二家的人会嗤之以鼻，所以宋老三的猎套即使出现误套，他也死活不敢承认。

天上有零星的雨滴落下，两人赶着羊群下山。

金虎放开了牵绳，红獒却不跑开，就跟在两人身后，不时往金虎腿上蹭，还总是扭头咬后背。金虎发现了红獒的异常，停下来查看红獒后背，原来是红獒背上招了草爬子。金虎点着一根烟，吹一吹，香烟露出红红的火炭，他拨开红獒脊背处的厚毛，用烟蒂去烫半截身子已经钻入皮下的草爬子。这只吸足了血水的草爬子后腚被烧，不得不抽出头来，被金虎捏了个粉碎。

"红獒真聪明，"苗魁说，"它知道找你帮忙。"

“獒不算太聪明，最大的特点是忠诚、省心。”

“唉，我家占鳌要是也省心就好了。”苗魁摇了摇头。

小占鳌生下来真的就不省心，夜里啼哭不止的问题到医院检查过，却查不出啥毛病。医生说婴儿哭不是什么坏事，可以锻炼肺活量，歌唱家在婴儿时代没有不爱哭的，不哭练不出好嗓子。苗魁说，我儿子将来不当歌唱家，大夫您想个办法，别让孩子晚上哭就行。医生说他也没办法，再说从来就没有治哭的药。

小占鳌的啼哭让苗魁十分头疼，他突然就想起了六子妈，六子妈说过孩子有什么事可以找她，也算是病急乱投医，苗魁开车就来到了六子家。六子妈听了占鳌的情况后说，这事好办，可以去找姜大先生。六子妈给姜大先生打了个电话，对方说他只会算，不能看，要想看病得去找莫叉玛。莫叉玛是四林区有名有号的大仙儿，专治各种癔症，他可以帮忙打个招呼，让苗魁去看。

苗魁把姜大先生的话说与金虎，金虎说：“姜大先生是个明白人，他算卦看风水没问题，给人看病抓药就属于违法行医了，倒是那个江湖医生莫叉玛胆子肥，胡乱给人治病，出了事要负责的。”

苗魁道：“四林区这俩人好像有分工合作，一唱一和。不过，既然六子妈介绍了，我们去看看也无妨。”

金虎未置可否，偏方治大病，小占鳌总是夜里不睡大人也吃不消，找莫叉玛看看也中，古代站上人都是靠叉玛看病，叉玛受人尊敬也不是一点道理没有。金虎对四林区姜大先生和莫叉玛的情况了解不多，两个林区之间相隔不到一百公里，信息有所互通，曾有人说过，去三林区见一枪飙，到四林区找莫叉玛，这俩人是各自林区的招牌。正应了十里不同俗的说法，两个林区民风截然不同，三林区居民大都是站上人后裔，侠义信仰犹在，而四林区的居民则来自多地移民，普遍有商业头脑，为人处世更活泛一些。

去四林区要经过一条林中土路，这样的山路即使开车苗魁也不敢自己走，金虎便带上红獒，陪他去四林区。越野吉普沿着一条布满苕条和酸枣窠的土路，经过近两个钟头行驶才来到四林区。来到姜大先生家，一番交谈后姜大先生对孩子没有叫乳名很不高兴，说占鳌这个大号虽然也是他起的，但要等到上学时再叫，一个吃奶的孩子怎么能顶起这个大号呢？苗魁说狗剩的乳名并没有不用，在家里还是叫的，现在是乳名、大号一起叫。姜大先生还算开明，没在这个问题上多问，提醒苗魁去见莫叉玛可千万别阳奉阴违，莫叉玛怎么说你就怎么做，也不要问为什么，世上有些东西本来就说不清。金虎发现姜大先生家里墙壁上挂着很多驴皮影，这些彩色影偶都镶了木框，十分精致。姜大先生见金虎在注视墙上的影偶，就指了指其中一幅道："这张大手斯有一百六十年历史了，很珍贵的文物，北障一带唯此一张，有人出大价钱收购，我没搭理，祖传的大手斯怎么能卖呢？"

金虎吐了下舌头，一百六十年，那是高祖时代的皮影了。姜大先生平时难有聊皮影的机会，看到有人关注，他便不放过介绍的机会，话自然就多起来。也难怪，姜大先生毕竟是拿线唱影出身，没有人不喜欢炫耀自己的过去。

金虎问："大手斯是什么？"

姜大先生很惊讶："大手斯你都不知道？大手斯就是大师兄呀，每个影箱都要有的，是影偶中的灵魂，没了大手斯，整箱皮影就丢了魂儿。"

金虎似懂非懂，又不想多问，便含含糊糊点了点头。

姜大先生接着说："其实人生如戏这句话指什么戏？就是指皮影戏，别的戏不挨着，只有皮影戏最能说明人生的道理。你想想，再魁伟的人，再牛的英雄，到头来还不是一张驴皮影？我这影箱里有刘邦，有李世民，还有朱元璋，他们都是皇帝，皇帝又能怎么样？到头来还不是我刀下的一张驴皮影？我高兴就拿线唱他几回，不高兴就把他们挂在箱子里，让他们和时迁、西门庆在一起。什么秦皇汉武、唐宗宋祖，他们在灯光下怎么表演都捏在我手中这根线上。他们还算幸运，有些也是皇帝，却连张驴皮影也不是，所以说人生如戏，看开这一点，就算活明白了。"姜大先生因为讲起皮影，人变得格外兴奋，比比画画吐沫乱飞。

“唱皮影挺好的，怎么改行打卦看风水了呢？”金虎忍不住就问了一句。

“哈哈，刚才我不是说了吗？唱过皮影，看开了，人生如戏嘛。”姜大先生的回答很智慧。

姜大先生把两人送到街上，指了指七八十米开外一处很阔气的红砖院子道：“那就是莫叉玛家，你们自己去吧。记着，别空手。”

根据姜大先生指点，两人来到莫家。莫家房子因为地基高、房屋起脊，在林场家属区很有点鹤立鸡群的样子，院里一棵楸子树下摆着张油渍斑驳的长木桌，四周围着一圈长板凳，看来这是看病的诊台了。苗魁从车里搬下一箱酒，金虎牵着红獒，两人推开院门走进院子里。院子里有个老妪正在楸子树下摘豆角，还有一黄一黑两只柴狗趴在地上，见了红獒，两只柴狗像见了老虎一样，叫了几声就逃回屋里，在门口露着头惊恐地看着红獒。见到有人来，老妪朝屋子里喊了声“别睡了，来客啦”。莫叉玛应该是在午睡，被叫醒后趿拉着塑料拖鞋从屋里走出来，一副不情愿的慵懒相。屋里两只狗却没有跟出来，想必是让红獒给镇住了。老妪端着豆角盆回到屋里，顺手关上了屋门。

“坐吧，老姜介绍来的吧？这老小子净给我添事儿。”莫叉玛说。

“莫师父好，给您添麻烦了。”苗魁很谦恭地说。

莫叉玛没有回苗魁的话，却被金虎所牵的红獒吸引住了，双眼放出异彩，褐色的瞳孔像射灯一样，方才的慵懒一下子不见了。他伸出手来想摸摸红獒的头，一向无所畏惧的红獒见了莫叉玛却变得躲闪起来，金虎能感觉到牵着红獒的链子在微微抖动，这是从来没有的现象。金虎看了莫叉玛一眼，发现此人眼中透出一股锥尖般的锐气，像科莫多巨蜥盯着猎物的样子，表情猥琐而恐怖。

“这是一只好狗，”莫叉玛说，“比一般土狗能多出两倍肉。”

金虎有些生气，哪有这样夸狗的，狗是猎手最忠实的伙伴，身为叉玛对红獒应该喜爱才是，怎么想到了肉？何况叉玛都忌吃狗肉，不仅叉玛忌讳，站上人、鄂伦春、达斡尔等少数民族都不吃狗肉。

“这是藏獒，不是柴狗。”金虎忍不住纠正莫叉玛的说法。

莫叉玛点点头，“我乃狗屠之辈，屠狗无数，但从没屠过獒。”

金虎心里一颤，此人原来是个屠夫！屠夫怎么一转身成了看病的高人？世上之人果然就像驴皮影，随时转换角色。但莫叉玛这角色转换有点奇葩，给金虎一种四六不靠的感觉。

苗魁说明来意，报上了占鳌的生辰八字，然后把那箱北大仓白酒放到桌角。林区人喜欢喝高度酒，他特意去买了一箱北大仓做见面礼。莫叉玛坐下来，示意苗魁也坐，却没有与金虎打招呼。莫叉玛闭眼掐指算了算，睁开眼点燃一支烟连吸几口，吐出一串烟圈，然后一口气吹破这些烟圈，将半截香烟掐死在烟灰缸里，盯着苗魁说：“孩子厌食、惊悸、夜啼、便稀、消瘦，对不？”

苗魁连连点头，莫叉玛用了五个词概括孩子的症状，说得都对。

莫叉玛接着说：“孩子招人喜欢，自然也会招妖魔鬼怪喜欢，人与魔喜怒哀乐相通，孩子待人亲，自然会妖魔亲、鬼怪宠。但是要记住，人亲是好事，妖魔鬼怪要是亲就是大麻烦，弄不好就会把孩子领了去。”莫叉玛说得吓人，苗魁脸色都绿了。

“所以要降妖驱魔，让妖魔鬼怪离孩子远点。”

“莫师父给想个办法吧，孩子就指望您了。”苗魁掏出一个红包放到木桌上，钱能通关，姜大先生说了，想免灾不破费肯定不行，苗魁缀了一句，“孩子好了后，再加倍孝敬您！”

莫叉玛看也没看红包，目光落在那箱酒上，“这酒该给姜大先生拎两瓶，人家介绍你们来的嘛。”

“这个不是问题，下次给他买一箱就是。”苗魁后悔只买了一箱，心想，这个莫叉玛有点有福同享的义气。

“孩子的病不难治，方子也有，就是东西难弄。”

“啥东西？只要不是天上的星星月亮，我苗魁头拱地也去弄！”苗魁心情急切，好像在和那些纠缠占鳌的妖魔鬼怪赛跑。

“去北障里猎猞，剥下猞猁头皮，做一顶带双耳的猞猁帽给孩子戴，妖魔鬼怪就不敢再来骚扰孩子了。”

苗魁愣住了，没想到莫叉玛会给出这样一个方子。

金虎吃了一惊，猞猁是保护动物，猎杀猞猁要蹲笆篱子。他觉得莫叉玛这个方子是个圈套，明明知道不能猎猞，却又出这个难题，搞不来就休怪大师不灵。金虎接触过一些所谓民间大仙，出的方子千奇百怪，有的抓药容易，药引子却难寻，什么虎尿、龙须、肾精子，十足难为人。他对五大猎手讲过，不要迷信大师，啥功夫都是苦练成的，很多所谓大师都名实不符，尤其遇到那些有所谓怪招、绝活的高人，要擦亮眼睛看个明白，别叫人家给忽悠了。

“猎猞？是打猞猁吗？”苗魁问。苗魁第一次听到“猎猞”这个词。

“他知道，你去问他。”莫叉玛指了指金虎，他从金虎的眼神和所牵的红獒判断，金虎是个猎手。

“猎猞不行。”金虎说，“我打了半辈子猎，从不猎猞。”

“我给人看病多年，从不出容易的方子。”莫叉玛眼中露出一丝不屑。

“派出所不让打咋办？”苗魁问了个不该问的问题。

莫叉玛冷冷地扫了苗魁一眼，“卫生局也不让我给人看病呢，但我还不是照样在看吗？我看的病人中还有卫生局干部家属呢。说和做永远是两码事，别像小学生那样幼稚。”

院外来了一男一女，看样子是有身份的人，开着奥迪车，衣冠楚楚，那个穿白裙的女人晴天却打着伞，还牵着一只褐色小狗，应该是泰迪。两人只好起身告辞。小泰迪见到红獒，一副媚态靠过来，红獒却对它视而不见，径直跟着金虎走向吉普车。苗魁听到女人抱怨了一句：“好没礼貌的藏獒！”

上车后苗魁摇下车窗向莫叉玛摆手，这时一直默不作声的红獒突然朝车窗外发出一声闷叫，声如狮吼，站在门口的莫叉玛吓得一哆嗦，脸色骤变，扭头回去了。

回三林区的路上，苗魁问：“打猞猁怎么叫猎猞？”

“猞猁狡猾凶猛难以对付，不是轻易就能打到的，打，体现的是藐视，就像大人打小孩，很容易；猎，体现的是重视，就像势均力敌的两个人搏斗，需要斗智斗勇。林区猎手管打猞猁叫猎猞是有道理的，能猎猞的猎手会被人高看。我打了一辈子猎也没能猎到猞猁，当然家训里也不允许猎猞，即使遇到也会躲开。”

“猞猁帽真管用？”苗魁对莫叉玛开的方子将信将疑。

金虎知道鄂伦春族一向有给女人和孩子戴猞猁帽的习俗，看来莫叉玛也知道这个，一顶猞猁帽吓退妖魔鬼怪的说法有点玄，再说哪里来的妖魔鬼怪呢？他回答说：“给孩子戴猞猁帽是旧时习俗，不管好不好用，戴个猞猁帽反正没坏处，问题是猎猞犯法，到哪里去弄猞猁帽？”

“大仙出的方子就是怪，花多少钱都买不来。”苗魁说。

金虎笑了笑，“怪和仙是孪生兄弟，不怪就不叫仙了。”

金虎想起了莫叉玛看红獒的眼神，就让苗魁给姜大先生打电话，问莫叉玛屠狗是怎么回事。电话接通，姜大先生说四林区人都知道，莫叉玛喜欢吃狗肉、喝烧酒，三天不吃狗肉就没了精气神。莫叉玛对其他肉不感冒，就是吃狗肉没够，尤其喜欢吃带皮的狗肉，每年都会买几十条狗杀了吃。莫叉玛身上有特异功能，再厉害的狗见了他都会打哆嗦。有一年县公安局来四林区破一起贩卖大烟案，发现莫家院子里栽了几棵大烟，公安局的警犬愣是不敢进莫家院子，你说莫叉玛神不神？

“原来如此！”金虎明白了，屠夫身上有种看不见的杀气，狗、牛、猪、羊都能嗅出来，红獒正是嗅出了这股杀气，才一直往他身后躲。

苗魁眉头皱成一团，“屠夫当叉玛，有点拧巴。”

“是不靠谱，叉玛是不应该吃狗肉的。”金虎说。

苗魁说：“可是不信他还能信谁？听姜大先生说他给很多人看好了癔症，再说正规医院的大夫也没办法。”

莫叉玛出了道难题，金虎想，苗魁不可能进山猎猞，这个难题实际上等于出给了他。

“你知道，我连兔子都不敢打，怎么敢猎猞？”苗魁为难地道，“我就是个吃货，这件事老哥要帮我才是。”

"我答应过胡所长不再打猎，不能食言呀。"

苗魁道："再想想，不行你帮我制订一个猎猞计划，我来实施，你当军师就行。"

金虎被他逗笑了，心想，还猎猞计划呢，干脆叫马歇尔计划好了。

路坑洼不平，路边一个个准备垫路的沙堆像座座新坟，看上去十分添堵，车颠簸得厉害，两人唠了一路猞猁。回到家里下了车，金虎说："我忽然想到这个莫叉玛像个人物。"

"像谁？"苗魁问。

"像姜大先生说的那个大手厮。"

5

第五章

刘大牙来找金虎。

刘大牙交枪后开了个猎人棋牌室，生意还过得去，主要是昔日的猎手们来捧场，大伙坐在一起打打牌、吹吹牛、喝喝茶，倒也安逸。猎人棋牌室的名字是金虎起的，当时刘大牙来问，金虎想都没想就说："就叫猎人棋牌室吧，算是对昔日时光的一种纪念。"猎人棋牌室开业后金虎很少去，因为他要进山放羊，没有大把的时间可挥霍。但棋牌室有什么大小事情，刘大牙都来向他讨教，无论有没有猎枪，一枪飙在猎手心目中的地位不会变。

"有件事你得出面管管，"刘大牙说，"这事别人摆不平，包括胡所长也是白给。"

金虎问："啥事？"

"咱猎手之间的事呗。"刘大牙说，"弄不好会出动静，坏了咱三林区猎手的名声。"

金虎警觉起来，三林区猎手的名声和自己紧密相关，出了丑闻的话，一枪飙想不吃挂落都难。他让刘大牙坐下来慢慢说。

事情的起因与打猎有关。

原来，李库在北障二道沟一处山泉旁桦树林中发现了一群飞龙，这群飞龙应该是一个家族，活动范围就在山泉附近。飞龙很傻，若用枪或箭射击，打掉一只后，其他飞龙会没事一样依然蹲在原处，有经验的猎手会根据这个特点，一次把整个飞龙家族全部包圆。李库发现了这群飞龙，没有土铳可用，就想用网来捕。为此他到县里买了两张挂网，想去二道沟支网捕飞龙。从县城返回的时候李库和唐胖子坐同一辆公共汽车，他买的挂网也被唐胖子看到了。唐胖子纳闷儿，北障除了草原上有些泡子外，就四方台下的菠萝沟有条菠萝河，但因为河中石多滩少，不适合下挂网，想打鱼的话买旋网更好，用不上这种长的挂网。唐胖子问李库买挂网干什么用。因为都是好朋友，李库没有避讳唐胖子，就悄悄说了二道沟飞龙的事。当时唐胖子没在意，打飞龙小事一桩，李库网到飞龙卖给燕子饭店赚点零花钱可以理解。唐胖子劝李库等到秋天再支网不迟，现在飞龙太瘦。李库说等不得，燕子饭店早就断了山货，天天叫魂似的催他。唐胖子知道李库与燕子饭店老板有一腿，就没有再劝。唐胖子不理解，燕子是个一脸横肉开花的女人，腚像磨盘一样，又瘦又小的李库怎么会喜欢她。

也是凑巧，派出所开始搞普法教育，胡所长强调对任何犯罪都要预防、惩处两手抓，还特别对所里三个辅警提了几条希望，要求辅警要像正式民警一样来审视自己，把法治观念摆上位置，要有第三只眼、第三只手、第三种感觉。

听了胡所长的训话，唐胖子偷偷和冯麻秆说了李库买网的事，问冯麻秆这事是不是向所长报告。冯麻秆说，你向所长报告不是成告密者了？人家李库信任你才对你说，你要是把人家卖了，在三林区你还怎么混？唐胖子说告诉所长是预防犯罪，不能眼睁睁看着李库犯法。冯麻秆说，这事睁一只眼闭一只眼算了，五大猎手之间还是讲点友情，座山雕不是有句话叫友情为重嘛。

飞龙这种飞禽之所以肉质鲜美，与其生存环境密不可分，它们饮甘泉，食嫩芽，不居肮脏之地，族群不分家，生死相依靠，正因为这种高贵优雅使它们肉质至纯至洁，汆出的汤具有一种超凡脱俗的品质。唐胖子当然知道这个道理，他不去告密，却可以驱走这群飞龙，让李库的挂网挂不成。唐胖子扛着铁锹偷偷进山，找到二道沟那眼山泉，一通乱掘给山泉改了流向。山泉不流经原来的鹅卵石区域，改在泥地草丛里流淌，水流便不再清澈。飞龙之所以在这里栖息，是因为山泉清澈，山泉发生改变，这个飞龙家族马上就迁到别处栖息，北障这么大，干净的地方不难找。

过了些时日，李库带着挂网悄悄进山，发现有人在山泉上做了手脚，心里那个气哟，后悔不该把秘密告诉唐胖子。李库没捕到飞龙，下山时却被胡所长带人截住了，搜出了背包里的挂网。胡所长训诫了李库并没收了挂网，让他回家等待进一步处罚。这件事发生后，唐胖子被胡所长提拔为辅警队队长，虽然辅警只有六子、冯麻秆和唐胖子三人，但在冯麻秆看来，唐胖子这次重用肯定与告密有关，因为队长这个差事本来该是六子的。刘大牙说，李库跑到我这里大骂唐胖子，还说要找你来评理，说唐胖子卖友求荣，坏了他好事不说，还打黑枪举报，简直就是小人！刘大牙说识人识面不识心，唐胖子这家伙看起来挺憨厚，没想到一肚子弯弯绕。

刘大牙说他觉得事出有因，就叫来唐胖子问情况，唐胖子便说了上述那些话，他赶走飞龙的目的是阻止李库违法捕猎，发誓说他没有打黑枪，胡所长截住李库是凑巧，胡所长后脑勺上长眼，啥事休想瞒过他。

刘大牙把唐胖子的话告诉李库，李库不信，正好冯麻秆也在，冯麻秆自然就想起唐胖子提过要举报的事，说唐胖子真是鬼迷心窍，咋能干伤害长辈的事。所有的证据都表明这事板上钉钉是唐胖子所为，刘大牙就把唐胖子叫到棋牌室来了个三堂会审，让他有话摆到桌面上，李库就想逮几只飞龙而已，至于这么干吗？谁知唐胖子死活不承认告密，只是承认山泉是他挖的，目的是预防李库犯法。冯麻秆见唐胖子死不承认，就说，好汉做事好汉当，你这样干就成了胆小鬼，给咱三林区的猎手丢脸。唐胖子急眼了，我是胆小鬼？别的不敢说，要说做人我是纯爷们！冯麻秆犟劲上来了，是骡子是马咱遛遛好了。两人话赶话就约定好，明天下班后到猎人棋牌室，用三林区猎手的方式来摆平此事。

“唐胖子这事没做错。”金虎说，“麻秆不该那么下结论。”

刘大牙说：“不管对错，现在他们要用猎手的方式平事，这咋办？”

金虎说：“猎手，就该用猎手的方式解决问题，用别的方式就不对了。”金虎知道，三林区猎手们解决纠纷的方式是比枪法，其实就是比本事。据说驿站初设之时，猎手之间有纠纷是比试射箭，后来有了快枪便不再用箭。无论枪还是箭，输的一方要喝酒，喝多少由赢方定，酒钱由输家出。这种解决方式需要有公证人。现在猎枪都上交了，没法比试枪法，就问：“他俩怎么比？”

“他俩都同意比飞镖。”

金虎点点头，“年轻人就是有招数。”

他们要比的飞镖不是古代的武器，其实就是运动会上那种玩具飞镖。

刘大牙说：“两人说了，为公平起见，他俩谁也不许带飞镖，由我这个公证人去买个新的来比，钱由输家付。”

金虎陷入了沉思，这场比赛看起来像儿戏，其实危险在后面，因为不管谁赢，都会往死里灌酒，灌醉了事小，闹出麻烦来两人会丢掉饭碗，因为治警严格的胡所长不会容忍两个辅警这样胡闹。

约架是明晚。这事必须管，金虎想，两个年轻猎手之间的疙瘩一定要解开，三林区猎手的传奇需要他们去续写，这俩人出了问题，三林区猎手的故事就终结了。处理这个关系要把原委搞明白，也就是说胡所长到底是怎么知道李库带挂网进山的？为什么要提拔唐胖子当队长？他告诉刘大牙，明天备一箱低度嫩江春，千万别备高度酒，以这两个年轻人的酒量，一人一瓶35度嫩江春不会有问题。

当天下班后，金虎打电话把六子叫到家里，问六子是不是知道李库的事。六子是实在人，他说详细情况不晓得，但三林区啥事也别想瞒过胡所长，胡所长何止三只眼？后脑勺上还有好几只眼呢，大街上走的人说不定谁就是他的眼线。金虎又问唐胖子当队长的事。六子有点不好意思，说自己不求上进，本来这个差事是他的，但他不会说话，老是当着所长的面夸赞师傅，所长心里肯定不爽，就不会重用自己。六子说他知道胡所长和师傅之间有梁子，是胡所长不够敞亮，所以他觉得胡所长什么都好，就是疑心重，看谁都像是犯罪嫌疑人。

“那么，胡所长是怎么发现李库带挂网进山的呢？”金虎这是在问自己了，因为六子知道的都说了。

六子说：“胡所长当过侦察连长，三林区除了师傅您，没人是他的对手，李库那两下子怎么行？”

金虎决定明天一早去所里见见胡所长，三林区猎手的事自己必须出面，尽管他心里一百个不愿意看胡所长那双黄眼珠。

胡所长上班早，每天早晨会在派出所院子里打拳，他练的是很实用的搏击拳，派出所院子里吊着沙袋、立着转桩，这种锻炼本身也是一种威慑，想惹事的人会掂量一下，自己的身子是不是能像沙袋一样扛打。

“早！”金虎站在院子外打招呼。

穿着深蓝色警务背心的胡所长正在击打沙袋，听到金虎打招呼，停下来道：“想进来试试吗？”

“年龄大了，拳脚慢了，”金虎说，“不像你，年富力强。”

“一枪飙还有服老的时候，稀罕。”胡所长忽然来了一个转身踢，飞起一脚踢中了沙袋。沙袋悠起来，像头死猪。

“听说胡所长没收了两张挂网？李库新买的挂网。”

“对，李库没了枪，就动了用网捕鸟的歪心思，这是不允许的。”

“做事也要有依据吧，李库虽然带了挂网，可并没有支起来捕鸟，说不定是想到菠萝河挂鱼呢，挂鱼好像不违法吧？”金虎话里有话，言外之意你胡所长这样没收东西属于长臂管辖，人家可以申诉，现在上下都强调是法治社会，法治社会不允许乱抓乱罚。

“你来讲情？”胡所长用毛巾擦了擦汗，走到栅栏边，与金虎靠得很近，一双黄眼珠逼视着对方。他知道来者不是个普通猎手，是大名鼎鼎的一枪飙。

“没人让我来讲情，李库也不会找我，他认为你胡所长抓谁、没收谁的东西都是你的权力，他想说也不敢。”

“我们是警察，不是黑社会，我们做什么都有法律依据。”胡所长当然不会认可金虎的说法。

“那么，我想问一下，如果有个杀猪匠到市场上买了一把杀猪刀回来杀年猪，你会不会怀疑他有可能杀人就半路上把刀给没收了呢？还有，如果一个和邻居吵过架的农妇，买了百草枯回来，你会不会怀疑她要投毒就把百草枯给没收了呢？”

“怀疑是不能定罪的，这一点不用你来教我，李库买挂网的动机很明确，他自己也承认想去捕飞龙。”胡所长并没有中对方的圈套，说出了李库的交代。

“哦，按照你的逻辑，有想法就是犯罪了？问题是李库连挂网都没支呀，你不能因为他有想法就没收人家背包里的合法财产，挂网又不是违禁品。”

胡所长把毛巾挂到栅栏上，双手叉着腰，歪着头道：“你知道李库为什么没有支挂网吗？那是因为唐胖子把山泉刨了，我们的红外监控看得一清二楚，如果唐胖子不挖开山泉，我们就会抓李库一个现行。”胡所长无意中说漏了嘴，唐胖子上山刨山泉、李库带着挂网进山，都是胡所长在山中安装的红外监控电子眼发现的，看来冯麻秆的确冤枉了唐胖子。

金虎知道该收场了，就装作若无其事的样子说：“我真不是来讲情的，我相信胡所长会秉公依法办案，我尤其相信部队那个大熔炉出来的干部，本质信得过，只是猎手们在私下议论这件事，我觉得有点弄不明白。早上散步看到你在打拳，就过来多了几句嘴，说错了你别在意。”说完，金虎转身离开了派出所。走出三五步，听见胡所长在身后喊：“先别走。”

金虎转回身，“有事？”

“我要告诉你，派出所对涉嫌犯罪的物品，有没收，有暂扣，李库的挂网属于暂扣，如果李库承诺不用于捕鸟，派出所会还给他。”

金虎点点头，道：“我对猎手们说了，胡所长不是个胡来的领导，人家会秉公依法办案，看来我说着了。”

“既然你来了，就由你转告李库，三天后来领挂网。”胡所长说完转身走向所里，那条白毛巾忘在栅栏上。金虎想告诉他，张了张嘴没有说，这是人家派出所的障子，晾晒毛巾很正常。

夜晚，冯麻秆、唐胖子一起来到猎人棋牌室，两人脸色都很难看，一进门看到金虎在场，打了个招呼就坐在那里不吭声。

“进了派出所，都长本事了。”刘大牙不冷不热地说。

“咽不下这口气！”唐胖子说。

“敢做不敢当，我都跟着脸红。”冯麻秆也不示弱。冯麻秆认为自己占理，有点站在道德高地指手画脚的意思，“金师傅你说句公道话，三林区的猎手是不是个顶个的男子汉。”

金虎点点头，三林区的猎手的确都守猎人的规矩，除了在上交猎枪这件事上出了点插曲外，在其他问题上大都保持一致。但他从不在交枪这件事上怪大家，高压之下，分崩离析，自古皆然，千万不要高估别人的忠诚和承诺。

唐胖子气呼呼地说：“我不是背后捅刀子的人，你怀疑我告密，是对我的侮辱。我当时是有过和所长报告的想法，那是在和你商量，你不同意我就没做嘛。我上山挖开山泉是阻止李库被抓现行，李库真要被抓，大伙会跟着操心。你也知道胡所长神通广大，想在他眼皮子底下支网捕飞龙，还不是自投罗网？”

“是非曲直先放下，飞镖备好，开始比试，输赢之后把酒喝干，这事就彻底翻篇。”刘大牙开始主持。

金虎没有说话，他要看看这俩人如何表现。

墙上的镖盘离投镖处有五米远，刘大牙在地上用粉笔画了一条线。每人六支飞镖，比三轮，也就是赌三次输赢。三瓶嫩江春摆在桌上，两只口杯，没有任何菜，这是老规矩，行话叫干拉。

唐胖子先投，金虎注意到他持镖的手有些微微抖动，他是太怕输了，面目皮肤明显趋紧。严格来说唐胖子不算是个好猎手，他只打过小东西，猛兽的毛都没摸过，猎手的名誉是靠猎物抬起来的，这一点猎手们都清楚。当然这不能怪唐胖子，他年纪小，等他成长起来当猎手的时候，山上已经难得有猛兽可打了，是北障没有给他机会。但唐胖子家传有值得骄傲的地方，他爷爷参加过抗联，别说打猛兽，关东军小鬼子的命也要过几条。唐胖子的父亲是林场的护林队长，曾是金虎的上级，有林场配发的半自动步枪，在林场也算是有头有脸的人物，在这样家庭环境里长大的唐胖子多少有些优越感。

唐胖子第一轮射出五十一环，成绩还不错。

冯麻秆是个好打抱不平的人，父母都是林区小学教师，他从小喜欢舞枪弄棒，中学毕业参军三年，退役后自己在家养马、养木耳，收入不错。冯麻秆曾因为见义勇为，徒手抓获一个小偷上过地区报纸。那个小偷相当健壮，被他抓住后很不服气地说，看你像根面条似的，怎么这么有劲儿？冯麻秆虽然瘦，却很有韧力，他紧追小偷不放，一追就是一万多米，最后小偷被他追得累趴下告饶，说跑不动了，再跑就吐血了。他对小偷说，小样的还跑？你起来，咱俩再跑一万米，我在部队是团里的五项全能！这么一说，小偷主动抽出腰带拱手让冯麻秆绑手，说他服了，三林区不光有一枪飙，还有飞毛腿，这倒霉地方真不该来。

冯麻秆捏着飞镖简单瞄几下，嗖嗖嗖一支连一支果断投镖，结果投出五十五环的好成绩。

冯麻秆也不看唐胖子，对刘大牙说："刘叔，倒三个满杯。"

唐胖子二话没说，将桌上三杯嫩江春一口一杯都干了。

金虎注意到口杯满杯应该是三两，三杯一瓶，如果三局都是一方输，应该喝下接近三斤酒。凭他对两人的了解，不到二斤低度酒还不至于出大问题，但喝三斤肯定会大醉。他坐在一旁默不作声，这种平事场面多年不见了，两个年轻人选择这种方式解决问题，说明看重传统。

第二轮由冯麻秆先投，冯麻秆出镖果断，又投出五十五环。

唐胖子捏着飞镖，两眼死死盯着镖盘，嘴里默念着什么，突然叫了一声："着！"飞镖扎在八环线上，第二镖也是八环，第三镖还是八环，不用发后三镖，这一轮又输了。

"刘叔，倒酒。"冯麻秆很轻松地说。

唐胖子又喝了三杯，脸色开始泛红。金虎注意到唐胖子脖颈上浸出汗来，他脱掉了上衣，用衣服胡乱擦了擦脖子，捏起一支飞镖，立在粉笔线这一侧，开始第三轮比赛。他低头看了看，避免踩到白线，踩到白线是犯规，犯规就算输。

金虎招招手，让比赛先停下。他问唐胖子："是不是很想赢这一轮？"

唐胖子没说话，沉默已经说明他想赢。

"按规矩，麻秆有权力让你一次喝六杯，因为赢家说了算嘛，可是麻秆没让你这样喝，为什么？麻秆想用你的紧张来证明他的判断，他从心理上已经赢了你。"

唐胖子眼圈有些红，"我真的不是告密者。"

"那你怕什么呢？如果一连闷它六杯能证明自己问心无愧又紧张什么？多大个事儿！"

第三轮比赛继续进行，第一镖唐胖子就中了个十环。冯麻秆看了他一眼，道："行啊，叫停一下好使呀。"

接下来的五镖，唐胖子射出三个十环，两个九环，第三轮中了五十八环。这是比赛到此最高成绩，冯麻秆想超越的话，难度相当大。

冯麻秆愣了，他没想到唐胖子连输两轮后会在第三轮翻转。他捏着飞镖的手有些湿滑，结果第一镖就失误了，仅仅投出个五环，差点跑靶。不用再投，第三轮麻秆输了。冯麻秆道："该我喝了。"没等唐胖子发话，自己端起桌上的三杯酒都喝了。

刘大牙说："这事翻篇了，以后谁也不许提，大家还是好兄弟。"

两人都看着金虎，他们知道金虎肯定有话要说。两人小时候就知道，三林区猎手之间平事，金虎是公证人的不二人选，金虎的话向来一言九鼎。曾经有个外地来的猎手不按常规出牌，进山投毒逮野鸡，被金虎当众训斥了一番，对方不服，金虎当着三林区许多猎手的面下了战书，要用猎手的方式来解决这个问题。这个猎手哪有胆子和一枪飙比枪法？当天夜里便举家搬离了三林区。这个猎手搬家的时候金虎出现了，猎手很害怕，以为金虎是来找碴儿的。金虎没有多说什么，帮着搬东西、装车。在送猎手走的时候金虎说："兄弟，知道猎手身上最值钱的底线是什么吗？是良心！"

金虎让两人坐下，问冯麻秆："你怀疑唐胖子是告密者？"

冯麻秆点点头，比赛已经结束，酒也喝了，他不想再渲染此事，就没说什么。

"告密者谁都会痛恨，不仅我恨，三林区的猎手都会恨，是不是呀，大牙？"金虎问。

刘大牙道："这还用说，当二鬼子最讨人恨了。"刘大牙所说的二鬼子是指伪满时期给日本人当差的汉奸警察，这些人因为喜欢打探当地社情，向日本警察告密求赏，被老百姓称为二鬼子。光复后这些令人不齿的二鬼子都受到了惩处，但多年过去，林区老百姓还习惯将告密者称为二鬼子。

唐胖子坐在那里呼吸粗重，想说又不说，他想听金虎说什么，金虎的话才是今晚的结论。

“可是，你们真的冤枉胖子了，他不是麻秆说的告密者，他进山刨了山泉不假，那其实是在保护李库，阻止李库支网捕飞龙，如果他不刨山泉，李库支网捕飞龙就会人赃俱获，那时候一切都晚了。我想说你们误会胖子了，他不是二鬼子。”

“这是怎么回事？”冯麻秆面露狐疑，“师傅您不是在拉偏架吧？”

刘大牙也没想到金虎会这样说，搬了个凳子坐在金虎对面，生怕哪句话没听清。

“你们都知道胡所长后脑勺上长了眼，知道这眼是什么吗？”

三人都摇摇头，后脑勺上会有什么眼？

“是电子眼。”金虎说。

“胡所长暗中在上山路口安装了电子眼，注意，是隐蔽的电子眼，就是电视上说的黑科技，那东西特厉害，刮风下雨、白天黑夜也不眨眼，把路口盯得死死的，胖子扛着铁锹去二道沟，李库背着挂网进山，都被胡所长的电子眼拍得一清二楚，有电子眼在，他不需要谁告密，所以说你们真的冤枉胖子了。”

“这是真的？”冯麻秆问，“我咋一点不知道？电子眼安在哪里？归谁管？我这个辅警怎么蒙在鼓里。”

“胖子应该知道吧？”刘大牙问，“你可是辅警队长。”

众人都把目光投向唐胖子，唐胖子突然趴到牌桌上大哭起来，哭得很伤心。

冯麻秆走过去，拍了拍他的肩膀，“好兄弟，我错怪你了，这样，为了向你谢罪，这次平事的酒钱我出！”

“你俩谁也没输没赢，都没给三林区猎手丢脸，这三瓶酒算我的。”刘大牙说。

唐胖子擦净了眼泪说：“那不行，说好三局两胜，我输就是输了，要认赌服输。”

“翻篇吧，今后还是好兄弟！”金虎说。

6

第六章

透过窗子，金虎看见苗魁正在家里摆弄猎枪。

不知为什么，金虎忽然想起了派出所那间小黑屋，一盏昏暗的低瓦数灯泡被铁丝网罩着，高高悬挂在天棚上，四周墙壁上布满霉菌，屋内无窗，一只黑塑涂料罐做成的马桶散发着难闻的气味，铺着稻草席子的木板床坐上去吱扭响，置身其中犹如进了地狱，给人鬼影憧憧的阴森感。他想，苗魁要是在那里待上几天，吓也会吓死。

苗魁擦枪说明他把莫叉玛的话当真了。小占鳌白天不闹，到了晚上就一直哭个不停，夜深人静的时候金虎起来解手，总会听到隔壁院子传出孩子哭闹声。金虎也纳闷儿，这孩子整个时间颠倒，白天无声无息，晚上却闹人。苗魁摆弄猎枪难道想进山猎猞？凭苗魁的胆量和枪法，就是真的带枪进山也是瞎忙，猞猁是那么好猎的吗？

一天，苗魁把金虎叫到办公室，两人刚坐下，苗魁正想对他说什么，没想到胡所长不请自来。

“胡所长可是稀客呀！”苗魁起身相迎，金虎想走，苗魁道：“胡所长难得来一趟，你也坐下，大家一起唠唠嗑儿。”

金虎又坐回去，朝胡所长点点头，从茶几上拈起一张报纸漫不经心地浏览。

胡所长坐在沙发上，黄荧荧的眼珠扫来扫去，似乎在寻找什么。金虎用余光留意着胡所长，凭猎手的感觉，他知道对方来者不善。

沙发旁有一只苍鹰标本，翼展达两米，标本固定在一截根雕上，保持着敛翅下扑的姿势。胡所长坐的位置恰好在标本下，黄眼神相当锐利，让金虎联想到了3D电影里的座山雕，影片中的座山雕似乎就是黄眼神、鹰钩鼻，头顶上也有一只苍鹰标本。

“李库的挂网取走了，他应该感谢你。”胡所长说。

“我只不过随便说说，要感谢的话，也要感谢你，你不给他李库也不敢说啥。”金虎说的是实话，派出所没收捕猎工具还有退还的吗？胡所长能把李库的挂网还回来，这是给他一枪飙面子，或许胡所长不希望他一枪飙在猎手中散布关于派出所乱执法的传言吧。

“那怎么行？现在是法治社会。”胡所长跷起二郎腿，“你不出面，我也会秉公办理，李库的行为只够训诫，还不够没收工具，他若是支了网，不管抓没抓住飞龙，都不会还他。”

金虎点点头，“是胖子救了李库。”

胡所长盯着金虎道：“现在许多野生动物不能打了，知道吗？”胡所长并不对苗魁说话，一直看着金虎说话。

这个问题对于金虎来说并不新鲜，进山路口的护林防火宣传栏里就贴着禁止狩猎的告示。“能不能打都与我无关，”金虎说，“我现在是个羊倌儿。”

“你还是一枪飙，”胡所长说，“打猎像抽大烟，上瘾容易戒掉难。”

“不是也有戒烟成功的吗？比如东北军的少帅张学良，抽大烟上瘾，后来一狠心，戒了。”金虎说。

“戒大烟是要扒层皮的，我在戒毒所工作过半年，见到了那些瘾君子怎样用头撞墙。”胡所长在戒毒所工作过，这一点金虎完全不知。

苗魁插话道：“这么说，野猪和野狼也打不得啦？”

“白纸黑字写着呢，”胡所长说，“再打就是个事儿。”

金虎心里在笑，这番话明显是说给他听的，苗魁又不打猎，如此旁敲侧击有意思吗？他不搭腔，胡所长便沉不住气，盯着金虎问：“交了枪是不是手会痒呀？”

“手上不生虱子，怎么会痒？”

“虱子有时会生在心里。”胡所长反应极快。

金虎说：“派出所还负责捉虱子？”他这样说等于呛胡所长肺管子，但他不在乎，自己不做违法之事，你胡所长再厉害又能奈我何？

胡所长笑了笑，“没发现老金还挺幽默。”

接下来胡所长语气变得硬起来，“林区最大的事就是偷猎和盗伐，前几天在额尔古纳河边发生一起偷猎案，案子性质十分恶劣，部里和省厅领导都做了批示，要求以此案为教训，举一反三，彻底刹住林区盗猎之风。”

“什么大案会惊动部里？”苗魁问。

“这个偷猎者竟然猎杀了一只远东豹，远东豹啊，全球存量不过五十只，比大熊猫还少，却让这小子猎杀一只，这案子简直把天给捅出个大窟窿。”胡所长有点动情，猎杀远东豹肯定是大案。

金虎心里咯噔一下，远东豹对于他来说仅仅听说过，他的祖辈也没有任何这方面的说法，他甚至连远东豹的照片都没看过，这个偷猎者够有运气，百年不遇的远东豹竟然撞到他的枪口下。不过，这次偷猎不仅终结了这个猎手的狩猎生涯，而且他的下半生很可能要在笆篱子里度过了。

“奇怪，猎枪不是都收了吗？”金虎在自言自语。

“私藏枪支的肯定有，别说人家，就是三林区也会有，这一点我深信不疑。猎手嘛，比狐狸还要精，不是有那么一句话——再狡猾的狐狸也逃不过好猎手，可见猎手要比狐狸更高一筹。”

金虎听着这话有点不对头，这是在夸猎手吗？因为胡所长引用了一句谚语来反证，他一时没找到合适的回话，只好把目光收回到手中的报纸上。

“三林区有你胡所长，肯定不会发生偷猎案，谁都知道你后脑勺上也长着眼睛。”苗魁见金虎不搭腔，马上恭维了一句。

“大话不敢说，不过我这个人生来不怕挑战，三林区大小事都休想瞒我，派出所干警不多，但网格化管理是到位的，偷猎、盗伐，包括其他刑事犯罪，在三林区连门儿都没有。”

苗魁连连点头道：“是的是的，没听说三林区发生过什么治安案件。”

苗魁说的是实话，自从胡所长来三林区任职，这个原本治安就不错的林区更安全了，几乎恢复到五十年代夜不闭户的状况，这其中胡所长的严管硬查和网格化管理功不可没。金虎也听外面的朋友讲，现在小偷小摸的都绕着三林区走，他们知道三林区有个侦察连长出身的派出所所长，不仅枪法出众，拳脚也十分了得，再加上三林区有一批敢于见义勇为的猎手，三林区就是罪犯的噩梦。

胡所长道：“三林区虽然治安没问题，但犯罪隐患还是有的，不能掉以轻心。老金应该清楚，三林区除了五大猎手之外，还有四十七个有打猎经验的人，前段时间收枪，三林区收了五十三支，全县最多。正面看是成绩，反过来看就是隐患，五十三支枪，就说明有五十三个人有偷猎的可能。”

这种计算方法金虎不能赞同，怎么能把人往坏里想呢？据他了解，三林区这五十多个猎手，大都开始从事其他行当，想进山打猎的微乎其微。他冷冷地说：“胡所长这是怀疑大多数了。”

胡所长道：“我是有根据的，林区哪一家饭店吃不到山鸡和沙半鸡？几乎每家生态餐馆都能点到野味，这说明什么？说明偷猎形成了偷猎、销售、加工地下产业链，对此，派出所不会放松治理，要从源头抓起。”

“不排除有人卖养殖的飞禽却打着野生的旗号，”苗魁说，“无非想卖个高价。”

“我不管真假，只要他敢伸手，我就下狠心抓，偷猎之风刹不住我这个所长就不干了！”

平心而论，金虎觉得胡所长这件事抓得对，有句广告词说得好，“没有买卖就没有杀害”，管住一张馋嘴，对刹住偷猎之风至关重要。

“胡所长肯定有狠招要出手吧？”苗魁试探着问。

“我说过，我要做三林区的猎手终结者，为了这句话，我必须给自己一个交代。”胡所长上任伊始就对全所干警说过，要做三林区的猎手终结者。当时很多民警对此有怀疑，三林区职工几乎人人都是猎手，上山逮点野味稀松平常，想在这里当猎手终结者，会自己打自己的脸。但胡所长性子犟，别人希望他忘记的话，他自己却总是提出来，他是铁了心要这么做。

“其实，有偷猎的话也都是小打小闹，成不了气候，像老金、刘大牙、宋老三这样的高手都金盆洗手了。”苗魁说。

胡所长摇摇头，“恐怕没那么简单，我感觉到三林区地下偷猎现象就像鬼旋风，时不时就会平地里钻出来，肯定有风源或风眼在，我不会掉以轻心。”

苗魁觉得胡所长这是话里有话了。

胡所长道："老金呀，你那只红獒可是好猎犬。"

金虎问："养獒不算事儿吧？"

"当然，"胡所长说，"但是要办证。"

"三林区家家养狗，都办证了？"金虎问。

"土狗无所谓，藏獒特殊，是大型猎犬，"胡所长站起身，"办证花不了几个钱，但必须办，这是规定。"

胡所长来到窗前，透过窗户能看到不远处的羊圈，今天羊都在圈里，那只拴着的红獒也在。胡所长对本职工作超自信，六子说他就像一台机器，一天到晚不知疲倦，甚至半夜里会爬起来到街上巡逻一番。

"我去办，红獒是公司的牧羊犬。"苗魁说。

胡所长起身告辞，走到门口又回头道："对了，老金，你那支红箭已经被县局统一销毁了，按规定，收缴的枪支一律销毁。"

金虎浑身一颤，鼻子有些酸，装作没事的样子说："红箭已经不属于我了。"

"其实我也觉得可惜，枪没有罪，有罪的是人。"

金虎张了张嘴，终于没有说，他知道这话的含义。

胡所长走后，金虎脑海在一幕幕过电影，有关红箭的镜头幻灯一样一帧帧打出来。三十多年了，每天入睡前都要擦一遍红箭，这是雷打不动的程序，哪怕是除夕夜。红箭上交后睡前没枪可擦，他便到羊圈旁与红獒亲热一番，他从不否认自己抚摸红獒时心里想的是红箭。红獒也似乎懂得主人的心思，在主人抚摸自己时，会变得安静起来。红箭身上寄托着金虎所有的荣光，这支老旧猎枪几乎成了他肢体的一部分，能和他交流思想和感情。记得有次打一头野猪，这支神勇的红箭似乎带着瞄准镜一般一枪就结束了战斗。那是三林区两个妇女结伴进山采蘑菇，遇到了一头孤猪，蘑菇是野猪的美食，妇女采蘑菇被野猪误认为与自己争食，便对妇女发起攻击，两个妇女一个被拱伤了肋骨，一个被咬坏了大腿。好在野猪不恋战，赢了战斗就去找蘑菇吃了。消息传回来，金虎拎着红箭上山寻找这头伤人的孤猪。金虎身后还跟着几个猎手，大伙想看看猎神般的一枪飙如何猎杀孤猪。两个受伤的妇女被送下山，金虎一再询问附近还有没有采蘑菇的人，在得到确切回答后，金虎将子弹上膛，耳朵附在草地上仔细听，猎手们都不出声，跟在后面静静地看金虎操作。金虎在听了一番后，猫着腰向斜刺里一条小道悄悄走过去。走出不远，只见他举枪连瞄都没瞄“砰”就是一枪，灌木丛里传出一声野猪的惨叫。金虎对后面的人说，过去看看吧，若是打中了，就拖下山。众人胆突突地摸过去，一看，野猪已经被打死了。金虎回忆，那一枪其实是循着声音打的，他一直认为能打中是红箭有灵性，红箭懂得他的想法。现在红箭被毁，胡所长来告诉他这个消息未免有点残忍。

胡所长想干什么？不就是想灭一枪飙的威风吗？

苗魁说：“胡所长为啥来呢？他是不是知道我有个猎猞计划？”

金虎笑了一下，“你的猎猞计划八字没一撇，他怎么会知道？”

“胡所长神啊，他脑袋后还有一双眼睛呢，咋整？我的猎猞计划咋办？”从莫叉玛那里回来开始，苗魁心里就存在一个子虚乌有的猎猞计划，常常向金虎提及，尽管金虎不表态，但苗魁已经把这个计划在心里推演了无数遍。

“胡所长的疑心是一种病，”金虎说，“一种逼良为娼的病。”

“他那个职业，看谁都像嫌疑犯，”苗魁说，“你俩老梁子未消，因为李库又添了新梁子，他会一直盯着你。”

金虎道：“好猎手听到虎豹叫会血往头上涌，他若不来，我真想洗手不干；他来威胁我，就等于下战书了。”金虎确实被胡所长激怒了，自己绝不是三林区鬼旋风的风源或风眼，用得着这样来旁敲侧击吗？红箭你毁就毁了，干吗还要来恶心一遍？这不是恶意的报复又是什么？

苗魁说：“你改变主意了？”

“人家下的战书不接，脸往哪里搁？”

苗魁过去把办公室的门关上，回来小声说：“不瞒你说，我家里还留着一支猎枪呢，和上交的那支一模一样，奥地利造。”

“我不用枪，”金虎说，“猎手的手段并非只有枪。”

苗魁说："三林区猎手都知道你下套厉害，可是猎猞不用枪行吗？"

"我不猎猞，"金虎说，"我只想证明他胡所长压根就不是我的对手。"

苗魁有些失望，看来自己的猎猞计划并没有纳入金虎的议事日程。他问："可是，既然开始打猎了，还会选择性去打吗？"

"猎手打猎从来都是有选择性的，知道什么是适可而止，"金虎想了想又补充说，"没有选择的狩猎是一种滥杀。打猎是这样，采伐也是如此，过去我们采伐作业给北障剃平头，大树小树一扫而光，长出的次生林像疤瘌头，那是造孽！"

"伐木和打猎是两回事嘛。"苗魁说。

"细想其实是一回事，北障没了树，林区还会存在吗？山上没了猎物，猎手也就名存实亡。"金虎抬头看了看天花板，若有所思地说，"雁阵成行，我只射掉队的那一只。"

"胡所长一直不信你会金盆洗手，看来他的怀疑有道理。"

"都是他的疑心逼的。"金虎愤愤地说，"怀疑无辜之人，是对人最大的伤害。"

苗魁知道胡所长神通广大，三林区违法犯罪的事只要发生，不管你需不需要，他都会影子一般出现。有一次自己丢了只羊，放羊人没发现，剥了皮的羊却被胡所长押着一个年轻人扛着送回来了。胡所长说："你的羊，连肉带皮还给你。"弄得他丈二和尚摸不着头脑，急忙叫来放羊人数羊圈里的羊，结果真的少了一只。问胡所长怎么就知道这羊是制箸公司的，尤其剥了皮的羊很难分辨的。胡所长说："附近四个林区就你一家饲养小尾寒羊，不是你的又能是谁的？"这事让苗魁对胡所长佩服得五体投地，看来胡所长的目光不仅局限在三林区，方圆几百里四个林区的情况他都了然于心。

"他若信任我，我维护他；他这样怀疑我，我当然要动心思。"金虎冷笑一声，"不是口口声声要事儿上见吗？我倒要看看他有啥本事。"

"还是小心为妙。"苗魁担心两强交手，必有一伤。

金虎说：“我不会像李库那样傻乎乎去买网，我就用一根绳子，当腰带系的绳子就行，他胡所长再厉害，也不至于说我的腰带是偷猎工具吧？有经验的猎手都知道，软绳用得好，不比钢枪差。”

苗魁来了兴致，“你教我下套，我学会了自己来实施猎猞计划。”

金虎笑了，心想还猎猞计划呢，连山都不敢进。“好吧，我教你，将来也好套个兔子啥的解解馋。”金虎认为即使教会苗魁下套，他也不可能套到猞猁，如果猞猁那样好套，就不叫猎猞了。

一连几天，金虎都在羊圈的管护房里教苗魁制作猎套，常用的猎头套、吊脚套，以及下套的卡点、如何辨别猎物足迹等等，一样样传给苗魁，有时还会用羊来做实验。金虎告诉苗魁许多狩猎的学问，狩猎不是打枪准就行，因为大多时候猎物在暗处，猎手在明处，如果猎物手里有枪，哪个猎手都会死上许多回，真正的学问在于“隐、辨、闻、听、卡、诱”六字要诀上。隐，就是猎手要会隐藏、伪装，你追踪猎物，猎物也在观察你，你明晃晃大张旗鼓地出现在树林草丛，什么猎物也会逃之夭夭；辨，就是辨别兽迹、粪便、洞穴等等，野兽从来不是胡乱行走，它有自己的路径、洞穴，很多动物的排泄地点也相对固定，有经验的猎手闻一闻粪便就知道这是什么动物，最近吃了什么食物，排便的时间有多久；闻，就是闻气味，不同的动物有不同的气味，动物之间是靠气味相互辨别的，猎手要学会闻动物散发的气味，比如食草动物的气味发膻，食肉动物的气味发臊，飞禽散发的气味是鸡屎腥，獾貉刺猬等杂食动物的味道发臭；听，就是听动物发出的叫声、相互的呼唤和行走的声音来辨别它的群体和所处方位；卡，就是设卡，无论用什么工具，打猎必须设卡，卡得准，十有八九能得手，卡错了地点，就会竹篮打水一场空；诱，是一种手段，用诱饵、模仿动物发情期的叫声来引诱猎物，这一点达斡尔猎手用得最好，他们专门发明了一种诱捕雄鹿的鹿笛，现在已经变成了一种民族乐器。

这些学问苗魁都一一记在本子上，他对金虎说：“你可以在大学里开设一门狩猎课，肯定受欢迎。”

金虎说：“没有理论，只是经验。”

“经验有时比理论重要，打猎这样的事，纸上谈兵不行，那些著书立说的教授可能连枪都没摸过。”苗魁谈论这个问题很有高度。

“学会了下猎套，不一定就能套到猎物，想成功，须一点点实践摸索。”金虎特意提醒苗魁，国家列入名录的一、二级保护动物万万不能套，套就成了大事，胡所长会毫不留情把他送进笆篱子。金虎很清楚，胡所长对套狍子、野猪和狼或许网开一面，对捕猎濒危野生动物肯定严惩不贷。

苗魁说：“我只想猎猞，别的不感兴趣。”

金虎说：“我当然知道，要是真有只瞎眼猞猁钻进你的圈套，那是它寻死，不怪你，只是别让胡所长抓到，胡所长一直想玩猫捉老鼠的游戏呢。”

金虎采用了一种隐蔽性极强的钢丝制作猎套，用羊做了实验，效果极好。动物嗅觉灵敏，一旦嗅出异味便会止步不前，而钢丝没有味道，还容易隐蔽。

学会下套的苗魁带了个保安进山，想试试猎套是否好用。金虎则按兵不动，金虎一动，必然打草惊蛇，因为胡所长那双黄眼珠不会闲着。

苗魁进山虽然没有收获，但一次比一次走得远，让金虎惊讶的是苗魁甚至去了人迹罕至的四方台。

四方台是一处高山平台，也是北障制高点，三面陡立，南向缓坡，台上是典型的亚寒带针阔混交林，柞树、椴树、水曲柳、落叶松、山杨和白桦应有尽有。三林区关于四方台有不少传说，都说这地方犯邪，是猎手的禁区。有个叫吴二愣的年轻人，性子犟，脑瓜缺根筋，在四方台出过事故。吴二愣不在猎手行列，三林区猎手谁也不带他玩，但吴二愣天生喜欢打猎，他家里有杆祖传的土铳，和李库那杆有得一比，据说是义和团时期的老古董。吴二愣会放土铳，有一年秋季他独自进山，说是看到了一只四不像，便撒丫子去追，稀里糊涂就追到了四方台。北障的秋季已经寒意袭人，吴二愣那天戴一顶兔皮帽子，反穿一件兔皮背心，扛着那杆老式火铳，上了四方台却不见了四不像。四不像很大，明明就在前面林子里若隐若现，怎么突然就人间蒸发了呢？吴二愣在靠近绝壁的草地上转悠，纳闷间，忽然一只金雕从天而降，抛出利爪一把抓走了他的兔皮帽子，并生生扯下他一块巴掌大的头皮。金雕这一爪差点要了吴二愣的命，因为流血不止，他抓了把枪药止血，跌跌撞撞从山上回到家就瘪茄子了。这趟进山打猎，吴二愣头顶上留下一块不长头发的大疤，形状恰似四方台。三林区人由此说四方台去不得，三面绝壁，四不像怎么会往那里跑？一定是吴二愣着了魔，才上了金雕的道儿。金虎分析过此事，认为无非两种可能，一种是金雕的巢筑在绝壁上，金雕感受到了危险才对吴二愣进行驱离；还有一种可能是金雕误把那顶兔皮帽当成山兔，一个俯冲将帽子抓了去。不管怎么说，吴二愣出事后很少有人再去四方台。四方台东面悬崖下是菠萝河，河两岸生长着许多高大的黄菠萝和水曲柳，那道沟也就叫菠萝沟。大山里的事特怪，有宝贝的地方往往有危险相伴，比如有山参的地方就会有蝮蛇盘守，有好树的地方多有黄蜂筑巢，菠萝沟里多野鸡脖子蛇，有的地方这种蛇甚至滚成球，因为这个原因，很少有人去菠萝沟。苗魁敢冒险去四方台，说明胆子越来越大了。

这一次，苗魁从四方台下来直接来到羊圈，拉起金虎就进了管护房，进到屋内关好门，他掩饰不住兴奋说："看看，看看，这是不是猞猁毛。"说完，从衣兜里拿出用手绢包好的一撮兽毛，平铺在炕上。

金虎捏起兽毛，仔细辨认了许久，又闻了闻，点点头道："可以肯定这是食肉猛兽的毛，但到底是猞猁还是豹子却不好鉴别，从颜色上看像猞猁，因为这撮兽毛和猫毛相似。"

"老天开眼了，这是占鳌的福分。"

"在哪里发现的？"金虎问。

"四方台。"苗魁讲了事情的来龙去脉。他觉得能发现这撮毛简直是天意。前一天，他在四方台南坡设了个套，当夜做梦就梦到套住一只猞猁，猞猁像豹子一样大，他打了三枪才将猞猁撂倒。醒来后估摸今日上山有戏，便直接去四方台遛套，尽管没套到东西，却在一片榛窠丛上发现了这撮毛。"这是山神爷给我的信号。"苗魁说。

“树上还是地上？”金虎问得仔细。

“一蓬榛窠丛边上有些酸枣枝，说来奇怪，那些酸枣枝不起眼，好像有什么力量拽着我过去看，而且单单就看到了这撮毛。你知道，四方台犯忌，我是不该上去的，吴二愣头上那块伤疤就是教训，可是一进山脚步不自觉就往四方台走，你说怪不怪？”

“四方台也不是什么龙潭虎穴。”金虎说。

“那么，下一步咋办？”

金虎捏着那撮毛反复嗅着，好一会儿，把兽毛包起来，郑重地说：“明天我进山。”

7

第七章

当时，金虎和胡所长之间结下的梁子不怪金虎，如果怪，只能怪六子多嘴。当然，六子也没错，当着新来的所长炫耀一下自己师傅是涨身价的事。事情过去了很久，六子还为这件事后悔，觉得是自己撅了胡所长面子。

那天上午，胡所长安排完工作后，忽然把六子叫到跟前问："你师傅一枪飙的枪法到底怎样？是不是大伙传说的那么神？"

六子说："我师傅的枪法只比传说的强，不比传说的差，你也看到了，我师傅低调，不张扬，这种人往往都是深藏不露。"

胡所长在办公室踱了一会儿步，突然对六子说："你约一下一枪飙，下午坐我车去县局靶场，我俩切磋一下枪法。"

"你要和我师傅比枪法？"六子异常兴奋，两大高手对决，这可是千载难逢的好戏。

"不要告诉别人，尤其不许对三林区的猎手们说，就我们仨，你算是裁判员。"胡所长交代很仔细，"长枪可自备，也可以用靶场的半自动，分固定和移动靶，手枪就用靶场的五四式。"

六子有点担心，"所长你赢了好说，要是输了多没面子？"

胡所长大概没想到自己会输，想了想道："我从没想过自己会输。"

六子听说过胡所长是神枪手，敢和一枪飙比试，说明心里有数。同时，六子也为师傅捏了一把汗，师傅从来没去过靶场，那里可是胡所长常去的地方。

六子来到金虎家，说了胡所长的邀请。金虎一口回绝："不去。"

六子说："这是胡所长给你面子，去县局靶场啊，我们连大门往哪儿开都不知道。"

"他为啥要和我比？"金虎问。

六子说："我也不知道，反正所长一问起你，我就大夸特夸，谁让你是我师傅呢，我一夸你的枪法，所长的脸色就难看，一副不服气的样子，这才想和你切磋切磋。"

金虎道："比枪法可不是简单的事，我输了，我一枪飙丢面子；他输了，他当所长的不痛快。比过之后会有人心里受伤，所以这枪法不能比。”

六子说：“不行啊师傅，我已经替你把大话撂出去了，收不回来了，你若是不去，人家会笑话我吹牛，笑话你胆小。”

“我胆小？”金虎轻笑一声，“三林区论胆子，只有刘大牙还算够格，其他人和我比胆子，还嫩着呢。”

“那你就去比比，靶场子弹也不用你花钱，权当过过瘾。”六子继续劝。

“那也不去，去了就会结下梁子，我可不想和派出所长有啥恩怨，我们井水不犯河水。”

“师傅呀，为了徒弟你就去吧，你若不去，徒弟就成了牛皮篓子，让所长看不起。师傅都不敢比试，徒弟就更没法提了。”六子很有鼓动本事，几句话把金虎说活心了。六子对他忠心耿耿，既然六子把话撂出去了，这场自己不收谁收？六子刚刚当辅警，在派出所混事，没有面子怎么行？金虎心想，反正就三个人知道，输赢外人不知情，去比试一下也无妨。金虎失误在低估了靶场工作人员的传播能力，六子可以不说，但靶场那块小黑板却堪比电线杆上的大喇叭，让比赛结果很快传遍了林区。

比赛是坐胡所长警车去的。金虎第一次坐警车，发现警车并没有什么威严，一辆老式桑塔纳，甚至有点破破烂烂，后座能感觉弹簧已经没了弹力，如同坐在高粱秸上。坐在副驾驶位子上的六子一路唠叨不停，向胡所长介绍金虎辉煌的狩猎经历。胡所长哼哼哈哈答应着，并不多问，任由六子一路说下去。

县局靶场并没有大建筑，就是个拘留所一般的院子，两人高的红砖围墙，围墙上还有电网。从外面看不到里面都有什么。靶场负责人秃顶薄唇，没穿警服，和胡所长很熟，客客气气地接待了他们。在走向射击区的路上，有一块很醒目的黑板报，上面用黄色粉笔写着上月射击前三名。金虎看到月冠军是一个叫胡霄汉的人，十枪打了九十九环。他停下来问六子，这个胡霄汉是谁？枪法了不得呀。陪同的靶场负责人说：“胡霄汉就是胡所长呀，靶场的常胜将军。”

胡所长叫胡霄汉？金虎心想，这名字够大气！看来胡所长的枪法确实厉害，公安系统玩枪是本行，能出类拔萃夺冠军那是真本事。

靶场负责人说：“胡所长是全局有名的神枪手，一年十二个月至少有六个月会将大名写在这块黑板报上。”

金虎感到了压力，胡所长敢叫板说明有底气，心想，比试输就输吧，输给冠军不丢人，倒是冠军输了会下不来台。

县局靶场很像一个球场，从射击处到对面靶子为一百米，这个距离没有超出红箭有效射程，不必修订标尺。金虎不能用靶场的半自动，他对这种军用步枪没把握，尽管当民兵时练习过。靶场设备很专业，射击结束，一按电钮，固定靶盘就自动传送过来，不用人工报靶，也就免得有人做手脚。移动靶比较直观，抛掷的飞碟一般不超过四十米，击中即碎，无须报靶。

首先比的是卧姿一百米步枪。胡所长让金虎先来，金虎没有谦让，他两腿分开，趴在射击位上并不瞄准，而是抬头望着靶子，望着望着，觉得百米处那个人胸靶变成了一匹正要扑过来的头狼，头狼身后是一群虎视眈眈的饿狼。猎手打狼一定要瞄准头狼，而且要盯住头狼的眼睛。狼群发起进攻不是盲目的，需要头狼发出信号，而头狼的信号就在对方的眼睛里，当头狼从对方的眼神里发现一丝胆怯时，会毫不犹豫地发出攻击指令。如果对方目光紧逼，充满杀气，头狼会犹豫观望，甚至围着对方兜圈子寻找破绽。站上人有一种说法，在山林中能击退饿狼的往往不是武器，而是你的眼神。其实，所有的食肉动物在袭击你时，看的都不是你身上的肉，而是你的眼神。在胸靶变成头狼的刹那，他觉得靶心那个绿点就是头狼的眼睛，便迅速瞄准，对着那狼眼扣动了扳机，砰砰砰砰砰，五个点射，一个弹夹打光，他换上一个弹夹，又是五个点射，眼看着头狼的绿眼睛变成了黑窟窿，然后站起身，扑扑膝盖上的尘土道：“过瘾，好久没这么射击了。”靶场负责人按下电钮，胸靶被传送线拉回来，四个人看到靶子惊呆了，十发子弹都击中靶心，如果按正中心加分算法，金虎打出的应该是一百零二环！

“这绝对是靶场新纪录！”靶场负责人兴奋地对胡所长说，“胡所长，你带来的是神枪手啊！”

六子咧着嘴说：“那当然，我师傅可是一枪飙！”

胡所长没有说话，他明显感到了压力，刚才金虎的动作他都看在眼里，这个猎手完全没有按照射击要领操作，如果是新兵，要被教官踢屁股的，但就是这种毫无理论根据的射击动作，竟然打出大满贯的好成绩，真是令人不可思议。尤其是金虎瞄准的速度，好像没过脑子一般，那么快，完全是下意识。还有那个换弹夹的动作，金虎竟然没有看枪，目光一直盯着靶子，瞬间就把弹夹换了，在部队这种换法叫盲换。

胡所长卧倒的姿势十分标准，典型的教科书式动作。半自动步枪弹夹压满了十发子弹，无须更换弹夹。胡所长在瞄准时比平常多用了一些时间，因为他觉得远处那个靶子有些轻轻晃动，好像有风在吹拂，他一边瞄准一边问：“怎么还刮风了？”

靶场负责人左右瞧了瞧，道：“没风，两边的旗子垂着呢。”

胡所长扣动了扳机，十发子弹打得十分匀速，也是一气呵成。打完后胡所长有条不紊地把枪复位，然后标准动作屈膝，弓腰起身，看了看左右两侧的标志旗，旗没有飘动，说明靶场无风。他自言自语道：“奇怪，明明看到靶子在微微摆动嘛。”

按下电钮，胸靶被拉回，靶场负责人和六子凑上去数了数，九十八环，这个成绩与胡所长以往成绩基本持平，属于正常发挥。

“这一局我不如你。”胡所长很大气，“看来你擅长卧姿射击。”

接下来是移动靶，站姿。换了场地，胡所长让靶场负责人换一把步枪，他说出一串枪号，靶场负责人点点头，跑着去拿来一支旧枪，说这支枪只有你和局领导用。金虎背着红箭，接过六子递过来的矿泉水连喝了几口。六子说：“十枪打出一百零二环，这是奥运冠军的水平。”他摇摇头，知道能有这样一个大满贯的成绩，功劳在于红箭，红箭关键时刻从来没有掉过链子。他注意到胡所长把六子给的水咕咚咕咚一口气干了，然后稳稳地将空瓶扔进垃圾桶里。能把瓶子扔得那么准，这也是本事。

移动飞碟也是每人十发子弹，多中者胜出。金虎让胡所长先来，胡所长也没有推让，端起靶场负责人新拿来的步枪站到射击位上。站好后，他从上衣兜里掏出一副墨镜戴上，金虎发现胡所长戴着墨镜配上一头稀疏的黄发，很像某个国外大片中的主人公，他记得这个主人公为亲人复仇，杀死了一串犯罪分子。

谁也没想到，有着神枪手之称的胡所长第一枪竟然脱靶，那个抛出去的盘子在空中划出一条优美的抛物线，落到生满蒿草的靶池里，如同一只野鸭子幸运地躲过枪口藏进了草地一样。胡所长毕竟训练有素，没有被这一枪失误影响情绪，接下来一枪一个，将九个飞碟全部击落。金虎、六子鼓起掌来，十枪九个已经是了不起的成绩，飞碟移动靶难打，这是谁都懂的事。

轮到了金虎射击，因为红箭一次最多只能压五发子弹，他便把另一个压满子弹的弹夹装在裤兜里，设备抛掷飞碟有时间限制，换弹夹必须要快，而且万无一失。

金虎没有墨镜，站在射击位置才发现有点逆光，阳光刺眼，这对瞄准飞碟很不利。但金虎不在乎这些，进山打猎有戴墨镜的吗？谁能保证猛兽不会从逆光的角度扑过来？打靶就是打猎，飞碟就是自己要打掉的飞龙，更何况飞碟比飞龙个头大，速度也不如飞龙快。打飞龙打的是感觉，打的也是声音，有点盲打的意思，修炼到家的猎手有时无须看，听到树上鸟叫，挥手就是一枪，树上的鸟就会应声而落，这就是打声音、打感觉。金虎刚才注意到，设备抛掷飞碟时，飞碟是带着声音旋转的，声音不大，但在封闭的靶场里听得十分清楚，他心里已经有谱。他低头吻了吻红箭的标尺处，又拍了拍枪托，然后站到射击位置上。

第一个飞碟抛掷出来，像草丛里突然起飞的一只野鸡，野鸡的飞行有些不确定性，飞碟飞行却有着固定的抛物线，这说明飞碟比野鸡好打。他迎声一枪，将飞碟击得粉碎。六子鼓起掌来，被他举了一下左手制止。

第二个抛出来，因为刚才制止六子鼓掌，这一枪扳机扣得稍晚了片刻，在飞碟向下飘落时好歹击中。好险，他想，射击飞禽应该在起飞阶段射击，一旦过了最高点转入下半程，会像导弹临近目标一样，飞行突然加速，射击机会稍纵即逝。

接下来的射击金虎枪枪命中，移动靶比赛结束，他十枪十中又领先了。

胡所长向他表示祝贺，但没有和他握手。靶场负责人有点纳闷儿，问："胡所长你今天领了个全国冠军来啊，这枪法也忒厉害啦，靶场没遇到过！"

"他是一枪飙，"胡所长说，"三林区呼风唤雨的猎手，水平不够我能往这里领吗？"

金虎谦虚地说："都是瞎猫碰死耗子——撞大运。"说这话的时候，他忽然想起父亲击落空中大雁的那个情景，父亲的枪法才叫厉害，大雁飞翔的高度何止四十米！

接下来该是手枪射击了，六子小声问："师傅，你打过几次手枪？"

金虎想了想，他不记得自己打过军用五四手枪，但青年时代打过那种老掉牙的驳壳枪，当时林区武装部有这种枪，基干民兵训练时用它打过靶。他还记得训练民兵的教官说，你们别小瞧这种大肚匣子，能装二十发子弹，打仗时顶冲锋枪使。

来到了手枪射击区，手枪是五四式，民警最常用的武器。五十米胸靶，每人八发子弹。金虎心里没底，掂了掂枪，挺沉，觉得不怎么上手。枪上不上手很重要，上手，说明脾气相投；不上手，那就是还没摸到脾气。金虎知道自己必输无疑，但他还是想试试，找找手枪射击的窍门。

胡所长提着手枪站到指定位置，然后枪口向上子弹上膛，缓缓地将手枪从天上滑下来，待到与双目一平时，枪响了，八发子弹连续射出，五十米处的胸靶甚至摇晃了几下。

射击结束，胡所长又将枪口抬起来指向空中，靶场负责人过去收了枪，将胸靶拉回，和六子一同数了数，七十七环，好吉利的数字！

"就丢了三环，"六子说，"手枪难打谁都懂，所长果然名不虚传。"

靶场负责人压好子弹，站在射击位置叫金虎过去，按照操作规程，手枪要在站位上才给金虎，而且射击时管理人员要站在右后侧，一旦出现卡壳、枪支掉落时便于处置。

金虎走过去接了枪，也擎着枪保持枪口向上。正要将枪放平的时候，靶场负责人说："子弹要上膛。"金虎这才想起来，应该撸一下枪筒让子弹上膛。这时他听到六子跟胡所长说："我师傅没打过手枪。"

胡所长没有接话，看着准备射击的金虎。金虎虽然对手枪陌生，但看上去很内行，握枪、立姿、举枪的动作都不差。但他还是发现了一个问题，他看到金虎胸脯在微微起伏，手枪射击必须控制呼吸，呼吸不稳枪打不准。胡所长拧开一瓶矿泉水，轻轻喝了一口，凭呼吸可以判断一枪飙无法延续奇迹了。

果然，金虎手枪射击没有那么连贯，打一枪瞄停一下，不时摇摇头。八发子弹打完，他枪口朝上站在那里不动，靶场负责人过去收了枪。金虎转身回来，六子看到师傅的额头和脖子上满是汗水。

金虎打了五十六环，没一个十环。金虎输了手枪比赛。

离开靶场时，还要经过那块黑板报，胡所长对靶场负责人说，把名字换一下吧，时间也标好，这个朋友名字叫金虎，绰号一枪飙，今天比赛他步枪固定靶、移动靶都是新纪录。

六子说："我师傅不是警察，名字写在这里好吗？"

胡所长想了想，道："写上吧，别人问就说是辅警。"

事后，六子悄悄告诉金虎，胡所长从靶场回来后，在院子里打了一个钟头拳，半夜还在练习单手举枪。

胡所长和一枪飙比枪法一事很快传出去了，尽管六子守口如瓶，但靶场那块小黑板泄露了秘密，三林区的猎手们个个脸上放光——猎手毕竟凭枪法说话，枪法好才是硬道理，金虎挫了胡所长威风，让这个想当三林区猎手终结者的人知道了天高地厚。金虎不这么看，他觉得胡所长比赛公平合理，不做手脚，人也愿比服输，这次比赛让他改变了对胡所长的看法，何况胡所长枪法确实厉害，手枪八发打出七十七环，这是神枪手级别的成绩。在比赛手枪时，他想摸准手枪的脾气，打一发停顿一下，直到八发子弹都打完，也没摸着门路，手枪这东西太难把握，握在手里就像攥着一只活兔子。

金虎赢了胡所长之后，宋老三变得跃跃欲试起来。宋老三有家传硬气功功夫。据说宋老三祖上是沧州街头卖艺的，主要靠表演硬气功讨生活，什么单掌开碑、菜刀砍肚皮，招招都是让人龇牙咧嘴的动作。胡所长在派出所院子里练拳，宋老三常去看热闹，看了几次，知道了胡所长的套路。他知道胡所长练的是擒拿格斗术，是大众化的套路。有一天早晨遛弯，他看到胡所长在院子里击打沙袋。待胡所长歇息时，便隔着栅栏说："这套路能实战吗？"

胡所长很惊诧地看了他一眼，问："那你说什么套路能实战？"

宋老三挺着胸脯说："比如歹徒拿着砖头来劈你脑袋、拿菜刀来砍你肚子，你这些套路就用不上了，没听说过武功再高也怕菜刀吗？"

胡所长是个聪明人，他早就听说宋老三有点祖传硬气功的功夫，宋老三这样说，他明白了对方的来意，无非是让自己在输掉枪法之后，再输掉拳脚，这样自己别说当猎手终结者，恐怕只能卷铺盖走人。

"难道说血肉之躯还有不怕砖头和菜刀的吗？"胡所长故意问。

宋老三高仰着脸说："真正的练家子是不怕的，单掌开碑、刀剑剁腹都不怕。"

胡所长心里好笑，宋老三怎么拿表演当实战了？他不想坏对方的心情，就披上外衣说："听说你打猎不错，还是抓紧时间好好当几天猎手吧，上级正在制定文件，说不准一个令下来就要收枪不许打了。至于拳脚这种东西，骗别人久了也会骗自己，入戏太深容易出洋相。"胡所长说的是实话，宋老三年近五旬，再要拳脚身子骨也不允许。

"你这练法不对路。"宋老三按着自己的路子想问题。

"怎么不对？"胡所长有些好奇。

宋老三趴在栅栏上道："练功夫先要练挨打的本事，不能挨打，人家一推就倒，有啥功夫也白费。"

胡所长笑了，练功夫在于击打对方，没听说先练挨打。

见胡所长在笑，宋老三很认真地说：“你没在电视上看泰森比赛吗？泰森一般不躲避对方出拳，是迎着拳头上去，哪怕胸脯上挨几下，然后一拳制胜。他要是没有挨打的本事，早就让对手打趴下了。”

胡所长一时不知说什么，拳王泰森的确这样，像是一只猛兽，比赛总是迎着拳头上。但那是泰森啊，铁塔一样的黑人汉子，换了别人试试？泰森身上的招数，在别人身上不灵。

宋老三见胡所长沉默不语，便推开院门走进院子，拍拍头顶道：“这样，你找块砖头拍我头，看我能不能受得住？”

“为什么要这样？”胡所长不解。

“没啥意思，就是切磋一下，刚才看你练拳我这手就开始发痒。”宋老三搓了搓手，将两只手的骨节拧出嘎巴嘎巴的声响。

胡所长想了想，看见栅栏外来了几个上班的民警，便不想拖延时间，就建议道：“别动砖头了，那样让人看到还以为是咱俩打架，我就推你三掌，你若能顶住，说明你是真功夫，我请你来给干警讲讲硬气功。”

宋老三说：“没问题，莫说三掌，多推几掌也行。”

“就三掌，切磋又不是正式比赛，我推掌的时候，你可以躲闪。”

宋老三心里有谱，家传的武艺是硬气功，只要运气到位，弹回胡所长的击打没问题。

这天早晨的宋老三要么是吃错了药，要么就是哪根神经搭错短路，鬼迷心窍竟然想在胡所长身上找到金虎那种骄傲，他错了，大错而特错，胡所长绝非等闲之辈，他知道破解硬气功的办法。

宋老三做了准备动作，又是运气，又是蹲马步，两手呈螳螂状，像眼镜蛇伺机发起攻击的样子，唰唰唰，做了三次连击的动作，引来栅栏外一片叫好。宋老三的姿势看上去很美，如果用镜头定格，张张可以上封面。

胡所长已经看出宋老三的招法具有表演性质，但还是不能掉以轻心，因为敢用砖头拍脑袋、用菜刀砍肚皮的，毕竟有些真本事。他先出右掌推向宋老三的右胸，接着左掌推向左胸，这两掌都不是很快，但很用力，他能感觉到对方的胸脯像鼓一样充满弹性，突然他的右掌闪电一般推出，击打的位置偏下，是小腹部位，他感觉这一掌像推在一块牛腩上，力量全部掼了出去。只听宋老三“哎哟”一声，连退了四五步，一腚坐在地上，若不是有栅栏，很可能就会四仰八叉倒下去。

这一掌很重，宋老三坐在那里没有起来，紧紧抿着双唇，一声不出。

“你没事吧？”胡所长问，走过来想扶他，宋老三摆摆手，意思是自己起来。练家倒地最怕别人搀扶，被人一扶，有时候就真起不来了。

“你腹部能承受菜刀，怎么受不了一掌呢？”胡所长问。

栅栏外的人笑了起来，这一发问好，难道拳头比菜刀厉害？

“我，我没运上气，”宋老三坐在地上断断续续地说，“我要是运好了气，你这一掌会把自己弹出去，真的。”

栅栏外又有人在笑，难道双方打仗，一方非要等你运好气再打吗？

宋老三并无大碍，坐了几分钟便自己站起身，拍拍后腚上的土，向胡所长拱拱手走向院门，门外看热闹的人给他闪出一条道儿。宋老三走出院门，又扭头道：“我年过五旬了还能吃你一掌，没点挨打的本事今天就废了。”

这场大清早本不该发生的比试，将胡所长输给金虎的舆论很快盖住了。舆论就像浪潮，一旦有了替代的后浪，前浪溅得再高，也会变成碎珠消失掉。三林区都在传胡所长一掌撂倒宋老三的事，事情在传播过程中被添枝加叶，将胡所长传得神乎其神，宋老三则成了被打残的病猫。

金虎不相信宋老三会犯这样的低级错误，问六子到底是怎么回事，六子道出原委，原来是宋老三主动挑事，他叹了口气，让六子去告诉刘大牙、李库、冯麻秆和唐胖子，一定不要小瞧胡所长，切切记住，黄眼珠的人惹不起。

金虎知道，胡所长用了破解硬气功的招法，前两掌是虚打，将气引到被击打的胸部，最后一掌才是实击，打的是走了气的小腹。应该说胡所长已经手下留情，要是换成一记上勾拳，宋老三就在医院躺着了。

8

第八章

四方台是神秘的北障之巅，去四方台不能大张旗鼓，否则会引来非议。

为了破解一撮毛的来处，金虎决定亲自去一趟。

金虎进山会带上红鬃，红鬃已经是金虎不离不弃的伙伴，金虎走到哪里，红鬃就跟到哪里。正因为如此，红鬃成了胡所长监视金虎的参照，红鬃在，金虎就在；红鬃不在，金虎去向就值得怀疑。胡所长在派出所二楼北窗拿望远镜一瞧，见红鬃趴在那里他才会放心。

为了迷惑胡所长，金虎决定这次不带红鬃。

天刚放亮，金虎和苗魁便选择从小路进入一片次生林带，然后拐了大弯进入原始林区。苗魁背了一个双肩包，里面有食物、有水，还有两件雨衣。出发前金虎嘱咐，一定要背个大包，顺便搞点山货回来。

苗魁说一大早，大路没人，还是走大路好，次生林带露水太重，走一段衣服就会湿透。

金虎道："路上有电子眼，别忘了李库是怎么被发现的。"

苗魁伸了下舌头，觉得金虎想问题就是周到，李库和唐胖子就是被电子眼抓拍的。

林中去四方台根本没有路，只能在灌木丛中穿行。苗魁和保安曾去过几回，知道怎么走，便快步走在前面。金虎眼睛一直朝着左右林中张望，样子十分警觉。苗魁回头望了望他，感到奇怪，金虎不看脚下却看大树，大树会拦路吗？他想招呼金虎快点走，金虎却叫停了他，他见金虎走到一棵枯死的老柞树下，踮脚摘下一朵猴头菇，又在相距七八步远的另一棵柞树上找到了一朵。猴头菇是好东西，用来炖鸡最好。苗魁很是羡慕，但无论他把眼睛睁多大就是发现不了，倒是金虎又采到了几朵。

金虎说："把猴头菇装到包里，下山是个交代。"

苗魁问："跟谁交代？"

金虎笑了笑道："等下山你就明白了。"

"这一趟，我们只是侦察，目的是发现那撮毛是怎么来的。"金虎说。

"一想到实施猎猪计划我就特兴奋，像是要做一件惊天动地的大事一样，”苗魁说，“有你出手，我好像看见了猞猁帽的帽耳朵。”

“我说了，这次只是侦察，不一定出手，如果真是猞猁，我只想发现并锁定它。”

林中弥漫着潮湿的雾气，间或有松香和高粱果的气味飘过。这种森林中的气味清新甘甜，似乎能洗滤肺叶一般，让人呼吸舒畅。林下草地软软的，野葡萄藤覆盖着经年的柞树叶和松针，踩上去如同踩着海绵，每一步都似乎要弹跳起来。金虎喜欢在林地里行走，走累了就躺下休息一会儿，躺在松软的林地里，沐浴着从枝叶间洒下的阳光，周身会进入一种完全放松的状态。自从红箭上交，金虎没有再深入北障，更没有去四方台，最远只是到二道沟牧场，这次进山有种久违的感觉。在三林区猎手视野里，四方台是个有危险等级的区域，因为不祥的传说，也因为凶险的环境，许多猎手对四方台敬而远之。金虎从苗魁敢于冒险登四方台，看出苗魁对猎猞是多么的急切。金虎知道，苗魁对未来的希望都寄托在小占鳌身上，为了让孩子好起来，再大的险苗魁也会去冒。金虎很清楚，四方台与菠萝河对面的保护区只有一河之隔，到四方台打猎，就像金库门口放炮仗——容易摊上大事。

金虎不能接受胡所长的武断和猜忌，但并不认为胡所长是个恶人，相反，他觉得胡所长有点像山狸子，很能死缠烂打。山狸子和家猫大小差不多，但一只山狸子可以打败一群家猫，甚至会咬死看家守院的柴犬。山狸子最明显的特征是好斗，一双凶狠的眼睛从没有柔顺的时候，无论看敌人还是看同类，总是充满杀气。胡所长一到三林区就公开宣扬要做猎手终结者，话里明显带有挑战的意味，丝毫没把三林区几十号猎手放在眼里。三林区的猎手都是什么人？那可是驿站人后裔，当年驿站人的第二营生就是狩猎，想终结站上人延续了几百年的生活习性谈何容易。在金虎看来，适可而止的狩猎本身也是一种文明，因为人是靠狩猎走出愚昧的，你一个初来乍到的派出所长，能改变的无非是狩猎方式而已，要做终结者就是吹牛了。收了枪难道就不能狩猎了吗？枪的出现不过百十年，可是人类狩猎却有着超过七千年的历史。

当然，金虎也理解胡所长，新官上任三把火，不烧几把火怎么体现自己的本事呢？胡所长是官儿，官儿就需要经常弄出点动静来，要不怎么体现官威？屁股决定脑袋，换了别人当所长也会这么做，不过是话大话小罢了。

林地无风，两人以急行军的速度前行，金虎脚上是一双旧棕色牛皮靴，靴靿很高，也很软，走起来有一种嚓嚓嚓的挤压声。苗魁在前面大步流星，忽然听到金虎在后面喊了一声："小心！"苗魁收住脚步，回头一脸疑惑地看着金虎。金虎走上前，指了指苗魁脚前的山葡萄藤，那里拉着一条细细的丝线。金虎捋着线仔细看了看，原来是猎手设的猎套。

"谁干的呢？"苗魁问。

金虎看了看猎套的活扣，摇摇头道："还有谁？刘大牙呗，刘大牙在这里设套，是想逮野猪。"金虎察看了一下周围环境，地上腐质层厚且松软湿润，长满了数不清的棕色蘑菇，野猪喜欢在这种地方乱拱，寻找食物。

"刘大牙胆肥，敢顶风作案。"苗魁称赞道。

金虎道："设猎套光靠胆子不行，这套不该下在野葡萄藤下，应该埋在树叶下设暗套，加一个触发装置，那样成功率就高了，这样设套只能套兔子。"

金虎从靴子里拔出攮子，一刀挑断了猎套，"记着回去要告诉刘大牙，别再下套了，好好开他的猎人棋牌室。"

"刘大牙这就是偷猎吧？"

"当然，"金虎说，"不过就是套到野猪也背不回去。"

金虎记得上次宋老三下套套住一只兔子，下山时看到有派出所的人在路上转圈儿，吓得把兔子扔到了草丛里，过后再去找，兔子早就不见了。

"刘大牙啥时下的套呢？"苗魁问。

"刘大牙油着呢，胡所长的预感没错，刘大牙、宋老三、李库都不是省油的灯。"

金虎走在了前面，警惕的目光上下左右快速搜索着，苗魁在身后问：

“这么热的天你还穿靴头，就为了藏攮子？”

金虎摇摇头，“攮子可以别在腰里，穿靴子是防草爬子和蛇，你知道山里野鸡脖子蛇多，要是不小心踩上被反咬一口，麻烦就大了。”

苗魁又学了一招，他穿了双运动鞋，看来猎手有猎手的装束，猎手的装束都是有说道的。

两人又走了一会儿，金虎再次喊停，这次不是遇到猎套，而是发现一棵柞树的树杈上绑着个很隐蔽的摄像头，黑色的镜头正对着前方一片开阔地。这是热成像摄像头，金虎听六子说过，不管白天黑夜只要有动物或人经过，都会被这种电子眼录下来。

“这就是胡所长的电子眼。”金虎绕到摄像头死角，盯着这个小玩意儿仔细观察。

“谁安的呢？”苗魁十分紧张，如此来看，自己几次进山肯定被拍到了。胡所长之所以对自己视而不见，是知道自己进山也没用，因为自己不是猎手。想到这里，苗魁有一种被蔑视的羞辱感，脸上开始发痒。

“还能有谁，”金虎说，“这是胡所长设的机关，估计不会只有这一个。”金虎向六子详细打听了这种电子眼，这个小玩意儿可以适时将图像传输到派出所电脑上，能监控野生动物，也可以监控偷猎者。电子眼用黑胶带固定在柞树上，设备本身是黑色，用的又是黑胶带，与黑褐色的树干融为一体，不注意很难发现。金虎抽了口冷气，不愧是侦察连长出身，手段果然厉害！

“这东西不会眨眼，看到就跑不了。”苗魁仰望着电子眼说。

金虎绕过电子眼，顺手折了根树枝驱赶着蚊虫，林中空气好像忽然增加了盐分，变得有些发黏，他感到有点口渴，朝苗魁要了一瓶矿泉水，打开喝了几口，把水塞进裤兜里，然后继续往四方台赶。

因为这个隐蔽的摄像头，苗魁变得神情忧郁起来，他担心四方台一带也会布有电子眼，如果有，猎猪计划将无法实施。电子眼这东西太讨厌了，你动不得、挡不得，你这边稍有举动，他那边就会发现，然后过来抓你个正着。

对于苗魁来说，这次金虎能出马，他心里特别高兴，他知道金虎已经开始倾向猎猞，尽管金虎嘴上不说，但行动本身已经说明问题。有些计划写在纸上，有些计划秘不示人，写在纸上的容易变成马歇尔计划，而秘不示人的往往会悄然实现。

对于金虎来说，来四方台有回应胡所长挑战的成分，此次行动能避过胡所长，就说明派出所的布控并非铁板一块。当然，发现并锁定猞猁也是他进山的目的。他认为只要能发现并锁定猞猁行踪就足够了，不一定非要猎获，就像军人火控雷达锁定目标一样，能锁定，就有击落你的能力，不一定非要开火。当然他理解苗魁的热切想法，为了让小占鳌夜里不再啼哭，苗魁这个胆小鬼的胆子已经快赶上刘大牙了。从南坡登上四方台，时间已是近晌，苗魁找到那片发现兽毛的榛窠丛，指着外侧几棵酸枣窠轻声对金虎说："就是这儿。"

金虎仔细察看一番后心生疑窦，看周围地形和树木，只有几棵不大的柞树，地上的草也不密，榛窠和酸枣窠却长势很猛。这环境似乎不是猫科动物盘桓的地方，猞猁钻到带刺的酸枣枝下干什么呢？他用树枝扒开榛窠丛，发现了榛窠丛下面有一道豁口，豁口对着一条浅沟，浅沟通向不远处的悬崖。走到悬崖边探头下望，悬崖深达几十丈，陡立的怪石掩没在错落的树冠中，有薄薄的雾气从菠萝沟里升起来，让悬崖底部影影绰绰，神秘莫测。金虎想，这样的高度人下不去，猞猁想行走也困难，能在此盘桓的只有飞鸟和老鹰。

从地形地势来看，这里猞猁活动的可能性似乎不大，但自己对猞猁的了解也不是很多，这种神秘的野兽在不在此、为什么会在此很难说清楚。金虎遇到了一个新课题，需要调动所有的经验答好这张考卷。他很清楚，一旦答出满分，那将是一枪飙续写的新辉煌。

"猞猁窝不会在这种地方，弄不好幼猞会跌落下去。"金虎说，"此外，悬崖峭壁上可能会有鹰巢，鹰会捕食幼猞，猞猁不会让幼猞暴露在危险之中。"他想起了被金雕抓伤的吴二愣，金雕是排他性猛禽，不允许鹰巢周边有别的动物做窝，金雕的凶猛会让其他动物退避三舍，这当然也包括猞猁。

“那这撮毛是哪来的呢？”苗魁问。

“也许是猞猁为了捕食来过这里，成年猞猁的活动范围可达数百平方公里，为了追踪猎物来到四方台也不是没可能。”金虎说，“但有一点是肯定的，猞猁不会把家安在没有退路的地方，尤其这么高的悬崖峭壁。”

“不在悬崖之上，会不会在台上某个树洞里？”苗魁希望猞猁筑窝在此，毕竟四方台面积有限，如果不在这里，林区这么大，想找到猞猁无异于大海捞针。

金虎像个考古学家一样仔细察看着周边可疑之处，一点蛛丝马迹都不放过，他甚至还扒开桦树根部的腐叶抓起一把土闻了闻。他嗅到了一股臊味，似乎是猫科动物尿液的气味，又一想，也许是蚯蚓腐烂发出的味道吧，不能胡乱联想。白桦树的树皮相对完好，看不出猫科动物抓挠的痕迹。金虎觉得在四方台自己看到的一切都像个严严实实的谜面，需要花费力气来揭开谜底。

“可不可以在这里设个猎套，试试运气。”苗魁建议。

金虎同意了这个建议，他也想搞清这撮毛到底是什么野兽所留，便亲自动手，在榛窠丛里布下一个钢丝猎头套。他对自己说，若真能套住一只猞猁，那将是天意了，就像考古人员打竖洞勘探，一洞打进皇陵地宫，那种意外便是天意。他一边设套，一边给苗魁讲解要领，设套的过程成了对苗魁的教学辅导课。

猎套最早也要次日来遛，金虎又在四方台转了转。四方台虽不是很大，想转遍却不容易，树高林密不说，很多地方布满荆棘，人无法通过。两人在北端一块长满苕条的灌木丛里发现了一只被啃食过半的狍子。这只不幸的狍子给了金虎一些信心，说明此地不排除大型食肉动物存在，而狍子尸体只是轻度腐烂，说明死亡时间在两三天内。但狍子是猞猁捕杀还是野狼吃的很难说，狍子只吃了一半，说明猎食者胃口有限，如果是野狼的话，恐怕会啃食殆尽。从这一点分析，有点像猞猁，猞猁的食量不及野狼一半，吃不下整只狍子。

他们看到了一片白石砬子，围着石砬子简单转了转，金虎说这是个动物晒太阳的好地方。白石砬子在白天吸足了阳光后，对于处于潮湿森林里的野生动物来说，晚上就是一张温暖幸福的石床。如果四方台上有猞猁，吃饱喝足之后，说不定会到这里晒太阳。因为时间有限，他没有仔细勘察这片白石砬子，心中却觉得这是个下套的好地方。

两人从南坡下到菠萝沟。菠萝沟大白天也弥漫着雾气。关于晴天里的雾气，站上人有自己的认识，他们认为就像人会长胡须一样，大树到了一定岁数会吞云吐雾，人长髯飘飘者仁，树吞云吐雾者神，金虎知道古树神化其实是一种人格崇拜。菠萝沟长满高大的水曲柳和黄菠萝，林间无路，荆棘缠腿，沟底的菠萝河边布满圆石，间或长着一簇簇小叶樟。这条淙淙流淌的菠萝河是科洛河的源头，水质清澈，有成群的雅罗鱼在游动。在河边金虎发现了野猪和狍子的粪便，估计这里应该有食肉动物活动。一般来说，大型食肉动物是伴随着野猪、狍子的迁徙而出没的，不像杂食的黑熊，只要有橡子、野果和庄稼就可以随遇而安，而处在食物链顶端的大中型食肉动物，会有意识避开人类，到最隐蔽的地方划定势力范围。它们也许知道，人类才是自己的天敌。

菠萝沟对面是国家级自然保护区，在这里决不能下套，这一点金虎很清楚。自然保护区设有一个和林区同样级别的管理处，管理人员全副武装，据说还有无人机巡山，如果发现偷猎盗伐活动，十有八九跑不了。刘大牙曾到保护区里采蕨菜，采着采着就有了心思，因为他发现保护区的野鸡不怕人，就在人身边走来走去。刘大牙偷偷用筐扣下一只，藏在盛蕨菜的袋子里想带回家，不想在菠萝沟被保护区管理员拦住了，管理人员搜出了这只野鸡，把刘大牙带回管理处关进了小黑屋。刘大牙在小黑屋里具体遭了些什么罪他从来没说，但刘大牙对在小黑屋里挨饿始终耿耿于怀，一提起来就骂管理处不人道，把人关到里面不提审也不做笔录，就那么一声不响地关着，一天只给一碗小米粥，饿得他恨不得把地上乱爬的蟑螂吞下去。那次，刘大牙在里面关了四天才被放出来。放他的时候管理人员说，首次抓到关四天，第二次抓到关七天，第三次抓到关半个月，第四次就送法院起诉判刑了。刘大牙说，王八犊子才来第二次呢，你们用八抬大轿抬我我也不来了，保护区的野鸡都是祖宗，都要供起来。刘大牙的遭遇对其他猎手是个警示，从那以后，三林区猎手们对保护区避之唯恐不及，谁也不想沾这个挂落。

金虎对苗魁讲了下套要诀，那就是窝口、兽道、水源和便溺点。一般来说，选择野兽窝口下套成功率最高，因为每天早晚野兽总要出窝回窝。其次是野兽走的路线，野兽喜欢走自己熟悉的路，走多了，便形成了兽道，选择兽道狭窄处下套，是套狍子、鹿和野猪的好办法。此外，野兽需要饮水，饮水喜欢去自己认为安全的地方，选择野兽饮水处下套，也容易捕获猎物。食肉动物领地意识强，它们会像领导下乡巡视自己的辖区一样，喜欢在辖区边界留下痕迹，动物留痕是用便溺气味，以此来警示入侵者。这些溺点大都在树下，便于设置猎套。因为学到了这些诀窍，苗魁跃跃欲试很想在菠萝河边一试身手。金虎制止了他，指指对岸的树林道："你忘了刘大牙？"

苗魁说："在河这边，不过去。"

金虎道："瓜田李下，犯忌，再说在这里下套，不但带不走猎物，反而会像刘大牙那样蹲几天笆篱子。"

苗魁说："保护区管得那么严吗？"

"严不严是他们的事，我们不招惹他们就是了，猎手有句话：见着马蜂窝绕道走，别自己找不自在。"金虎说，"我们在河边歇歇吧。"

苗魁找了块石头坐下，拿出背包里的面包、香肠、矿泉水，和金虎一边吃一边仰脸观看悬崖。悬崖虽陡，却有许多突兀和凹陷的地方，上面还有些藤萝、不老松。吃饭间，石头边爬过一条蛇，当地俗称野鸡脖子的毒蛇，野鸡脖子全然无视他们的存在，不慌不忙地缓缓爬过去。苗魁吓得直哆嗦，双手紧紧抓住金虎的右臂。金虎一边吃着香肠，一边冷冷地注视着蛇，直到野鸡脖子爬进河边草丛里。

"知道为啥要穿靴子了吧？"金虎道，"野鸡脖子的毒牙咬不穿牛皮靴子。"

“好大，这条蛇有一米半。”苗魁惊魂未定。

金虎说：“你不惹它，它不会攻击你，就怕无意中踩上或薅稗草误抓到它。”

苗魁暗暗下决心，下山后第一件事就是去买一双皮靴，再在靴鞫里别一把攮子，像金虎一样，进山要有个进山的样子。

吃过饭，金虎看看手表道：“抓紧往回走吧，在山上时间长了胡所长会起疑心。”

苗魁问：“你心里对那撮毛有谱儿了？”

金虎点点头，没有说什么，他还不敢肯定。

“有谱儿就好。”苗魁心里踏实了一些，也不敢多问，他知道猎猞计划最终要由金虎实施，自己只能是个配角。

金虎计划在下午五点左右下山进村，因为吃饭时间胡所长不会上街。

三林区村口有两棵被人们称作杨树门的大杨树，过了杨树门便是街两旁用板障子夹成的一户户院落，家家房子都是红砖蓝色铁皮瓦，规矩有序，营房一样立整。傍晚的村落宁静如画，夕阳像一只硕大的蛋黄在西山坡上慢慢摊开，树木和房屋的影子仿佛镶了金边，给人一种正在融化的感觉。走近杨树门，猛然间迎头碰见了胡所长。胡所长鬼魂一样从杨树后转出来，左手持一部对讲机，右手甩着半截艾蒿，一双黄眼珠盯住了苗魁的背包。

苗魁愣住了，止住脚步问：“胡所长在这儿等人？”

“进山了？”胡所长并未回答苗魁的提问。

苗魁回答说：“闲着没事，进山转转。”

胡所长扭过头看着金虎问：“闲着没事？一转一小天？”

金虎面无表情地道：“杀了只鸡想炖了下酒，一翻，没猴头了。”

“进山采猴头？”胡所长道，“山里蚊子叮、瞎蠓咬，还有野鸡脖子蛇乱窜，为了采点猴头遭这份罪？”

金虎不得不佩服胡所长，这双黄眼珠能看到人的骨髓里。多亏这次没套到猎物，否则真的就被抓了现行。胡所长围着两人转了一圈儿，看到金虎两手空空，便把目光聚焦到苗魁的双肩包上，“一朵猴头没采到？”

苗魁卸下背包打开，拿出几朵新鲜猴头菇，笑着说：“给，拿两朵回去炖汤，大补。”

胡所长摆摆手，目光却在打开的背包里打转，背包里除了吃的再无他物，“一枪飙有采猴头这份闲心，难得，看来三林区的獐、狍、野鹿有福了。”

金虎听出了胡所长的话味道不对，但似乎并无恶意，就不咸不淡回了一句：“三林区獐、狍、野鹿要感谢的是胡所长，是胡所长终结了三林区的猎手。”

“要感谢的是法，法规才是它们的护身符。”胡所长说话很有公职人员的高度。

金虎说：“要是没事，我俩回去炖鸡了。”

胡所长道：“我没事，最好你们也别有事，我可不想事儿上见。”

苗魁和金虎没接话，“事儿上见”是胡所长的口头禅，这句口头禅一出，说明他已经有了平事儿的准备。

胡所长先走了，步伐不紧不慢。刚才他是从杨树后出来的。金虎走过杨树时扭头看了看，树后有个木墩，木墩周围长满了龙葵，很多龙葵果实已经变黑，黑是熟透的标志，胡所长刚才是一边吃龙葵果一边用艾蒿驱赶蚊子。他心里骂了一句：这小子蹲坑的地方挺享受！

金虎先去看了红獒，与红獒亲热一番。苗魁在办公室让食堂准备了几个菜，还备了些啤酒。苗魁说：“喝点解解乏。”金虎能看出苗魁心里有事，这是让胡所长吓的。金虎想，苗魁胆子小，胡所长阴阳怪气那么一说，苗魁肯定心里有了负担。

金虎坐下来，两人各擎一瓶啤酒对饮。苗魁说：“胡所长说的事儿上见，是啥事呢？”

金虎抓起一只鸡爪啃了几口，道：“盗猎。”

“可是，你的红箭已经交了。”

金虎专心啃着鸡爪，鸡爪极好吃，能吃出江葱和野花椒的香气，“我不知道他为啥不放心，大概因为我是一枪飙吧。”

“胡所长疑心太重，好像我俩进山是做贼一样。”

金虎说：“人家没错呀，我俩进山确实是下套了，就凭这一点，我挺佩服他的。”

苗魁说：“既然胡所长这么盯着你，咱就别往枪口上撞了，那个猎猞计划等考虑周全再说。”

金虎咕咚咕咚一口气吹了半瓶，把酒瓶往茶几上一蹾，粗粗地说了句：“我一枪飙是吓大的吗？”

“你想和他对着干？”

“我本想吃素，他却总拿着肉在我面前晃荡，我若不吃，就是牙口有问题了。”

苗魁点点头，“我知道你想气气他。”

“赌气归赌气，但猎猞不在其中，”金虎说，“猞猁是濒危保护动物，红箭在手我也不会打。”

苗魁眼圈有些泛红，“我不难为你，大哥。”

“四方台一带确实有猞猁，我的感觉不会错。”金虎说。

9

第九章

唐胖子、冯麻秆和六子下班后一起来到猎人棋牌室，他们给金虎打电话，约师傅过来打扑克。刘大牙说一枪飙啥时候打过牌呀？还是让宋老三来吧。唐胖子说今天我们玩三打一，金师傅就会玩这一种，我们想赢他一回。

金虎接到电话心里想，这仨小子一定是有事，想用这种方式告诉他，因为自己不喜欢打牌，只是偶尔玩玩三打一，他们仨都知道。金虎猜测这是唐胖子的主意，唐胖子鬼点子多，六子和冯麻秆都不是对手。

金虎披着件外衣来了，三人起身相迎。金虎扫了他们一眼说："玩牌可以，不过谁输了谁要给刘大牙茶钱，别占猎人棋牌室的便宜。"

三人都点了点头。

四个人开始打牌。

刚抓上牌，唐胖子开口说："最近所里实行包保责任制，我们三个辅警也分了任务，胡所长让我、麻秆和六子分别包刘叔、宋叔和李叔。"

"怎么个包法？"金虎问。

六子接过来道："就是我们仨一人盯一个，实行责任制，谁盯的人发生偷猎行为就追究谁的责任。"

刘大牙惊讶地说："怎么，我如果上山打猎，就要追究你胖子的责任？这不是连坐吗？"

"是这样。"唐胖子说，"所里七个正式民警把五十多个猎手都分包下去，所长考虑到我们仨的具体情况，就让我们一人包一个，当然，刘叔、宋叔和李叔是重点，这也是所长对我们仨的信任。"

金虎没有表态，继续玩牌。抓完牌金虎张口要了六十五分，六十五分是高分，如果他坐庄，其他三人得四十分就会破。三打一这种打法基本上就是群殴，坐庄者只能靠自己杀出一条血路突围。

三个人都没有加码要牌，这把牌金虎就坐庄了。金虎抠掉底牌后问大家："如果你们想抠底，靠什么？"

唐胖子说："当然靠主，你钓不光主，我们就抠你了。"

"副牌打好了也能抠底，但还是主好使。"冯麻秆说。

“说得对，打牌主要靠主，有一个问题你们想过没有，打几几就是主，那么主动权在谁手上？当然在主手上。”

三人都看着金虎，他的话大家一时没有听懂。

金虎说：“比如这一局打三，三当然就是主，仅次于大鬼小鬼，输赢起决定作用的很可能就在三上。只要把握好主牌，就会保底成功，没啥可担心的。”

“可是，我们也不能保证三位长辈没有手发痒的时候呀，万一进山搂草打兔子，我们就毁了，胡所长可不惯毛病。”唐胖子听出了金虎的意思，直接把话挑明。

“所以说你们要学会钓主，把主钓净就放心了。”金虎说，“当然，钓主的方式不同，需要根据牌情来定。”

接下来开始出牌，金虎开局就强势钓主，把三人手中的主全部钓干，然后打副牌，这一局很轻松地赢了。

“我赢的原因是钓干了你们三家的主。”金虎说，“你们要想赢牌，必须想办法控制好主牌。”

唐胖子抢着洗牌，然后捂住牌放低了声音道：“今天上午所长开会宣布，对所有交枪的猎手，要听其言，还要观其行，不能盲目乐观，更不能麻痹大意。我们都觉得这话里有话。”

“你们是派出所的人，出来议论这事不妥，”金虎说，“有些事要保守秘密。”

唐胖子道：“胡所长没要求保密，估计是希望我们把风放出去，别让大家在事儿上见。”

原来是这样。金虎从唐胖子手里要过牌，一遍遍地洗着，一直洗了四遍，才把牌在桌上摊开，给处于下家的六子上牌。六子抓了第一张牌就笑得合不拢嘴，“大鬼！”他说，“多洗几遍牌就是不一样。”

“你们胡所长这么做就是在洗牌，他的担心不无道理，喜欢打猎的人哪个心里没有只刺猬？战场上缴枪投降的很多又会反水，胡所长当过兵，明白这个道理。”金虎说，“下面我们不谈这件事了，专心打牌。”

正打牌间，胡所长推门进来。胡所长穿便装，看到四个人在打牌并不惊讶，站在一旁看热闹。唐胖子、冯麻秆和六子有点紧张，站起身打招呼，胡所长摆摆手示意他们坐下继续玩牌。四个人没耍钱，每个人身边摆着些火柴棍，胡所长眼尖，一进来就看到这是以火柴棍为筹码的娱乐。三个年轻人因为有所长在身后站着，出牌就有些分心，本来能打破的一把牌，又让金虎成了。

胡所长说："知道你们为啥输吗？"

三个人都摇摇头。

胡所长说："牌好牌差是一个方面，你们输在心理和配合上，不记牌，盲目瞎打。"

"他们打得不错，我是赢在主多上。"金虎替他们解释。

刘大牙搬来一个凳子请胡所长坐下，胡所长坐下后道："你们要学一枪飙，学人家的心理素质，任凭风浪起，稳坐钓鱼台。刚才我进来，一枪飙只是用眼睛余光扫了我一下，然后微微点了点头，为什么？不是他不讲礼貌，他此时的心思全用在这把牌上。他坐庄，在考虑怎么能打赢，而你们呢？我一来就分神了，精力不集中，出牌开始随意，不输才怪。"

金虎暗暗吃惊，胡所长果然观察仔细，看问题也准确，看来这双黄眼珠不可小觑。金虎笑了笑道："胡所长高抬我了，我是记性不好，眼睛不敢离牌，有的高手只扫一眼就记住了，哪里像我，小学生背书一般死盯着十二张牌。"

刘大牙过来说："胡所长上来摸几把？我也凑个手。"

谁也没想到胡所长竟然同意了，说："打几把可以，但我不和下属打，让他们看热闹。你把宋老三和李库他俩谁叫过来都行，加上一枪飙，咱四个玩几把，行不行？"他看着金虎，等着金虎说话。

金虎本不想玩，因为有比枪的教训，和胡所长玩牌，赢也不是输也不是，挺为难的一件事。但既然胡所长有这份雅兴，他也不好拒绝，就让刘大牙打电话。电话打给宋老三，宋老三听说和胡所长玩牌，犹豫了一下说他有点闹肚子，改日再玩。电话打给李库，李库马上答应了，说随即就到。三林区居民点不大，骑上自行车几分钟李库就赶来了。李库对胡所长还他挂网心存感激，说今晚这牌局有历史意义，因为他从没见过金虎玩牌，更没想到胡所长能屈尊与民同乐，如果三林区有大事记，今天应该记一笔。李库话少，但不乏幽默，大伙知道他是在调侃，就嘻嘻哈哈过去了。

四人坐定，唐胖子和冯麻秆坐在胡所长身后，六子很坚定地坐在自己师傅身后，刘大牙特意开封一副新牌，挑出配牌，然后认真洗了三遍，望着胡所长问："每人几根火柴棍？"

胡所长说按刚才的规矩办。刘大牙给每人面前数了十根火柴。刘大牙说既然按规矩办，咱就说好了，有一家输光就清盘，数量多的胜出。众人都没有意见，大家开始抓牌。胡所长先抓的牌，抓完后他要了六十分。其他三人是可以加的，一般来说六十五分才能要住。但奇怪的现象出现了，胡所长要了之后，没人加分，出现这种情况往往有两个原因，一个是活主分散，也就是牌比较平均；再一个就是大家有了默契，想拿下坐庄的。这把牌显然不是第一种情况，胡所长不幸中招。

这一局，胡所长被连抠带破，十根火柴每人分出两根，手里便只剩四根。

抠底的是金虎，他把大鬼留到了最后，胡所长手里只有小鬼。胡所长一开始想强钓主，但主牌太弱，一步一个跟头，最后老底不保。

身后唐胖子嘟哝说："不要就好了，咱这牌做酒不成做醋酸。"

冯麻秆道："也不是，要是舍了小鬼，最后留一对，就把大鬼背死了。"

六子看了他俩一眼，样子很骄傲，给人的感觉是自己师傅厉害，谁也赢不了。

接下来抓第二把。四个人三个没要，到了末家金虎这里只能要七十分。在三打一玩法中要七十分是加倍的，也就是说输赢都是双份，如果打光——其他三家一分没得，那就是倍上再加倍。这把牌金虎要是打光，每人要给他四根火柴。胡所长余下的火柴刚好够给，第三局只能背水一战了。

结果底牌上得非常好，大鬼小鬼都在底牌里，幸运的金虎真的打光了。胡所长成了场上最穷的一家。

唐胖子和冯麻秆脸色都变了，所长好不容易来消遣一下，结果输个精光，这不是打脸吗？他俩都看了金虎一眼，目光充满哀求，意思是金虎应该放水，赢了枪已经足够了，在牌上还不能留个面子吗？金虎没有看他俩，金虎一直在想胡所长今晚来肯定想说点什么，打牌不过是个由头，他也用不着送人情。

第三局牌被李库要了去，六十五分。李库很轻松地打成了。这样，牌局只能清算，不用说，金虎的火柴棍最多，胡所长成了负数是输家。

胡所长讪讪地笑了笑道：“看来我技不如人。”

“没抓到好牌，与牌技没关系。”唐胖子说。

胡所长忽然提高了语调说：“牌输了，可以洗牌、抓牌，重新开局；要是在事儿上栽了，是没法洗牌重来的。”

刘大牙说：“胡所长是担心我们哥几个重操旧业吗？”

“担心谈不上，也许是操心。”胡所长很会斟酌用词。

金虎没有说话。胡所长今晚输牌不是让的，是真输，如果他赢了牌，可能会说另一番话，但他输了，没有谁输了牌还会有好心情，他这番话明显有敲打的意味。

胡所长接着说：“生活当中，藏个小二，藏个JQ还是可能的，想藏住大鬼小鬼根本不可能。”

这话几乎是明说了，金虎感到不自在，这哪里是打牌，这不是把哥几个找来训话吗？但他不便发作，除了听起来刺耳外，胡所长的话没有毛病。

“我知道有强龙不压地头蛇的说法，但啥事都是两方面，我无意和大家作对，可是有人觉得可以瞒天过海搞小动作，那就不对了，真到了事儿上见的时候，多难为情。”

胡所长把话说到这个程度，众人都听出了味道，这些话不是空穴来风，胡所长一定是抓到了什么把柄。

李库惴惴地问：“哥几个有什么让您担待的事吗？”

胡所长道："若是没有，我又何必说这番话？"他让唐胖子倒了一杯茶过来，徐徐喝了几口，放下茶杯说："最近所里干警大排查，在附近林子里发现六个猎套，有个猎套套住了一头野猪，猪都勒死腐烂了。我就想，这样下猎套为什么呢？就是过打猎的瘾吗？"

"也许是以前废弃的猎套吧？"刘大牙说。

"是新套，我知道是谁下的，今天就不挑明了，我还是那句话，我是后脑勺上长着眼睛的人，北障虽然大，但我能看得清每一棵树，任何违法的事休想瞒过我。"

金虎注意到刘大牙的脸色有些变化，但还是装出一副若无其事的样子。胡所长排查出的猎套应该是刘大牙所下，刘大牙是听到了风声，下了套没有去遛，这才出现中套野猪死亡腐烂的情况。

"三林区人都说我狠，不讲情面，这一点我不否认，但我这个人从来不轻视对手，甚至和势均力敌的对手会惺惺相惜，除非对手做出下三滥的事，那就让我瞧不起了。"

金虎知道自己应该说话了，因为胡所长肯定想听到他说点什么。他把扑克盒拿过来，将扑克牌仔细装入盒中，然后十指交叉扣在一起，望着对面的胡所长说："山上有猎套的事很正常，不仅有猎套，还可能有陷阱，就像打过仗的战场上有地雷一样，这是难免的事。可是有一点我想说，哥几个不再打猎除了公告限制外，其实还有个原因没有说，那就是北障太穷了，进山也没啥可打的，跋山涉水走一趟只得几只山鸡野兔，划不来，所以说胡所长可以把心放肚子里，别担心哥几个出什么幺蛾子。"

李库说："就是，我开始养木耳了，赚头比打猎强。"李库养殖椴木耳，收入不错，算是找到了一个好营生。

刘大牙道："我也没工夫进山，猎人棋牌室不能离人。"

胡所长与金虎对视着，"你放羊，想进山的话可以天天去。"

"那倒是，放羊嘛，学问全在一个放字上，我总不能把两百只羊放到街上去。羊怕圈养，圈养的羊发膻，熬羊汤都不好喝。"金虎说。

"进山放羊现在没人限制，以后就难说了，林业局正在制定禁牧的文件，可能很快就会出台。”胡所长说。

金虎无奈地摇摇头，没有接话。

“猎套的事就暂时撂下，我想说你一枪飙在三林区猎手中是有影响力的，希望你多帮所里做做正面工作。”

“你不是给三个辅警分工了吗？放心，我们不会给三个年轻人惹乱子。”

“他们三个可不包括你，你一枪飙由我亲自联系。”

金虎道：“我想到了，你对我总是放心不下。”

胡所长站起身道：“好了，我是随便说说，难得遇到你们在一块，大牙替我问候一下宋老三，有时间我还想跟他切磋硬气功。”

金虎听出这是在恶心人，都把人家打趴下了，还切磋什么硬气功？

胡所长走了，唐胖子、冯麻秆陪他走了，金虎让六子也走，六子不动。六子虽然年轻，性格却犟，他认准师傅好，别人说什么都不好使，六子娘一直嘱咐他用不着讨好谁，啥事凭良心去做。六子对金虎说他了解所长的为人，所长好像不喜欢那些溜须拍马的人。

刘大牙的脸在胡所长走后依然红着，他不敢看金虎，独自坐在那里说：“我怎么觉得胡所长今天是故意来的。”

“是啊，还专门把我叫来。”李库也觉得奇怪。

六子道：“胡所长就是不放心你们，觉得你们整天和他躲猫猫。今天上午开会他还说，平时你好我好大家好，一旦事儿上见的时候，就彼此成了仇家。”

金虎望着窗外没有月光的夜色，心里好像塞着粒没有打响的子弹，刚才，胡所长那双像琥珀一样的黄眼珠，似乎带有松香的黏性，只要你悄悄望他一眼就会被黏住，黏住之后这目光会变成蜘蛛吐出的丝，一圈圈把你缠起来。他知道胡所长今晚是敲山震虎，让三个辅警负责包保三个有名的猎手也是一个计谋，因为三个辅警有两个本身就是猎手，出了问题就是猎手内部的事。金虎已经猜到了胡所长的想法：三林区的猎手不是抱团吗？不是有一枪飙这个核心吗？好了，我偏偏在你们内部弄点掣肘出来，不信你们不闹矛盾。

“我们都成了偷猎嫌疑犯。”刘大牙说，“想想挺冤枉的。”

“你冤枉吗？”金虎扫了刘大牙一眼。

刘大牙低头不语。

六子说：“我听所里民警说，胡所长在县局当刑警中队长时破过一起杀人案，破得很神，都传说他有超常第六感。师傅做事可要小心点，我估摸着所长总想把输掉的比赛扳回来。今天本来是个机会，胖子和麻秆给你们直使眼色，可是你们还是没给他面子。”

刘大牙问：“县局那是一起什么案子？”

六子讲述了他听来的故事。

百合歌厅一个叫袁圆的女服务员失踪，遇害是肯定了，但找不到任何线索。胡所长担任刑警队长后，翻阅积案卷宗注意到了这起案子。从卷宗上得知，袁圆唱歌非常出众，在县电视台获过比赛金奖，从歌厅调查情况看，袁圆对人很有分寸，除了给客人点歌、唱歌，从不出台，也没有复杂的人际关系。刑警队调查的主要对象是去歌厅的消费者和县城里有劣迹的男青年。胡所长看过卷宗后觉得调查方向有误，袁圆如果遇害，凶手肯定是刑警调查范围之外的人。他排查了袁圆高中时的老师和同学，从中发现了一个叫牛珲的青年教师比较可疑。牛珲在县二中教音乐，是全县钢琴第一人，省里有名的歌唱家来县里慰问演出，都由他钢琴伴奏。牛珲独身一人住在一栋红砖平房里，院子很大，学校给他分了楼房，他不愿意住，说在楼房里无法练琴。胡所长从袁圆同学那里了解到，牛老师对袁圆音乐天赋寄予厚望，希望她能考上省城的音乐学院，因为袁圆的嗓子实在太好了，有“小邓丽君”之称。让牛老师失望的是袁圆没有考上音乐学院，中学毕业后去了百合歌厅唱歌。

胡所长从见到牛珲的第一眼，就觉得对方有犯罪嫌疑，但苦于没有证据，不能平白无故去搜查人家。但胡所长就是与众不同，他利用牛珲白天上班时间，悄悄潜入牛珲家中，找到了一丝线索，牛珲家里有个地窖，地窖上居然上了两把锁。他就想，家里的地窖，无非储藏点白菜土豆，还用上两把锁吗？

刘大牙插话：“这是非法搜查，取证无效。”

“要是依法办，这案子就破不了。”六子说。胡所长这一次没有动地窖，第二次，带了开锁工具打开地窖门，下去后发现地窖里啥也没有，只是在窖壁上有泥抹的痕迹。幸运的是他借着强光手电筒在地窖里发现了一根长头发，这正是袁圆的头发。案子破了，警察在地窖里挖开泥抹的窖壁，从中找到了袁圆的遗体。牛珲的犯罪动机很简单，用他的话说他希望自己的学生“质本洁来还洁去，强于污淖陷渠沟”。这是《红楼梦》中《葬花吟》里的一句诗词，牛珲显然是入戏太深了。他说袁圆是全县最优秀的女孩子，却在乌烟瘴气的歌厅里当服务员，他接受不了这个现实。犯罪前一天，一个熟人给他打电话，说昨天在歌厅见到一个姑娘，是你的学生，简直就是国色天香呀，在那种场合工作太可惜了。说者无意，听者心乱，第二天牛珲把袁圆约到家里，在弹唱了一首《葬花吟》之后，他实施了犯罪。

后来，领导和同事问他破获此案的诀窍是什么，胡所长只回答了两个字——怀疑，怀疑死者最亲近的人。胡所长认为一个警察最应该具备的品质是怀疑，怀疑可疑，也怀疑正常，无怀疑不破案。袁圆被害案说明了一个问题，极端之事除了意外，要么是最爱你的人所为，要么是最恨你的人所为，概莫能外。

“这个案子很说明问题，”金虎说，“胡所长眼神里全是问号，有些问号像鱼钩。”

“是有这个感觉。”刘大牙点了点头。

“从打牌上说，我们切切记住一点，别让人抠了底。”金虎说，“都回去睡觉吧，说好了输家结算茶水钱，胡所长却走了，这单我来替他买。”

10

第 十 章

对于苗魁来说，金虎的话不会有误：四方台一带有猞猁。

苗魁不想给金虎添麻烦，因为金虎几次表示不猎猞。为了实现自己心中的猎猞计划，他悄悄去找四林区的姜大先生，姜大先生向他推荐了猎手高老大。高老大是那个猎猞坠崖摔断双腿猎手的独子，黑乎乎一条车轴汉子，孔武有力，嗜好吃生狍肝。姜大先生说高老大没有不敢打的野兽，别说猎猞，就是打东北虎也没问题，只要价出到位。

苗魁和高老大见了一面。高老大说猎猞不成问题，问题是没枪。苗魁说枪他来想办法，但猎猞一旦遇到事，他不负责，三林区的胡所长抓偷猎很厉害，北障上安了不少电子眼。高老大说抓着算他倒霉，一人做事一人当，不会把雇主说出来。两人约定，先付一笔定金，等猎猞事成，再付讲好的报酬。苗魁很大度，说猎到猞猁后，他只要完整的头皮，其他都归高老大。这个条件相当诱人，猞猁皮和猞猁骨是多少钱也买不来的稀罕东西。当地民间一直传说猞猁骨泡酒是治疗风湿病的神药，比虎骨和豹骨都有效。这种说法并非空穴来风，猞猁像北极动物一样不惧严寒，可以在冰天雪地里睡觉，于是人们就猜测它的骨头泡酒可治疗风湿病。高老大知道，如果得到一只完整的猞猁骨架，那会卖个天价，为此蹲一年两年笆篱子也值。两人约定对此事保密，什么时候行动、到哪里去，随时听苗魁招呼。

高老大问，你们三林区有个一枪飙为啥你不找，倒来舍近求远？苗魁说，一枪飙树大招风，被胡所长盯得紧，不方便出马。高老大说，一枪飙要是出马比我有把握。苗魁说，谁让他是名人，名人不自在。高老大说，我无所谓，反正你们所长也不认识我。

苗魁进山无人在意，因为苗魁不是猎手。苗魁隔三岔五就去四方台遛套，猎套却总是空的，连只野兔也套不到，苗魁心里不免有些泄气。陪他进山的保安说，听人说下套要有耐心，遛勤了会惊动动物，动物知道危险就改道了，三五天遛一趟就行。但苗魁心里急，希望有奇迹出现，忍不住就来遛一趟。

这些日子小占鳌不仅晚上闹人，白天还有点厌食，吃啥吐啥。苗魁心里急，就给莫叉玛打电话，说猞猁不好弄，可不可以变换个兔皮或貉皮帽子戴。莫叉玛语气生硬地回答说，妖魔鬼怪比人精，糊弄它们是作死！一句话，让苗魁打消了替代想法，一心一意实施他的猎猞计划。

金虎劝苗魁，你频繁进山没啥用，就是发现了猞猁行踪也套不住它，猎猞不是件容易事，对于猎手来说，能猎到一只猞猁好比摘得奥运金牌，在整个林区可以横着膀子晃。苗魁说，功夫不负有心人，说不准就让我套上一只呢。

金虎让苗魁带小占鳌去大医院看看，说人有毛病还是要上医院，猞猁帽是靠不住的。

金虎前些日子左臂做了个手术，切除了一个令人讨厌的瘤子。发现这个瘤子的是红葵，金虎每次和红葵玩耍的时候，红葵总是去舔他的左臂，拉也拉不开，红葵舔着舔着就用利齿轻轻去咬。金虎纳闷儿，红葵怎么总舔一个部位呢？时间一长，他觉得这是红葵发现了什么，就去县医院做了个检查，说来奇怪，X光一照，发现左臂上长了个瘤子，便立马做了手术。医生说多亏发现得早，要是拖着不治，说不定会长成个什么东西。由此，他把红葵看作是自己的救命恩人，如果红葵不舔，他不会到医院检查。

苗魁带着小占鳌去了医院，医生怀疑孩子吃的奶粉有问题，导致消化系统失调，让换个品牌试试，医生说进口奶粉未必就好，也有假货。果然，换了奶粉后小占鳌厌食的问题解决了，但夜里闹人的毛病依然存在。

这天，苗魁带着保安在四方台转了半天，下来时有点疲惫，一趟趟白跑，让他开始怀疑猎套是不是好用。跟随他的保安也有点失望，打猎原本是很刺激的事，可是连只麻雀都逮不到，这一天天进山还有啥意思？

"歇一下吧。"苗魁在一棵老柞树下坐下来，两腿一伸一曲，从背包里掏出矿泉水咕咚咕咚喝了几大口。他看到脚上的皮靴竟然划破了好几处，这双靴子是那次遭遇野鸡脖子蛇后买的，目的在于防虫防蛇，但奇怪的是自从穿上了这双皮靴，再也没有看到野鸡脖子蛇。柞树周围有些黑蜂飞来飞去，其中有几只落在了头发上，他抬头挥手驱赶，黑蜂不同于黄蜂，一赶就走，要是驱赶黄蜂，它会拼个你死我活。苗魁有点犯困，远远地看着东方树木葱茏的保护区发呆，那是一个神秘的世界，是野生动物的天堂。那里面一定有猞猁，说不定会很多。看着远方的苗魁竟然睡着了，睡梦中莫叉玛向他走来，走到跟前说，你怎么还没弄到猞猁帽呢？孩子的病可不等人。他说正在下套猎猞，很快就会猎到。莫叉玛说，要赶紧点，太晚了会出事。莫叉玛说完，一阵风飘走了，却把他吓醒了，他四处张望了一下，跟着来的保安也在树下打瞌睡。他又抬头望了望，这一望，忽然发现头顶树枝上蜷着一只小花猫。

“谁家的小猫，怎么跑到山里来了？”他自言自语。

被惊醒的保安也看到了树上的小猫，笑着说：“小猫趴在树上是准备抓鸟吃，我家的小猫就这样抓鸟，有时还会抓到鸽子呢。”

树上的小猫突然叫了一声，这一声让苗魁觉得不对，定睛再看，这小猫好奇怪，一双圆眼呈现出灰色不说，爪子又大又厚，谁家小猫会有这样大的爪子？

苗魁说：“这应该是不小心走丢的山狸子，看着怪可怜的，抱回去养着吧。”

保安爬上树，小野猫挥舞两只前爪想反抗，但实在太小了，大概还没断奶，只能乖乖就擒。苗魁解开背包，将小猫装到背包里，小猫不老实，又抓又挠直到把背包拉链拉上它见不到光亮才安静下来，两人下山回村。

苗魁回来时，金虎正在派出所门前的小广场上看人下棋。苗魁打来电话叫他去办公室。他赶过来，苗魁让他看看纸箱里的小猫是不是山狸子。金虎一看惊呆了，问：“你套的？”

“是树上捡的，估计是走丢或老猫遗弃的小猫。”苗魁道。

“什么老猫小猫，这是猞猁崽啊！大猞猁呢？”

苗魁一双眼顿时瞪成了猞猁眼，张着嘴中风一样傻在那里。

“这是猞猁幼崽！”金虎以为他没听清楚，又重复了一句。

“天老爷！咋就会这么巧！”苗魁抱起猞猁崽左看右看好一番，疑惑地问，“凭啥能认定这是猞猁崽呢？”

金虎告诉他，猞猁崽和小野猫的区别主要看两处，一是尾巴，猞猁崽的尾巴短粗，而小野猫的尾巴却细长；再是看耳朵，猞猁崽的双耳尖已经有了簇毛的轮廓，而小野猫却耳毛均匀。猞猁一窝大都只有两只，而且母猞猁照顾极为上心，一般来说猎手能猎到成年猞猁，想抓到小猞猁却不易，因为母猞猁会把猞猁崽藏在十分安全的地方。

“能抓到一只猞猁幼崽，你这是中了大奖。”金虎说，“三林区的猎手，没谁有这个福分。”

苗魁说了发现这只猞猁崽的经过。金虎断定这是一只被猞猁妈妈暂存在树上的幼崽，母猞猁很可能有两只幼崽，先叼了一只走路，想不久再回来叼这只，正是这个空当，被苗魁捡到了，估计母猞猁一定急得发疯呢。

金虎说：“发现这只猞猁幼崽不是件好事，很可能说明以四方台为领地的猞猁在搬家，一定是你们频繁去四方台遛套惊扰了它们。”

“有了猞猁崽，不愁抓不到母猞猁。”苗魁说，“猞猁幼崽是最好的诱饵，哪天我们抱着它进山，把母猞猁引出来。”

“这完全有可能，别说猞猁，就是狐狸和狼也会这么做。”金虎说，“猞猁在护犊子上不比狼差。”

“那么，把小家伙放哪里呢？不能让胡所长发现，胡所长发现会给没收。”苗魁说。

金虎捏着下巴说：“若是被胡所长发现就是个事儿了。”

两人商议一番，觉得还是藏起来稳妥。

“一个活物能藏到哪里呢？”苗魁很犯难，“再说，这小东西会一天天长大，纸包不住火。”

“藏到羊圈吧，羊圈最里面有个屋子。”在说出这句话的时候，金虎知道自己已经成了苗魁同案犯，等于把柄已经递给了胡所长。他研究过相关条律，私养野生保护动物是有说法的，不经批准、不办手续肯定是个事儿，这种事可大可小，胡所长的文章想怎么做就能怎么做。可是不放在羊圈又能把猞猁崽放到哪里？能不能摊上事儿就看运气了，他仿佛看到了胡所长那双黄眼珠正透出森森冷光。

“那就藏在羊圈里。”苗魁也觉着只能这么办。

与金虎的忧心忡忡相比，苗魁显得特兴奋，毕竟发现了猞猁踪迹，猎猞计划等于敞开了大门。金虎抱着装有猞猁崽的纸箱去羊圈前，嘱咐苗魁一定要保密，此事不能透露半点风声，包括那几个猎手兄弟，一旦走漏风声你的猎猞计划就会流产。苗魁答应了，金虎走后他给四林区高老大打了个电话，说万事俱备只欠东风，让高老大随时候着，啥时进山听他通知。

金虎抱着猞猁崽来到羊圈。让金虎惊讶的是，这么个小家伙竟然引起了红獒的警觉和羊群的躁动，尤其是红獒，鬃毛都竖起了，把铁链子几乎要挣断一样。金虎快速将纸箱抱到最靠里的一间羊舍，关好门，打开纸箱将猞猁崽放出来。小家伙喵喵直叫，他出去找了个奶瓶给它喂了些羊奶，小家伙这才变得安分，在满是羊粪的地上嗅来嗅去。金虎去找了把笤帚，将地面简单打扫一下，又抱了些干稻草给它絮了个窝。金虎选择的这间羊舍很隐蔽，内外两间，中间由一道齐胸高的矮墙隔开，外间依然住羊，里间则给了这个享受单间待遇的小家伙。里间安全也没问题，山墙上端有个长方形通风口，离地面将近两米，小家伙无论如何也够不上去。他又找来一个大号笸箩，一旦有紧急情况，可以把小家伙扣起来。

金虎心里清楚，刚才一番忙碌，躲不过胡所长的监视，他估计胡所长会亲自来查看。好在有只母羊下了两只羊羔，他做了安置，准备用小羊羔来对付胡所长。

次日一早，胡所长果然来了。红獒每次见到胡所长都会叫，但叫得并不凶，是一种警告或报信似的叫。金虎听到红獒叫，从羊圈里抱着一只小羊羔出来，不冷不热地打了个招呼："早。"

"早。"胡所长回了一句，站在围墙外朝羊圈里面看，里面两百多只小尾寒羊有立有卧，平静安详。胡所长说："这两天看你挺忙啊。"

"这不添喜了吗？昨天母羊下了两只羊羔，把我忙得够呛，我是第一次给羊接生，实在不行都打算去找六子妈帮忙了。"

"六子妈是给人接生的。"胡所长纠正说，"你去找人家，是对人家的不敬。"

"所以就没去嘛，自己好歹接下来了。"

胡所长道："没想到你一枪飙还挺勤快的，是多面手。"

“闲着也是闲着，跟羊打交道不累心，能自己干的事就自己干，你看我这羊圈卫生还可以吧。”金虎没猜错，胡所长一直在盯着自己的一举一动，这么早来羊圈，说明胡所长发现了某种异常。

“勤快人是闲不住的。”胡所长点上一根烟，倚着围墙说。

“胡所长一大早过来，有事？”金虎问。

“我没事，”胡所长用夹着烟卷的手在面前画着圈，“说实话我担心你有事，你毕竟是一枪飙！”

金虎哈哈笑起来，“没了枪，我能有什么事？一枪飙成了个虚名。”

胡所长掐灭烟，回头看了看羊圈，走到红獒的棚前观察了一番说：“要拴好，别伤着人。”

“红獒是经过训练的，只咬歹人。”

“歹人脸上又没写字。”胡所长说。

“红獒能闻出来，好人歹人身上的味不同。”

“是吗？我觉得人的善与恶从眼神里能看出来，靠闻味不靠谱，就像有的失足女性会喷很高档的香水一样，你能闻出来她有问题？”胡所长看了红獒一眼接着说，“当然，狗的嗅觉比人灵敏。”

“香水不是自己的真味。我听人说，真正的人味是从内向外散发的，善香恶臭，一种出自芝兰之室，一种来自鲍鱼之肆，就像高僧大德，离你很远就有香气袭来，而那些为非作歹之人，尚未近前就能闻到血腥杀气，所以说坏人身上不会有好味道。”

“这是奇谈怪论，”胡所长说，“要是这样，我们警察破案靠闻味就行了。”

“这是在讲一个道理，不一定就能套用。”金虎笑了笑。

胡所长似乎在数羊圈里的羊，他看得很仔细，没发现什么问题，便又看了看虎视眈眈的红獒，眉头蹙了蹙道：“对了，抓紧去所里办证，要依法养犬。”

金虎知道办证的事。六子几次打来电话要给红獒办证，他在电话里告诉六子说不急，再等等看。六子说：“所长盯上红獒了，林区那么多柴犬他不管，专门看着您的红獒。所长说了，您和别人不同，您是重点中的重点，因为您养的是藏獒。”他知道六子是奉命行事，不能给徒弟出难题，就答应说找个时间去办。

“办证就像结婚登记，该选个良辰吉日。”他说。

“这个说法好，日子你来选，派出所做好服务就是。”

临走时，胡所长忽然道：“听说苗魁喜欢吃野味？”

金虎愣了一下，可见胡所长功课做得很细，便说：“以前没禁猎的时候苗魁喜欢吃，现在想吃也没有了。”

“人的坏毛病大都从嘴上得的，贪吃一口野味，结果毁了人生，不值！”胡所长说。

金虎同意这个说法，那些贪吃野味的其实就是一种猎奇心理，点点头说：“我虽是猎手，但并不得意野味，过去打猎无非是个生计，图个兴致，现在更是一口不动。”金虎此言不虚，他的确不喜欢吃野味，不仅自己不吃，还劝苗魁少吃，野味所谓的鲜美名不符实，真入口的话没什么滋味。宋老三曾说烤刺猬好吃，有次把他叫到烧烤摊请他品尝，刺猬是活着烤，特残忍。他看了烤刺猬那个样子差点呕出来，转身就走。后来三林区猎手们有个传言，说一枪飙吃野味讲究，只喝飞龙汤，这话算说对了一半。

“好，”胡所长点点头，“嘴馋是偷猎的动力，在贪吃上冒险的不占少数，你能管住嘴，也就能管住大脑和四肢，但我要提醒你，你的好兄弟李库怕是把握不住。燕子饭店女老板当众骂李库无能，说他连只野鸡都弄不到。李库表态说，弄几只野鸡有啥难的，过几天给她装一麻袋来。”

“李库偷腥不好说，但他没偷猎的胆子，我了解他。”金虎为李库讲情。

“我这是推理。”胡所长说完，做了个扩胸伸展动作走了。从羊圈往派出所走，正背对着太阳，金虎发现胡所长的脊背很宽，这体格宋老三也敢挑战，真应该佩服宋老三。与胡所长的交往中，他发现此人真的很像山狸子，猜不透他在想什么，总会出其不意地钻出来。金虎明显可以看出胡所长嗅到了什么，否则不会一清早赶来眼珠骨碌碌在羊圈里乱转。苗魁问是不是猞猁崽被发现了，他说不像，如果发现了羊圈有猞猁崽，胡所长不会无事一样离开，要知道，这家伙一直在找碴儿。

入夜，金虎失眠了，总觉得心里不安，一闭上眼睛就有两只黄眼珠在面前飞转，这是怎么了？他埋怨自己，胡所长来一趟羊圈就这么紧张？他索性起身喝了几口烧酒，然后在酒精的麻醉下昏沉沉睡去。

以酒催眠，入睡早醒来也早。天尚未亮，金虎便被窗外野鸡的咕咕叫声唤醒。北障野鸡很怪，大清早喜欢到居民家院子里勾引家鸡，与家鸡的叫声不同，野鸡的叫声是纯粹的鸡中高音，会把尾音拖得很长，像公鸭嗓在练声。金虎从炕上坐起来，看到炕琴上放着一袋羊奶和一个婴儿奶瓶，这是他昨晚准备的，猞猁崽太小，需要哺乳。为了不引起胡所长注意，他告诉苗魁近期不要到羊圈来，哪怕他赶着羊群进山，苗魁也不要到羊圈来，以免被胡所长发现蛛丝马迹。他草草洗了把脸，来到院子里想吸一根烟。七月的清晨，林区的空气湿润甘甜，在这种空气里吸烟，会吸出一股绿茶的味道来。但今早，金虎却被烟呛了一口，连咳了几下，紧接着就闻到了一股腥味，腥得发咸，带着几许黏滞。金虎以为是自己脖子或喉咙里带了血，吐了口唾液一看，没有血丝，他忽然有了某种不祥预感。猎手的嗅觉格外敏感，这种味道让他马上想到了羊圈，担心有野狼偷袭羊群。他掐灭烟头带上手机，出门就往羊圈赶，路上还想，有红獒在，羊圈应该安全，红獒的吠声足以唤醒整个居民区，有狼也会吓跑；小偷就更望而却步，三林区治安一向不错，胡所长上任后，站上人夜不闭户的淳朴民风正在回归，没有哪个小偷吃了豹子胆敢来偷羊。

走近羊圈，情况有点不对，他看到红獒趴在狗棚前，一动不动保持着匍匐的姿势，铁链子拉得很紧，像绷紧的弦。以往，红獒听到他的脚步会欢快地迎上来，今天这是咋了？他叫了一声，没有反应，再叫，红獒还是不动，他大吃一惊，红獒出事了！跑过去俯身一摸，红獒已经死了。

“谁干的？谁对红獒下了毒手！”他几乎是咆哮起来。

胡所长，他想，仅仅因为没有办证就来杀死红獒吗？他很快否定了自己的猜测，胡所长不会这么做，他完全可以正大光明来没收，不会偷偷摸摸杀死红獒。那么这是谁干的？红獒没有激烈反抗，也没有吼叫，无声无息地死去只有下毒一种可能。

泪水模糊了两眼，他扑通一下单腿跪下去，双手抱起红獒。这一抱，红獒的头耷拉到一侧，他用手再摸，摸到了黏糊糊的血迹，原来红獒的颈椎被生生咬断了。他仔细查验了一番，从深深的咬痕来看，是大的猛兽突然袭击一招致命。

他忽然想起了什么，翻身跳进羊圈，跑到最里面的那间羊舍一看，笸箩翻在一边，猞猁崽不见了。他明白了，是母猞猁通过山墙上那个通气窗叼走了幼猞。他马上想到了一幅情景——母猞猁在狗棚先偷袭了红獒，然后进到猞猁崽所在的羊舍，没有惊扰羊群，叼着幼崽从通气窗逃走。金虎狠狠地擂了自己心口一拳，晚上应该放开红獒才对，如果红獒不被拴紧，猞猁不会这么容易得手。现场的迹象表明，母猞猁很可能出其不意地跃到红獒身后，一口咬住了红獒的脖子。如果把红衣少女给的那个不锈钢项圈给红獒戴上，猞猁也下不了口。泪水从金虎的眼角汩汩流下，滴在抚摸红獒的手背上。他觉得对不起红獒，不到一岁的红獒还没有一展身手就这样走了，一岁对于人来说还是个孩子。

“该死的猞猁！”他恨恨地说，“你若救子，直接去羊舍就行，为什么要对红獒下死口？红獒被铁链拴着也不会去拦你、追你，你叼着猞猁崽走就是了。”

他给苗魁打了个电话，让苗魁带条毯子和一把铁锨来。苗魁脸都没洗就赶来了。见到地上的红獒苗魁蒙了，“这是咋回事？咋回事？”

“这要问你带回来的那只小猞猁，是它引来了母猞猁，咬死红獒叼走了幼猞。”

苗魁不相信红獒被咬死、猞猁崽丢失的现实，“这怎么可能，怎么可能呢？这猞猁比CIA下手还利索，这可是藏獒啊！”

“怪我拴住了红獒。”金虎还在内疚。

“猞猁够狠！”苗魁看了看红獒的伤口。

“这就怪不得我了。”金虎站起身，望望不远处的山林冷冷地说，

“这可是你逼我出手的！我本不想猎猪，你却杀我红獒，我若不出手，就不是一枪飙了。”

金虎弯腰解开拴着红獒的铁链，脱下自己的夹克衫盖住了红獒的头。

“把毯子铺开，”金虎对苗魁说，“我们把红獒裹起来，抬到林子里葬了。”

两人用毯子裹起红獒，将红獒抬进林中，金虎选了一棵粗壮的楸子树，“就埋这棵楸子树下吧，”金虎说，“把坑挖深一点。”

苗魁用铁锨挖了一个齐腰深的土坑，把裹好的红獒放下去，然后填上土。金虎特意堆起个坟包，并找来三块土坯大小的石板在坟包前搭了个小石案。苗魁问搭个石案干什么，金虎说：“我要拔下母猪猁的牙放这里！”

苗魁点了点头，知道金虎下定猎猪决心了。

金虎嘱咐说这件事不要对外面讲，有人问就说红獒送人了。说完，金虎的眼圈红了。

苗魁说：“别伤心了，我们给红獒报仇就是了。”

“红獒的证还没有办，连个户口都没有。”金虎的眼泪还是下来了。

11

第十一章

出手忌莽撞，要观六路、晓厉害，这是爷爷金克野留下的话。

金虎没有见过爷爷，但爷爷的模样在他心里轮廓清晰，这是因为父亲与猎手们唠嗑时总会提到老爷子。从长辈口中金虎知道爷爷金克野是个识文断字的老猎手，说话办事喜欢引用圣人之言，在北障猎手中属于“儒猎”。站上人有崇文尚武的传统，古代发配到驿站为奴的流人没有鸡鸣狗盗之徒，大都是触犯了皇家禁忌的士子，对这些舞文弄墨者站上人尽可能予以厚待，这在传下来的流人日记中可以读到。父亲虽然没有爷爷学问大，但在秉承家训方面毫不含糊，教导金虎时总是说你爷爷是怎么做的、你爷爷是怎么说的、你爷爷如果看到你这么做会用苕条抽你等等，时间一久，未曾见过面的爷爷就好像活在身边一样。

爷爷之所以强调出手不能莽撞是有教训的，父亲说爷爷进山打四不像出了岔头并落下残疾，原因就是莽撞。

听父亲讲，当年村里有个猎手来向爷爷报信，说菠萝沟来了一群四不像，问爷爷可不可以打。爷爷未加思索就答应了。寒冬腊月，伪满实行经济限制政策，大米白面成了日本人的专供，山民吃点白面都会坐牢，改善生活唯一的途径就是打猎。四不像是一种大型食草动物，若能打几只回来，冬天的油水就有了保证。出发前检点装备，爷爷带了狼牙夹、弓箭和猎套，却忘了在乌拉里插攮子。爷爷做事谨慎，出门前一向检查装备，那一次不知为什么忽略了带攮子防身，也可能是担心四不像群会离开菠萝沟，急着出发。爷爷没有快枪，打猎的方式主要靠弓箭、下狼牙夹和下猎套。到了菠萝沟，和他结伴去的那个猎手扛着土铳去了河对岸，冬天河水结冰，当时对岸也没有什么保护区，来去自由。爷爷留在这边下夹子、设套。爷爷在有四不像足迹的雪地里埋了三盘狼牙夹，设了三个锁蹄套，然后躲在一棵老柞树上耐心等待。树上视线开阔，甚至可以看到对岸远处的风景。爷爷说他和那个猎手都忘记四不像群过来狼群也会尾随而至，他们只想着四不像，却忘了四不像后面的危险。这次打猎两人遭遇了噩运，爷爷看到那个去河对面的猎手在雪地里被许多灰点追逐，黑影跑进了白桦林，一群灰点穷追不放，小灰点应该是狼群。猎手本来有一杆土铳，不知怎的没有放。大雪封山后的野狼都是饿狼，跑单猎手如果被狼群包围不可能有生存的希望。眼看着惨剧就在远处白桦林中上演，爷爷只能为那个猎手暗暗祈祷，希望猎手能平安脱险。有几只受到惊吓的四不像从白桦林里窜出，越过冰河跑到这边，其中最大的一只踩上了狼夹栽在雪地里。爷爷跳下树，想杀死它然后拖着猎物尽快离开，等跑到猎物前伸手一摸，才发现乌拉里没插攮子。爷爷只好摘下后背上的弓箭，想射死这只被狼夹夹住的四不像。就在他要拉弓发箭时，发现对面的狼群像一团灰色的旋风刮过来。这个时候别管什么四不像了，爷爷放下弓箭转身要逃，趴在雪地里的四不像突然蹦起来，原地转了个半圈儿，又重重摔在雪地上。四不像好像并不惧怕爷爷的弓箭，是逼近狼群的气息让它变得惊悸。四不像长着十分夸张的头角，坚硬锐利，突然跃起这一抡，头角砸中了爷爷的左膝，将膝盖骨击得稀碎。爷爷拖着伤腿又爬上那棵老柞树，眼看着狼群饱餐一顿后有秩序地离开。爷爷是拖着一条伤腿连滚带爬回来的，好在那只庞大的四不像已经将狼群喂饱，它们对树上的爷爷不再感兴趣。爷爷在总结这次倒霉的狩猎教训时，说了这样几句话：莽撞、盲目，见利不见害。爷爷的故事让菠萝沟增添了一份恐怖，这也是很多人不愿意涉足此处的因素之一。

后来成为一枪飙的金虎反思这件事，觉得爷爷总结得很对，猎手看到猎物，首先要想想猎物身后有什么，出猎好比打仗，打仗必须把家什带上，腰中不仗剑，当不成大英雄。

金虎谋划进山猎猞自然会想起爷爷的教诲，切忌莽撞，知己知彼，精心谋划，否则受伤的只能是自己。除了猞猁外，他很清楚自己面对的是谁，在这样一个足智多谋的对手面前，稍有差池那可真就事儿上见了。

不打无把握之仗。金虎对自己说，不能重蹈爷爷的覆辙。

金虎给六子打电话，让他抽空来羊圈一趟。六子在电话里说，什么有空没空，师傅啥时叫我啥时到。

六子很快来到羊圈，金虎问："山上的电子眼都安在什么位置，安了多少？"他知道，进山不躲开电子眼不行，否则一举一动都会被监视。

“胡所长对这个事保密，所里只有一个叫林关的警察知道，林关是学计算机的，管户籍和网上信息，电子监控是兼职，设备都是他经手买的。别说我们三个辅警，其他民警包括所长也不懂，电子眼只有林关是大拿。”六子实话实说。

“那么，胡所长能随时看到监控情况吗？”

“随时不好说，”六子很肯定地说，“应该是林关发给他什么他就能看到什么，电子眼遇到情况林关的计算机会报警、有提示，这时林关就会把图像推送到所长手机上。上次李库进山就是这么推送的，所以所长在会上常说秀才不出门全知天下事，这话一点不假，自己足不出户，北障各条要道尽在掌握中。”

金虎倒吸一口凉气，看来想过电子眼这关很难，机器不像人，无法通融。

“有没有可能让这些设备闭眼呢？”

六子想了想，说：“如果那样做，有三个办法，一个是设备出现故障，比如没电，干电池没电也正常；再一个就是干扰，网上有卖干扰设备的，启动后电子眼看到的全是雪花，不过这种办法林关很快就会发现，也很容易找到原因，而且还涉嫌违法；第三个办法就是搞清楚设备检修的空当期，不过这个时间只有林关知道。”

“这三个办法都不灵，”金虎说，“要想想怎么打打擦边球。”

“唐胖子和林关挺好，林关家在县城，一个人住所里，常去唐胖子家蹭饭，要不我找找唐胖子？”

金虎没有同意，这种事情不能让六子出面。金虎提醒六子，胡所长也许会问他到羊圈来干什么，你就说师傅想买条黑背，问有没有渠道。六子说，放心吧，这样的话我会说。

“我还真想买条猎狗。”金虎若有所思。

金虎又找来冯麻秆。

冯麻秆面临一次新的择业。县畜牧公司马经理让金虎给推荐个保卫科科长，因为公司连续发生几起小马驹被盗事件，就想选个得力的保卫科科长。金虎向他推荐了冯麻秆，说麻秆不但抓小偷有本事，还会养马，当这个差肯定没问题。金虎要求经理对外保密，不能说是他推荐的，因为一旦胡所长知道内情，会怀疑他在挖派出所墙脚，怕结下新梁子。冯麻秆来请教过金虎，说自己和畜牧公司没啥关系，他们怎么会找自己？金虎说，人家从报纸上看过你见义勇为抓小偷的事迹才来找你。金虎不愿意暴露自己与县畜牧公司经理这层关系，想多给冯麻秆留点自信。冯麻秆说自己想到县里去，但老婆不同意。冯麻秆老婆是个醋坛子，看到哪个漂亮女人都会觉得与自己丈夫有一腿。她训斥冯麻秆，你一肚子花花肠子休想骗我，你到县城还不等于放了野鸭子，要去咱俩一起去，你自己去肯定不中。冯麻秆挺郁闷，媳妇除了醋意大之外，对他知冷知热，他还是很在意老婆想法的。

县畜牧公司经理叫马达，曾在三林区下过乡，畜牧公司改制后，他成了腰缠万贯的董事长。马达在县城是个头戴光环的人物，著名的慈善家，为人傲气十足，连县领导都不放在眼里，却一直视金虎为知己。

金虎和马达的友谊是青年时代结下的果实。当年马达在林区下乡，整天穿着喇叭裤无所事事，听说了一枪飙的传说后，就死缠烂磨跟定了金虎，陪金虎上山打猎当下手，金虎的枪法和为人令他佩服得五体投地。要知道，猎手就是杀手，这些人个个龙睛虎眼，不好调理，但在马达看来，猎手中无论老少，都对金虎敬畏三分，这当中枪法固然重要，更令人佩服的是金虎从不吃独食，每次打了猎物都分给众人享用，三林区没有一户没吃过金虎枪下的野味。猎手谁家摊上事，第一个出现的总是金虎，包括桦树林那些坟茔，每年上坟第一个给每盏坟头压纸钱的必定是金虎。马达跟着金虎混，不但人风光，打猎的本事也见长，徒弟因名师而荣，师傅因高徒而贵，跟着名闻远近的一枪飙没亏吃。金虎沉稳，马达耿直，这种互补性格让两人成了莫逆之交。一次在二道沟，马达突然单腿跪地向金虎行大礼，说天地可以作证，今儿个就认金虎为大哥了，苟富贵勿相忘，一生一世不会改变。金虎被搞了个措手不及，只好答应，就这样，在三林区之外金虎有了这样一个拜把子弟兄。

马达发迹后惦记着回报三林区，就找到三林区的头头想投资在菠萝沟搞个度假村。消息传到金虎耳朵里，金虎生气了，开度假村岂不是毁掉了菠萝沟！北障就那么一块干净地方，干吗要去祸害它。他想去找马达，马达却先来他家拜访。马达满面红光，说三林区是自己的成长地，现在自己有实力了，一定要给三林区做件好事，想来想去就想到了到菠萝沟建度假村，度假村可以安排不少林区下岗职工就业。马达说他已经想好了，度假村建好后就交给金虎管理，赚不赚钱无所谓。马达以为自己的想法会得到金虎夸奖，没想到金虎兜头给他泼了一瓢凉水。

“不中！”金虎说。

马达蒙了，投资建度假村是好事，怎么就不中呢？

金虎的理由很简单，人不能再跟动物抢地盘，给北障的动物留点喘息的地方。

金虎说出了自己的担忧，当年和马达进山，哪一回不是满爬犁獐、狍、野鹿，现在进山，十回九空，猎犬都饿得肚皮贴在脊梁上，啥原因？就是猎物已经没有安家的地方了。金虎特别佩服父亲，父亲很早就预料到了这一点。想想看，若是菠萝沟戳起一个度假村会是什么样子？那里的菠萝河，那里的野鸡脖子蛇，还有旱獭、苍鹰们，它们的宁静还会有吗？

金虎说服了马达，度假村原本签好的协议成了一张废纸。

冯麻秆以为金虎叫他来是说去县里工作的事，就说事情随缘，能去就去，去不成就好好在当地干辅警。

“我不是叫你来说这事的。”金虎打断了冯麻秆的话。

“那是啥事？”冯麻秆见金虎很严肃，瞪大了两眼问。

“我打了大半辈子猎，虽然金盆洗手当了羊倌儿，但有时候还是会忍不住想进山走上一遭，那么现在的情况是走上一遭就会有麻烦，胡所长一双黄眼珠在背后盯着呢。你能不能想个办法，让我既能隔三岔五进山走一遭，又不至于和胡所长事儿上见，我和他井水不犯河水。”

这个问题把冯麻秆难住了，他知道“进山走一遭”意味着什么，如果正常进山放羊、采蘑菇和浆果，天天可以进，派出所不会管。冯麻秆想了想，摇摇头说：“恐怕不行，胡所长有电子眼。”

“电子眼也是人操纵的嘛。”金虎说，“只要是人来管，就不会天衣无缝。”

冯麻秆又想了想，眼珠一转，“除非有啥事能转移胡所长的注意力，一心不可二用，要是有比防偷猎更要紧的事做，胡所长就会忽略你们进山。”冯麻秆用了个“你们”，意思是还包括刘大牙、宋老三和李库，这三大猎手是胡所长交代的重点监视对象。

“那就需要等了，等待这样的时机。”金虎吁了口气。

“对，派出所天天有事，说不准哪天就会遇到大事，有大事胡所长忙不迭的时候我告诉你，这样你们就可以进山过把瘾。”

冯麻秆思路很宽，他想的法子金虎没想到，这就是兵法中的伺机而动。金虎想，畜牧公司真要选冯麻秆当保卫科科长算是选对了，保证一条马驹也不会丢。

“你想去县畜牧公司上班吗？”金虎问。

冯麻秆点点头，“林区不让打猎后，一天天日子不咸不淡的，到城里至少有新鲜事看。”

“到县城工作很好。”

“问题是我媳妇不干，她怕我进城后变心。”冯麻秆哭丧着脸说。

金虎问：“你有这个念头？”

冯麻秆拍着胸脯说：“天地良心，我冯麻秆要是对媳妇有二心，出门就遇到狼群。”

“别说狠话，”金虎说，“待媳妇好，就带她一起搬到县里去，她不是会做辣白菜吗？可以摆个酱菜摊做生意。”冯麻秆媳妇有一手酱菜绝活，三林区几乎家家都吃她腌渍的辣白菜，如果去县城设个摊位，买卖应该不会差。

“我一个人可以住宿舍，老婆孩子一起去，就要在县城安个家了，现在房价窜天猴一样高，我哪里买得起。”

金虎说：“这样吧，我通过朋友打个招呼，让公司借你个住处，这事你别管了。”

“啊呀，这太好了。”冯麻秆几乎叫起来，但马上又问，“你一枪飙影响力在林区好使，怎么到县城还管用？”

金虎被冯麻秆说笑了，“该管用的，到啥时候都管用。”

金虎不忘嘱咐冯麻秆，一旦胡所长问起为啥来羊圈，也说是探讨买猎狗的事，就说是师傅找来商量到哪儿能买到德国黑背。

金虎是隔了一天找唐胖子的。唐胖子当了辅警队长，肚子见长，走路开始画八字。他接到电话先去向所长禀报了一声，说金虎有事叫去一趟，向所长请一会儿假。胡所长夸奖他说，还是队长讲规矩，金虎叫了六子和冯麻秆，他俩都去了，也没跟我打招呼，你看你这么做就对了，有组织的人首先要有组织观念嘛。唐胖子说，我大小是个领导，觉悟还是要讲的。胡所长说，这个金虎呀，有点变愚了，想买条德国黑背问这个问那个，不就是条狗吗？婆婆妈妈的。

唐胖子将胡所长的话说与金虎，金虎笑了笑，看来自己估计得没错，胡所长果然问了六子和冯麻秆，对他说的想买黑背一事也不再怀疑。当然，他也知道胡所长不会轻易相信什么，后面的事不能掉以轻心。

唐胖子站在围墙外向羊圈里观看，这些小尾寒羊长得都很壮实，侍弄得也干净，就问：“师傅还给羊洗澡吗？”

金虎摇摇头，山里能给羊洗澡的地方只有菠萝沟，不能把羊群赶到那么远的地方去放。

“羊身上能这么白不容易，有些羊养得埋汰，看上去像泥猴。”唐胖子说的是普遍现象，养羊如果不注意卫生，羊就会成为一个脏球。

“其实羊是很爱干净的，埋汰的是人。”金虎坐下来，示意唐胖子也坐下，问他，“听说你和那个叫林关的民警关系挺好？”

“是好哥们，”唐胖子说，“有啥事找他，您吩咐就是。”

“这个人怎样？”金虎问。

“挺讲究的，家里有关系，姐夫在县局当科长，父母都是医生，估计他和汪副所长一样，来派出所是镀金锻炼，一两年后准回去。他是计算机专业毕业，县局技侦大队更需要这样的人才，在我们所里只能敲电脑、看监控，有点大材小用。”

“怎么就敲电脑、看监控呢？”

“林关管户籍，现在户籍都在电脑里，无纸办公；监控是辖区的电子眼都归他管，他要掌握情况，随时向所长报告。”

金虎问：“那林关要是不及时汇总情况，胡所长就看不到电子眼了？”

“是的，那是个绑身子的活儿，林关多次发牢骚，说分外的工作比分内的还多，天天盯着监控，别的啥事也干不了。”唐胖子说。

“那你就多创造点机会陪他活动活动，年轻人老是坐在那里肯定受不了。”

“就是，林关大部分时间是坐在那里不动。我有时候就请他到家里喝两盅，林关酒量不大，三两白酒下去就会呼呼大睡，我就带他喝啤酒，现在他能喝两三瓶了，酒量也在练。我的目标是林关回城时能练出喝一箱的水平。”

唐胖子做事有计划，可见辅警岗位也锻炼人。在担任辅警队长前，看不出唐胖子有啥韬略，办事有点愣，但当了队长后情况变化很快，说话的腔调中有了许多低音。低音是一个人稳重的标志，那些高声嚷嚷、吆五喝六的大都没啥身份，有身份的人擅长用低音说话，给人一种语重心长的慈祥感。唐胖子年纪轻轻，不知从哪里学了这一套，让金虎觉得进步不小。

金虎说：“负责电子眼监控，喝醉酒容易误事。”

唐胖子笑了，“误事的酒说啥不能喝，这一点我明白，不能因为我请林关喝酒就误事，出了事我会跟着背处分，更何况像我这种身份用不着处分，直接就给开了，能不小心吗？我看明白了，林关负责的事，出不出问题别人没有话语权，就林关一个人说了算，他说监控有什么就有什么，他说没有什么，键盘一按有也能给抹去，道理就是这么个道理，既复杂又简单，因为其他人都不懂。林关为此也挺苦闷的，他朝我发牢骚，说所长总是举轻若重，三林区能有什么大不了的事，还用这么天天盯着吗？人不是铁打的，神经总是绷着会绷出神经病来，吃饭睡觉总不能看监控吧。其实林关说得对，三林区挺太平的，用不着这么紧张。”

金虎吁了口气。他找六子、冯麻秆唠嗑时，总是忍不住吁气，六子和冯麻秆没在意，和唐胖子唠嗑时吁气却引起了唐胖子注意，唐胖子问：“师傅，您咋老是叹气？”

“还不是心里憋闷，有空闲我想进山走走，毕竟打了大半辈子猎，猛然刹车有点不适应，林子里转悠多好啊，有花草，有浆果，还有黑蜂蜜，想起来就流口水，可是一想到电子眼，就哪里也动不得。胡所长天天盯着我，巴不得我进山然后抓我个现行呢。”金虎语气里流露出诸多无奈。

“这事儿我理解，别说您这大名鼎鼎的一枪飙，有时候我看到房前屋后有野鸡飞过手也发痒，猎手猎手，手能绑住心却绑不住。”

“有啥法子让林关睁一只眼闭一只眼就好了，你知道胡所长那里肯定说不通。”金虎在给唐胖子出主意。

唐胖子想了想，道：“别人的事我不管，师傅的事我会头拱地想办法，不就是偶尔进山走一遭吗？又不是天天去，捡个仨瓜俩枣即使漏兜了也顶多罚俩钱。”

“罚钱无所谓，问题是特没面子。”金虎更顾忌的是脸面。

“啥事都在于运作，比如说前些日子种西瓜的大老苏下夹子夹住一只獾，他给打死熬了两瓶獾油，这事被电子眼录到了。所里的处理办法就是罚钱。这事是我去处理的，大老苏说獾子毁了他许多半熟的西瓜，损失谁来出？我说毁西瓜是獾子不对，你打死獾子熬獾油是你的不对。我知道大老苏熬的獾油很值钱，许多人去买，两瓶獾油卖的钱足够弥补瓜田损失。”

金虎认识大老苏，知道这是个半生不熟的家伙，很难说得通道理。不过獾油是治烫伤的良药，可以长期存放，许多家庭主妇喜欢在家里存一点，一旦小孩子淘气被烫伤，抹上一点就会好，而且不留疤痕。大老苏这两瓶獾油的确能卖个好价钱。金虎问：“大老苏最后是不是认罚了？”唐胖子说：“别人去可能会激化矛盾，我去事情就和解了。我说罚款三百不多，这样，你先交罚款，然后我买你三百块獾油，这事不就扯平了？大老苏不好意思了，说都一个林区住着，我咋好收你三百块。我说你收吧，就当我替你交罚款。大老苏交了罚款，给我装了一罐头瓶獾油，我回家给了媳妇。其实，买獾油是我媳妇让买的，不罚大老苏我也要买，只是这个时机对上了。”

“还是你有办法。”金虎说，“做事必须找准时机，就像打猎一样，时机不对，只能在山上空跑。”

“您想进山走一遭的时候就提前一天打个电话告诉我，我来想办法。”

“你能有啥办法呢？你又不懂电子眼。”

“我可以请林关喝酒，不给他监控电子眼的时间。”唐胖子放低了声音说，“我和他来个一醉方休，您就可以放心进山了，当然，时间段要把握好，林关醒酒的时候要避开。”

金虎觉得这个办法好，只是担心这么做是不是违法。

唐胖子给出的解释是没啥大不了的事，三林区设置电子眼是胡所长心血来潮干的，其他林区派出所还都没有安装，因为没人没钱也没计划。县局准备两年后再实施电子眼工程，胡所长有超前思维，来三林区后一心想干出点名堂，就找关系化缘安装了不少电子眼。派出所工作人员职责里根本没有这一条，林关的职责岗位是户籍民警和网管网监，监视电子眼完全是义务，正因为这一点，胡所长才几次在全所干警会上表扬林关，说林关一个人干了两个人的工作。可是林关并没有因为干了两个人的工作就多拿一分钱。关于胡所长的工作方法，唐胖子有自己的评价，说啥事都是欲速则不达，悠着干谁都舒服，绷着干容易急眼，一个派出所下点毛毛雨还行，想整什么暴风骤雨就自不量力了，所长这么大刀阔斧地干，总有卷刃的时候。

金虎觉得唐胖子现在想法不少，以前只觉得唐胖子厚道，为人实诚，现在看来唐胖子正在快速转型。派出所真是一所大学校，而且是一所人才速成的大学校，唐胖子的变化就是一个很好的例证。上次，李库挂网的事大家误解了唐胖子，要是换成现在，唐胖子会不会那么做就难说了。让金虎心里安慰一点的是六子没有变，冯麻秆也变化不大。冯麻秆的变化是有了些傲气，对街上乱摆乱卖的小贩喜欢呵斥几声，而摆摊卖东西本不是派出所管的事。

“你们三个辅警，胡所长肯定最信任你了，让你当了队长嘛。”金虎不是问，而是直接说出了自己的判断，当然，他想知道唐胖子对此怎么看。

“我当队长是自己干出来的，当辅警后我干了两件事他特别满意。”

“哪两件事？”金虎第一次听说，冯麻秆和六子也从没提起过。

“我这个人低调，从不张扬，但胡所长交代我那两件事我确实干得漂亮。”唐胖子两个膝盖相互碰撞了几下，又不得不叉开，故意压着声音说，“一件是抓王小波，您知道王小波吧，咱三林区有名的浑小子。他去四林区赌钱和人家打架，把一个赌徒三根手指头给剁了，别小看三根手指头，在法律上可是重伤害，王小波就被列为网上逃犯。三林区很多人知道王小波并没有逃，就在附近一个柞蚕场打工。有人去蚕场的时候，他就躲到林中，没人的时候就在蚕场窝棚逍遥自在地住着。胡所长不知从哪里听到一点动静，让我想办法把王小波引出来，然后实施抓捕。王小波、六子、冯麻秆和我是同学，从小一块长大的，他对我们没啥防备。我到蚕场他也没躲，还主动打招呼，我就说去买点猪蹄子、猪头肉喝几杯，给他压压惊。王小波很长时间没动荤腥了，自然很高兴。就在我俩推杯换盏的时候，胡所长带人成功实施了抓捕，王小波被法院判了三年，算下来一根手指头一年。就为这件事，胡所长夸我有卧底天赋。”

金虎听了心里发冷，真看不出唐胖子还有这等本事。

“那么，第二件事呢？”

“第二件事是个意外，因为上级有个督察组来三林区，其中除了公安人员外还有一些专家。上面有交代：专家都是邀请来的，不算上级领导，为了表示尊重可以给专家带点地方特产回去。胡所长安排所里的司机去买木耳，指示要买当地最好的。木耳买回来，所长让我们三个辅警帮忙分成小礼盒包装。在包装时六子说，这不是买的夏耳吗？夏耳哪能送人。我也发现这是夏耳，夏耳大而薄，不好吃。咱三林区最好的木耳是秋耳。我就悄悄向所长报告，买夏耳送人不合适，拿不出手。所长听后很生气，就将这些夏耳留给食堂，派我去买了秋耳。就这两件事，所长知道我最维护他，对他负责，便委任我当了辅警队长。”

金虎觉得唐胖子太有心计了，六子看出的问题，他去报告就成了他的成绩，难怪胡所长委任他当队长，就从这两件事上看，六子和冯麻秆都差他一筹。

金虎告诉唐胖子，什么时候想进山走一遭的时候会告诉他。

唐胖子起身告辞，一再提醒要提前说，好给他一个运作的时间。

“我心里有数。”金虎说。

12

第十二章

六子妈对苗魁说，应该去看看莫叉玛，因为莫叉玛开始闭关修炼，说不定修炼成功后不会随便见人了。大仙都这样，成名前和成名后一个在地上、一个在天上，在地上时不敬，到天上就够不着了。在六子妈看来，莫叉玛是占鳌的大恩人，恩人闭关修炼这么大的事应该去表示表示。

寒地重人情，林区讲礼数，尤其站上人后裔，别人家的事就是自家事，有福同享、有难同当的习俗保留至今。比如说谁家孩子考上大学，家里就会摆流水席，全村老少都可以来吃杯酒。县领导到林区调研，认为这种宴席风俗加重了群众负担，让当地想办法移风易俗。但林区领导一茬换了一茬，这个风俗很难改变。领导不得不承认，移风易俗是个潜移默化的过程，心急吃不下热豆包。

猞猁帽迟迟弄不到，苗魁也想再到莫叉玛那里讨点主意，有些事情需要请教，真要是有了猞猁帽，难道一年四季都戴吗？冬天好说，夏天戴皮帽子头皮还不长痱子？还有，猞猁帽的皮子用不用熟？生皮子做的帽子会很硬。

苗魁让金虎陪他去，说一个人开车走山路心里慌。

去四林区的路被道班垫了沙子，车不像上次那么颠簸，但垫过的路因为干爽，会有动物趴在路上晒太阳。苗魁没有把车开得很快，担心有野鸡飞不迭撞碎了风挡。金虎说这条穿过林子的道原本不该修，一条砂石路把动物的地盘给一分为二，等于缩小了它们的生存范围，有些动物是不过横道的。

“没法子的事，不修路两个林区之间无法走动。”苗魁说，“我估计这条路一年到头会撞死不少野猪、狍子什么的，撞死不算偷猎吧？”

“撞死了，不去捡没事，要是捡到车上也是个事儿，这条道属于三林区段，肯定有电子眼。”金虎想到了一直纠结于心的电子眼。

“可惜了，扔掉也不能捡回去。”苗魁叹了口气。

“动物可惜，林子更可惜，好端端一片林子，生生让一条道给豁开了。”

“修道方便的是人。”苗魁开车，当然喜欢有道。

“我们看是一条道，在动物眼里就是一堵墙，一道翻不过去的墙，是人侵占了动物的家园。”

“有个问题我不明白，为什么有的动物不过横道？”苗魁问。

金虎说：“你遛过狗吧，知道为什么每走一段路，狗就会朝树根或墙脚滋点尿？这是留气味，留了气味，就是人与狗走散了，它也会循着气味找到家。这是动物的本能，有的动物没有方向感，视力也差，它们靠寻味而行，味失则返。对于动物来说，气味在，就如同开车打开了导航，怎么走也不会迷路；没有气味，就等于关掉了导航，车不知道往哪里开。它嗅到横道拦路，因为人车走动的原因，路上自然不会有它要寻的气味，马路便成了一堵墙，它们不会冒险穿越。”

“这么说，这条路多修点旱桥就好了，便于动物通行。”苗魁说。

“对，听说青藏铁路就留了许多动物通道。”

车开进四林区家属区，直接开到姜大先生家。姜大先生正在家里拉四弦，嗞啦嗞啦拉得很生涩，独自在唱：“许官人全不念夫妻情分，把一本隔月账搪塞小青……”

见苗魁搬着一箱北大仓白酒进来，姜大先生急忙放下四弦起身接过，问：“为啥要搬这么多酒来？”苗魁说：“是上次莫叉玛交代的，上次来找莫叉玛，他说应该给您拎几瓶酒。”姜大先生苦笑着摇摇头道：“这个莫叉玛，向来不吃独食。”

“大先生会拉四弦？”苗魁看到姜大先生刚才拉的四弦很旧了，像个古董，觉得这应该是祖传的皮影乐器。

“我是拿线唱皮影出身的嘛，四弦是吃饭家什，只是长久不拉，手生了，调儿找不准了。今天坐在这里想起莫叉玛闭关修炼做苦行僧，就操起来拉一段《白蛇传》。”

“莫叉玛就在本屯住着，想他了去看看不就行了吗？还用拉四弦。”苗魁感到很新鲜，屯里屯亲住着，又不是隔着千山万水，还拉琴表达思念之情。

“闭关是不许见人的，”姜大先生说，“见人还叫啥闭关？”

姜大先生让两人坐下，给每人倒了一碗五味子茶，然后指着四弦说：“看到四弦的马尾了吗？必须是公马尾，母马尾是扁的，不能用，一根弓的马尾要分成两绺，一绺拉一二弦，一绺拉三四弦。我和莫叉玛就像这弓上的两绺马尾，现在一二弦能拉响，三四弦没动静了。”姜大先生话语里有些伤感。

“莫叉玛为啥闭关？”苗魁问。

“是为了提升功力。”姜大先生做出一副很内行的样子说，“现在疑难杂症越来越多，大仙的功力也要与时俱进，要不有些病看不了。”

金虎差点笑出声来，原来莫叉玛也会与时俱进。

“莫叉玛很神，闭关前一天还吃了两盘狗肉、喝了一壶烧酒，第二天就不吃不喝开始闭关。莫叉玛在家里自己住东屋，他用毯子把窗户挡死，一点光亮也不让进，屋门挂了布帘，屋门上卸下一块玻璃，吃喝从那里递进去，屋里放个水筲当马桶。莫叉玛从把自己关起来那天起，就没洗过脸，也没说要修炼什么，神神秘秘的。”

“少林寺达摩祖师就在山洞里闭关修炼，把身影都印到了墙上。”苗魁说。

“我觉着莫叉玛也要像达摩一样功力精进。我给他看过病的人都打了招呼，希望抓紧时间来看看，要不等莫叉玛大功告成，想见一面就不容易了。”

苗魁说：“看来您和莫叉玛之间关系非同一般，对他闭关特上心。”

“我和莫叉玛是连襟，”姜大先生并不隐瞒自己与莫叉玛的关系，“我叫他姐夫，但说实话，我一直拿他当长辈对待。”

“感觉莫叉玛挺神的，出的方子特怪，他让我们猎猞，给孩子做猞猁帽，好难啊，到现在也没弄到。陪我来的这位是一枪飙，三林区猎神一样的人物，对猎猞也一筹莫展。”苗魁说，“我们这次来就是想请您帮助问问，如果弄到了猞猁帽，是不是一年四季都要戴？”

“莫叉玛闭关，不见患者，”姜大先生说，“只能隔着门窗发发愿，尽点心意。”

“谁在照顾他呢？总要有个端饭烧水的人吧。”金虎插话问。金虎觉得闭关至少需要有人伺候，否则连马桶都没法倒，他记起第一次见面那个摘豆角的老妪。

“莫叉玛让老伴去孩子家了，大概是想清净吧。是我雇了个人在照顾，不瞒你们说，雇人的费用是我出的，莫叉玛看好了不少人，很多人感恩于他，来表达一点心意，我就用这些钱雇人照顾他。”说完，姜大先生拿出一个本子翻开展示了一下，“你们看，谁表示了多少，我都记得一清二楚，亲兄弟明算账，我可不想在经济上葫芦搅茄子。”

苗魁拿出一个红包递过去，姜大先生打开数了数，一笔一画做了登记。

金虎问：“您是风水先生，自己本事不小，听您的口气，却对莫叉玛特崇拜。”

姜大先生笑了笑道：“崇拜是有原因的，他若没本事我何必崇拜他，你一枪飙大名是靠枪打出来的，莫叉玛赢得名声是靠看病看出来的，去看病的又不是些傻子，看不好谁会回头来送礼？”

“听说莫叉玛能在阴阳两界自如行走，这是真的吗？”苗魁问。

“不叫阴阳两界行走，行话叫通灵。”姜大先生说，“我走南闯北唱皮影也算见过些场面，佩服的人不多，莫叉玛绝对算一个。说来真是奇怪，就那么一碗凉开水，莫叉玛只要撒一把香灰进去就变成了药，而且能治病，你说怪不怪？五林区有个中年妇女病了，县城省城都去了，看不出个子午卯酉，女人病歪歪连床都起不来，来我家是她弟弟背下车的。我不会看病，就去请莫叉玛来看。我经常看他给病人治病，有的捏一下脖子，有的拍几下脑门儿，有的还将手指缝刺破挤些血出来。可是给这女人治病就不一样了，他让病人亲属都到屋外等候，屋内只留下他和我，我知道他留我在是避嫌，患者毕竟是个女的，单独在一起有些事说不清楚。莫叉玛问女人：缠你几天了？一直迷糊状态的女人竟然说话了，说从春天开始的。莫叉玛问：是来讨债的，你懂吗？女人说：我欠它的。莫叉玛又问：你若留它，害你也害它，懂吗？女人说：我打不过它，它力气好大。莫叉玛道：你闭上眼，心里骂三声死鬼，然后把牙关咬紧。女人照着做了，莫叉玛忽然挥手左右开弓，啪啪啪，抽了女人三个耳光。女人死了一样僵挺着，两条腿蹬了几下。我吓坏了，莫叉玛这是干吗？这不是要出人命吗？就在我直冒冷汗的时候，炕上的女人‘哇’的一声大哭起来。莫叉玛让病人亲属进来，交代回去要给病人熬莲子鸡头米粥喝。然后就洗洗手回去了。说来很有意思，三个耳光打好了女病人。一周后，病人丈夫给莫叉玛送来四合礼，还送来一面锦旗，上面写着：妙手回春，感谢莫叉玛救命之恩。”

“这是哪门子功夫？”苗魁看了看金虎。

金虎也摇摇头，这种治病方式还是第一次听说。

苗魁问：“这么治病有啥根据呢？”

“我没有问莫叉玛，但基本也看了个大概，估计这个女人是被什么附了体，莫叉玛三个耳光把附体的东西打跑了。”

附体之说在林区常被人提起，金虎认为其中有夸大和迷信的成分，但姜大先生所见是在现场，应该没有添油加醋的成分，看来这个嗜吃狗肉的莫叉玛有点故事。

“还有一件事也是我亲眼所见。有道是啥人养啥畜生，四林区有个叫杨辣子的壮汉特混蛋，他养了一头黄牛也混蛋，这头牛特壮实，有八九百斤，杨辣子有时招呼它也不听。那天杨辣子在草地放牛，缰绳解开，让牛自己吃草。这时一对老两口赶着驴车来地里拔草，车停下后人家卸了套，让驴到地头吃草，两口子进了黄豆地劳作，不知怎么这黄牛就毛了，几下就把胶轮车给顶沟里去了。胶轮车主人从豆地跑出来，没想到黄牛瞪圆了眼睛要来顶人，杨辣子跑过来抡起大鞭打住了黄牛。大黄牛总是惹祸，杨辣子就不敢养了，牛伤人，赔钱的却是主人，杨辣子就想宰了黄牛卖肉。杨辣子认为自己宰牛不成问题，就拴好了黄牛想自己操刀。杨辣子杀过猪、宰过羊，杀牛还是头一遭。他问过有杀牛经验的人，说是要先用铁锤把牛砸晕，然后再上刀子。杨辣子掂着铁锤，绕着牛转了一圈儿，牛似乎知道他的意图，一直正面朝着他转，杨辣子没找到下锤的机会，就想放下铁锤喘口气。这时，黄牛突然摆起头朝他的腹部用力顶了一下，这一下，伤了杨辣子三根肋条，铁锤是抡不动了。杨辣子越想越来气，过了几天捂着肋条来找莫叉玛，请莫叉玛出手宰牛，作为回报牛头就送给莫叉玛。”

“莫叉玛屠狗还宰牛？”苗魁睁大了眼睛，宰牛可是真正的屠夫了。

“屠狗对于莫叉玛那是小儿科，他真正的本事是宰牛。”姜大先生很有些骄傲，好像莫叉玛的本事就是他的本事一样，“宰牛那天，杨家院外围了很多看热闹的，大家都知道杨家的牛生性，也知道黄牛刚刚撞伤了主人，觉得莫叉玛出手宰牛，定有好戏可看。莫叉玛出场了，后腰别着一把杀猪刀，两只手很潇洒地空着。黄牛就拴在院里一根木桩上，木桩旁摆了铁皮盆，应该是准备接血用。莫叉玛径直来到黄牛前，伸出手摸了摸牛头，说来奇怪，躁动不安的黄牛见到莫叉玛发生了奇怪变化，先是想倒退，因为拴得很紧，退了两步就无法再退。大家以为不能再退的牛会冲撞过来拼死一搏，但这头牛忽然浑身发起抖来。莫叉玛低声吼了两声，像是赶车人喊出的‘吁’声一样，黄牛听到这两声‘扑通’一下两条前腿跪下了。就在黄牛跪下的一刹那，莫叉玛飞快地从身后抽出刀来，在牛头部与颈部连接处，一刀扎了进去，黄牛像山一般轰然倒下，连声惨叫都没有。我就在现场啊，亲眼看见了这神奇的一幕，我看到死去的黄牛没有闭眼，两大汪眼泪汩汩流出。”

“牛知道莫叉玛是来夺命的，它知道难逃一死，只能引颈受死。”金虎说。

“黄牛不惧杨辣子，却那么怕莫叉玛，这是什么道理？”苗魁问。

“这就说明莫叉玛有本事，他的本事不是普通人能懂的，有些人自己不懂的学问就不信服，这不对。莫叉玛接待的病人大都是我介绍的，还没哪个不满意，他给的方子确实好用。就说给你出的方子吧，我问过老年人，他们说猞猁帽确实好使，能保证小孩子不受惊吓，只要戴上猞猁帽，孩子就不会患怪病夭折，当然，猞猁帽不是一般人家孩子能担待得起的。还有人怀疑，我就给他们讲马头冥王的例子。在藏区，只要小孩子哭闹不止，到马头冥王塑像前给孩子鼻梁上涂一点灯芯灰就会好。这个东西是不好找理论根据的，世上之事向来是一物降一物。”

金虎并不认同姜大先生的看法，他觉得是莫叉玛身上的屠夫气息让黄牛失了威风，但莫叉玛能一刀扎中牛的延髓这确实不容易，只有牛低头时骨缝开合才方便下手，莫叉玛显然是抓住了机会。

“莫叉玛喊了句啥咒语让牛下跪？”苗魁觉得让一头蛮牛下跪，法力非同一般。

“这是行规，不该问的不问，我不好意思张口。”姜大先生有点故弄玄虚。

苗魁看了金虎一眼，金虎说：“莫叉玛喊的那两声应该是口令，车老板给牛套车、卸车、赶车时都有一套口令，他可能喊了给牛上套的口令，现实中有些体形大的牛套车时确实需要跪下。”

姜大先生摇摇头，“没那么简单，你们还是小看了莫叉玛。”

“我们很佩服莫叉玛，要不怎么会专程来看他呢。”苗魁急忙解释，他不想让姜大先生误会。

“莫叉玛喝烧酒、吃狗肉，闭关后这些就不能碰了吧？”苗魁像记者采访一样总是提出问题。

“闭关同时会适当辟谷。据照顾他的人说，莫叉玛闭关后每日食量很小，就是一点粗茶淡饭，不碰荤腥。闭关前几天，他买了一条黑狗，其实也不是啥好狗，就是普通的笨狗，但这条狗很胖，通体黑色，莫叉玛没舍得杀，一直拴在院子里养着。这条黑狗很凶，谁去都叫，叫声很闷，像藏獒一样。我去他那里，问他为啥要留这样一条黑狗，他说等遇到解不了的癔症时黑狗会有大用处。但这条黑狗他最后没有杀，一次在喂狗时黑狗咬了他一口，就咬在虎口处，他大惊失色，一般的狗见了他像丢了魂，这只黑狗竟然敢咬他。他剪了一缕狗毛烧成灰涂在伤口上，然后解开绳子把这条黑狗放了。”

“一个屠狗之人竟然会放了一条肥狗？”金虎有点不相信。

“莫叉玛是个喜欢硬茬的人，那条黑狗敢咬他一口让他对这条狗刮目相看，觉得这是狗中丈夫，便干脆予以放生。”

“莫叉玛为啥爱屠狗、吃狗肉呢？”苗魁又发问。

“我问过他，他用一句古诗来回答我：仗义每多屠狗辈，负心总是读书人。他说自己崇拜的两个大英雄都是狗屠，狗屠就是杀狗的，这俩大英雄一个是荆轲，就是易水河畔单枪匹马去刺杀秦始皇的那个人。莫叉玛说他小时候听过一折皮影戏，就是唱这出戏的，看完皮影戏觉得荆轲是天底下最了不起的英雄，那么，荆轲的阳刚之气来自哪里？很大程度上来自吃狗肉，狗肉最壮男人气嘛。还有个大英雄叫樊哙，就是在鸿门宴上一个人吓退项王无数刀客的人，樊哙胆子为啥那么大，也是个狗屠嘛。他这样一说我觉得有点道理，只不过对狗不公平，狗是人的好朋友嘛。当然，莫叉玛杀狗、吃狗肉还有个原因，他每次杀狗都要把狗血洒到院子四角，他说自己总是和阴气重的病人打交道，狗血祛邪气。”

金虎心想，嘴馋就嘴馋呗，还找个冠冕堂皇的理由出来唬人。

“莫叉玛要闭关多久？”苗魁希望莫叉玛尽快结束闭关，给出一个好弄的方子，猞猁帽简直要把人给逼疯。

“闭关多久他没说，莫叉玛和我提起过，他想达到一种几句话让人心扉顿开的境界，啥意思呢？他认为所有的癔症都是心门心窗被关死所致，他现在的功力只能给病人打开一扇窗，等功力大增后，几句话就让病人门窗四敞，那才是至高境界。”

苗魁没有听明白，这句话却让金虎下意识地点了点头，的确，癔症都是心病，把心的门窗都打开，通通风、进进光，癔症阴影自然就会消除，看来莫叉玛对病人的心理有些研究，狗肉也没白吃。

该问的苗魁都问了，他提出了最后一条：“能不能隔着门窗和莫叉玛说两句话。”

姜大先生很为难，“想和莫叉玛说说话，不敢保证能不能行，你们想表示的心意我已经上账，等莫叉玛结束闭关我会转交给他，一分不差。”

“我不提心意的事，只想问问猞猁帽。”苗魁解释。

禁不住苗魁央求，姜大先生只好带他俩来到莫家。

莫家的院子有些冷落，天已变凉，院子里的菜蔬也败象乍现，失了生气，以往摆放长条桌的地方，换了一个铁制的鸡笼，里面都是些大公鸡，大概有十几只。姜大先生说当地有送公鸡给叉玛的习俗，过去叫卦礼，是病人痊愈后来答谢的礼物。从这些公鸡来看，莫叉玛确实看好了不少病人。姜大先生说这些鸡不能杀，莫叉玛闭关没法吃，只好先在铁笼里养着。

负责照顾莫叉玛的是个中年人，面色黧黑，患有胆囊炎，说话有些公鸭嗓。姜大先生把他叫到一边交谈了几句，中年人面呈难色，一个劲儿地摇头。姜大先生又打着手势说了一番，中年人才微微点了点头。姜大先生过来说："你想说几句话就站在窗外说吧，刚才护工说了，师父闭关，一天不说一句话，今天会不会说就看你的运气了。"

苗魁来到窗前，见屋内拉着灰色的窗帘，窗帘不是很干净的样子，像旧被子缝制的，心里不免对闭关的神圣打了一丝折扣。他站在窗下放大声音说："莫先生好，我是三林区的苗魁，您上次给我儿子占鳌看病，出了个猞猁帽的方子，到现在也没弄到，您看能不能改个方子？求您啦！"苗魁关心的还是这个问题，虽然金虎要出马猎猞，可也保证不了就一定能成功，他希望莫叉玛能给换个好弄的方子。

屋里静静的，没有回声。

"苗魁求您了，莫先生，猞猁帽实在难弄呀。"苗魁又跟了一句。

还是没有动静。那个中年人摇摇头，过来做了个请离开的手势，轻声道："别打扰师父练功。"

苗魁很失望，无奈地摇了摇头。金虎没说话，他的注意力在窗台下一口酱缸上，林区家家有酱缸，酱缸最要紧的是盖好捂严，否则容易生蛆，可是莫家的酱缸就那么敞着口，酱缸里明明还有半缸大酱。

三人只能告辞，就在苗魁推开院门的时候，屋里忽然传出一句嘶哑的话："上该。"

众人又聚到窗前，里面却再也没有声音传出来。

苗魁问："刚才的话你们都听见了，上该是不是就是上街？"

姜大先生和金虎都点点头。上该似乎是听清了，但是不是上街没人敢肯定，虽然林区的方言将街说成"该"。

13

第十三章

金虎要亲自去猎猞，下定这个决心不仅仅是为了苗魁。

金虎选择了最古老的狩猎方法——下套。为此，他把家里一只正下蛋的芦花鸡带上了山。

他避开大路小道，和苗魁从一片次生林进了北障，这是唐胖子的建议，电子眼不会安在没有路的地方。

没有路的山林并不安全，可能有废弃的陷阱，有野鸡脖子蛇，甚至还有遗忘的狼夹子，须更加小心谨慎。金虎握一把镰刀，边走边抽打草丛灌木，目的是打草惊蛇，免得误踩这种慵懒的大蛇。当然，盯着地面的时候也不能忽略头顶，树杈间一旦遇有马蜂巢，那是万万碰不得的，蜂群袭击会让人的脑袋变成大头翁。金虎知道，不招惹马蜂是一条细狗用生命换来的教训。三林区有个叫大老邱的猎手，领着细狗上山打猎，在山里转了小半天，没有打到猎物，时近中午，人困狗乏，便坐下来靠着一棵桦树歇息。这时，一只马蜂在头顶嗡嗡飞来飞去，大老邱有些烦躁，一挥手将马蜂打了下来。他四处看了看，见几十步远一棵桦树上吊着一个马蜂巢。马蜂巢很有意思，根部又细又窄，远远看去就像树枝上吊着一个晒干的葫芦。大老邱的细狗是猎犬变种，善于奔跑，但毛很短，冬季不耐寒。大老邱一上午没发一箭，手有点痒，看到马蜂巢并无马蜂盘旋，估计是个废巢，便突发兴致，搭弓上箭，朝着蜂巢就是一箭。大老邱箭法厉害，一箭正好射断了蜂巢的蜂蒂，那个干葫芦一般的蜂巢便掉落下来。趴在地上的细狗见主人射落猎物，飞快地扑过去，叼起蜂巢就要往回跑。大老邱没想到蜂巢里还有些马蜂，结果细狗遭到愤怒的马蜂的攻击。大老邱一边唤狗一边起身狂奔，等到了安全地带，发现细狗的脑袋已经成了柳罐斗。回家后细狗终因蜂毒发作而不治，后悔不迭的大老邱连抽了自己几个耳光。金虎来看他时，他流着眼泪说，我这不是手欠吗？没事射什么马蜂窝？这件事给猎手们提了个醒，宁打狼群，不惹马蜂，因为对付狼群猎枪弓箭尚有用，遇到马蜂攻击你就是有机关枪也用不上。金虎查看头上是否有蜂巢就是这个原因，防蜂甚于防狼，这是前车之鉴。

来到四方台，金虎感觉通透了不少，四方台地势高，有种一览众山小的壮阔，尤其是东面的保护区，层峦叠翠，云雾缥缈，恍若仙境。置身四方台东侧悬崖边，习习微风从菠萝沟吹来，感觉身上干爽了不少。金虎喜欢这种带有秋意的干爽，它不仅能消汗去腻，还能带来林中的果香，这种果香是熟透的山里红、变紫的刺玫果和已经成熟的榛子、松子等构成的复合香味，很能提神。北障的初秋最先在四方台拉开了序幕，因为这里是先揽秋风入怀的地方。

金虎并不急着设套，他像探雷的工兵一样仔细察看地上每一处动物走过的痕迹。不能毁坏设套地点周围植被，更不能打桩固定猎套，固定猎套要因地制宜，有树用树，有石用石，这样就不易被猎物察觉。经验告诉他，猎物对周边环境的敏感程度远远超过人类，你动过的草、新打的桩甚至靠过的树，都会引起猎物的警觉，它们会通过辨别气味选择留下还是离开，连看上去傻乎乎的旱獭也有这种本事。有一次他在一块草地发现了一个旱獭洞口，便想捉两只回去做棉衣衣领和袖口。他在洞口设了一个暗套，因为洞口周围都是黑土，没有自然依托可以固定猎套，他便在离洞口两步远的地方打了个木桩。旱獭洞口看上去很凌乱，与野兔不同，野兔不吃窝边之草是为了隐蔽，而旱獭则相反，把洞口弄得一塌糊涂，一看就是经常钻进钻出的样子。让他颇感意外的是，他打了这个木桩后，旱獭销声匿迹了，好像废弃了这獭洞。旱獭在草地上打一个洞并非易事，难道会因为一个木桩就废弃？他有些不相信，便在洞口附近寻找，结果又找到两个不起眼的洞口，原来旱獭为了安全，一洞留三口，发现异常的洞口干脆不用了。旱獭学名叫土拨鼠，说白了就是一种大耗子，看来鼠类的聪明之处还有许多为人类所不知。

苗魁看到金虎设套如此精心，想到自己此前所设的猎套，周围的草踩倒了不说，有的地方还折去树枝，拔掉蒿草，特意打个场子，好像等着猎物来表演一样。苗魁知道此前自己下套为何形同虚设了，明晃晃一个圈套横在那里，傻子才会往里钻，难怪什么也套不到。看金虎下套苗魁发现了自己的差距，金虎设套一丝不苟，不仅隐蔽，连尺寸都反复拿捏。设套，是一个揣摩猎物的过程，猎物的大小、习性、路径、忌讳等等，必须样样琢磨透才能提高中套率。苗魁觉得之前自己只不过学了点皮毛，下套的学问原来如此之深。

“尽量少走动，少留气味。”金虎说，“下好套咱俩就去找个地方歇着。”金虎知道苗魁多次来四方台，对于打猎来说频繁到猎场并不好，人进兽退，无论什么猛兽，对人都充满恐惧，只要不是被逼无奈，它们会选择远离人类。

歇息地点选择了一棵老柞树，这是一棵枝繁叶茂的百年老树，很容易攀爬，坐在树杈上隐蔽又凉爽。金虎掏出两支香烟揉碎，涂抹在树干上，苗魁问这有何用，他说防止蚂蚁蛇虫往树上爬，尤其是野鸡脖子蛇，闻到烟味儿就会避开。

刚坐下，金虎便跳下树，说自己去找点东西，让苗魁在这里守着。金虎去了半个钟头才回来，手里拎着半个含蜜的黑蜂巢，用方便袋将蜂巢包好放入包内。苗魁问他去抠蜂巢不怕蜜蜂蜇人吗。他说，黑蜂不是马蜂，只要小心不碍事，但不能把蜂巢一窝端，要给黑蜂留下一半，这样黑蜂才不会追杀你。

时近中午，金虎发现设套的地方有异响，便从树上下来跑过去察看，发现一只野兔中套。这是一只灰褐色的大野兔，有四五斤重的样子，野兔还没有死，只是被勒昏了。他解下野兔，把它拎到一处树荫下。苗魁很高兴，一枪飙出手就是不一样，马上就有斩获，能套住野兔就能套住猞猁，野兔只是个序曲。但金虎不想留野兔，说不定胡所长就在村口蹲坑，一旦发现猎物，猎猞计划将无法往下实施。过了一会儿，野兔苏醒过来，惊恐地看了周围几眼，颤巍巍跳着离开了。

与苗魁的兴奋不同，金虎因为套住这只野兔而忧心忡忡。野兔来此觅食，说明这里短期内没有天敌存在，野兔虽憨，但嗅觉灵敏，鼻翼一刻也不停止翕动，任何食肉动物的膻味都会将它吓跑。野兔的安全意味着猞猁的不在，难道自己感觉错了？他之所以判断四方台有猞猁，是上次发现了一处猞猁的粪便。猞猁粪便与狼粪相近，多呈浅色，但狼粪断节明显，而猞猁粪却是橄榄形，一看就是猫科动物的粪便。他在发现猞猁幼崽的地方查看了很多树，尤其是高大的枯树，希望能找到猞猁藏身的树洞，但这一带的树都很健康，没有大的树洞，很显然猞猁幼崽是从别处来的。但因为那撮毛，因为猞猁粪便，他宁愿相信猞猁还在四方台。

“想和我捉迷藏，看我怎么把你钓出来。”他自言自语道。

“谁和你捉迷藏？”苗魁不解地问。

“当然是猞猁。”他说。

为了不引起胡所长的注意，早晨他让保安赶着羊群也进了山里，保安在林中草地看管羊群，对他和苗魁去四方台是一个掩护。他摸摸背包，从家中鸡舍抓的那只芦花鸡还在。当他把芦花鸡掏出来时，苗魁吓了一跳，他不知道金虎还背着一个活物。

“带只鸡干吗？”苗魁问。

“做诱饵，”他说，“当然，我不会让它吃了芦花鸡，我老婆还指望它下蛋呢。”

“我去买几只多好，不该带家里的蛋鸡。”苗魁埋怨道。

“蛋鸡肥，猞猁比人懂什么好吃。”

设套最佳地点已经选定，就是套住兔子的那片榛窠丛，离悬崖不远那道浅沟的尽头。草沟底有野兽走动的痕迹，很多草呈倒伏状。钢丝套布在齐腰深的榛窠丛下，芦花鸡被绑在榛窠丛中央。猎套用铁丝就近固定在一棵白桦树根部，凭猞猁的力量不可能拉断这棵白桦。精心布好猎套，他对那只咕咕直叫的芦花鸡说：“别怕，明天我来抱你回家。”

接下来，他又在悬崖边设了个暗套。他想，如果猞猁受到惊扰，选择向悬崖边逃跑是可能的，猞猁知道什么地方安全，在悬崖上活动，四条腿的猞猁要比两条腿的人更有优势。

一切安排妥当后，金虎搓了搓手，“我闻到你的气味了，你就在附近，”金虎胸脯大幅度鼓胀了两下道，“一命抵一命，你不冤。”

“猞猁有可能像鹰一样把窝建在悬崖上吗？”苗魁见他在悬崖边设了暗套，觉得这个猎套位置很刁。

“说不好，但悬崖上有裂缝，也有些不老松，保不齐它会躲在那里。”

"它要是不上来咋办？"苗魁问。

"它总该吃东西吧？食肉动物在夏秋之季不会储存食物，都是现吃现抓。"金虎说，"只要它还在四方台，总会出来觅食的。"

"接下来我们再干点啥？"

"下山，回家休息，"金虎在裤子上擦擦手说，"明天遛套。"

离开四方台时，金虎回头看了看那只芦花鸡，颇为歉疚地道："我知道拴着你你没法跑，就像我将红葵拴起来才导致红葵丧命一样，但真的没办法，舍不得你就套不到猞猁。"

他对苗魁说过，红葵皮肤松弛，如果不是铁链勒住脖子，即使被猞猁咬几口也无大碍，红葵那种沙皮狗一样的皮肤，能化解对方的咬力。

"回去我给你买几只鸡。"苗魁说，"为了我的事，让你搭上下蛋的芦花鸡真过意不去。"

金虎说："这只芦花鸡我老婆喂得上心，一天一只蛋，它下的蛋也都让我吃了，我不感谢它，却把它绑在这里，是不是有点心太狠？"

"但愿别让猞猁给吃了，"苗魁说，"明天抱回去顿顿喂它半碗米。"

保安在草地放羊，事先说好了要一起下山。保安年轻，是个打击乐发烧友，正戴着耳机听音乐。羊群还在安静地吃草，草地上有不少黄花菜，还有几簇芍药。小尾寒羊特可爱，它们不祸害芍药花，其他开花的植物也很少碰，只是围着鲜花吃草。保安见他俩下山了，摘下耳机说自己捡到了一个小玩意儿，不知谁丢的，等下山给唐胖子送去。说完，把一个摄像头递给苗魁。苗魁问在哪里捡的。保安说就在小道边的树杈上，这东西灯不亮，好像电池没电了。金虎知道这是什么，对苗魁说："下山给胡所长吧。"

三人赶着羊群走到村口，远远望见杨树门。金虎猜测胡所长一定在那里坐着，他的直觉不会错，胡所长的气场似乎有辐射，能把图像投映到空气里，这是一种很奇怪的潜意识，就像你在前面走，后面跟着一匹狼，你会感到身上的汗毛直立起来，尽管你没有看到狼。走过了杨树门，没见到胡所长，他觉得有点奇怪，就回头望了望，忽然发现胡所长骑着摩托车从后面赶过来。警用摩托带着警灯，踩下油门的动静特别大，像刚发动的拖拉机，轰鸣声也是一种警告。金虎想，看来很多警察深知这一点，才把发动机的声音故意弄得那么大。

胡所长骑摩托车进山干什么？刚才怎么没见到？他满腹狐疑，回过头若无其事地往前走。

摩托车在身旁刹住了，胡所长两条腿支在地上问："老金啊，怎么一下子变出仨羊倌儿来？"

"三个人也好玩斗鸡。"斗鸡是一种打牌玩法，苗魁这么说等于给自己和保安找了个借口。

"进山时怎么没一块走？有人说就保安一人赶着羊群走的。"

"怎么，胡所长在跟踪我俩？"

"我哪里有闲工夫，是我后脑勺上的眼睛不闲着。"

"我俩走得早，天还没亮，你后脑勺上的眼睛大概也有花的时候吧。"

"天没亮进山干什么呢？"

"找黑蜂窝，弄点野蜂蜜，很不巧没啥大收获，北障越来越穷了，连黑蜂蜜都变稀罕物了。"说完，金虎把包里那块黑蜂巢掏出来给胡所长看。胡所长没有接，能看出这是半块滴着蜜的黑蜂巢，上面沾满草屑。

胡所长摇摇头说："猎手就是闲不住，一斤蜂蜜才几个钱？"

"这是个乐子。"金虎听出对方的轻蔑。

"红獒呢老金，怎么几天不见了？"胡所长不知道红獒被咬死的事。

"红獒嘛，去了该去的地方。"金虎回答说。

"红獒该去哪里？"胡所长并不满意金虎的回答。

"有人更喜欢红獒，"金虎说，"附近养獒的少，红獒这种公獒是香饽饽。"金虎故意把红獒的去向往种獒上引，养狗相互借种是常事。

苗魁把保安捡到的摄像头交给胡所长，"这是在山上捡的，不知是不是偷猎者安装的，金虎让交给您。"

胡所长接过摄像头，仔细看了看，怀疑的目光转向保安，"在哪里捡的？"

"就在二道沟小路旁一根树杈上，"保安说，"那地方除了我们放羊，也没别人去。”

胡所长从摩托车上下来，将摄像头放进车上的警务箱里。“捡到这类东西要交到派出所，私自留着可要当盗窃论处。”他很严肃，也没有表扬保安。

胡所长心里已经对金虎和苗魁进山生了疑心，什么采猴头、抠蜂巢、玩斗鸡，这是糊弄小孩的把戏，金虎一定在下一盘大棋，只是具体想干什么他还没摸到苗头。他盯着保安背的帆布包问：“鼓囊囊的，又是猴头？”保安把背包打开亮给胡所长看。胡所长瞥了一眼，没发现猎物，只有吃喝食品和一把小工兵锹，锹不算武器。

胡所长跷腿骑上摩托，撂下话道：“我总觉着你们在谋划什么事，咱可丑话说到前头，低头不见抬头见，千万别在事儿上见。”说完，一踩油门走了。

金虎望着绝尘而去的摩托，知道胡所长怀疑加重了，胡所长肯定发现了只有保安一人在放羊，对他俩去四方台的行踪有所察觉。他想，一旦猎猞成功，必须在山上就地处理，如果带下山就会人赃俱获。

“好险！”苗魁说，“多亏没拿那只兔子。”

当天晚上唐胖子来找金虎，说：“那个摄像头里有储存卡，卡里还原的图像看不到你和苗魁，只有保安一人。我觉得这事还是先告诉你，明天林关把录像给所长看就漏兜了。”

“我俩进山除了找黑蜂蜜外当然还有别的事，”金虎说，“听说菠萝河里有山鲇鱼，我们进山后还去河边转了转。”金虎编了一个理由，从到家那一刻起他就在想明天继续进山的理由，胡所长这样跟踪，玩斗鸡、找蜂蜜这样的理由根本无法成立。他想，到菠萝河钓鱼是个能说得通的理由，打鱼不违法，菠萝河里也真有山鲇鱼和狗鱼。

“菠萝河有鱼不假，可菠萝沟长虫多，没人敢去。”唐胖子吸了一口凉气，他虽然也是猎手出身，但去菠萝沟次数有限，对那里心中充满恐惧。

“胡所长若是问，你可以透露一点消息给他，不让打猎，我们可以钓鱼。不过这件事要保密，三林区猎手那么多，都去菠萝河钓鱼，有多少山鲇鱼也不够钓。”

为了不引起胡所长注意，次日，他们没有进山放羊，想早去早回，两人天不亮便悄悄离开村子进了山。到四方台来回要三个小时，这样，在九点之前就可以神不知鬼不觉地赶回来。昨天傍晚，他特意到晚市上买回一只大红公鸡，作为下猎套的备用诱饵。这只鸡很威风，鸡冠挺立，鸡爪粗壮，一副雄赳赳的样子。金虎用一个编织袋子装了公鸡，趁着夜色回到家里。

来到四方台时天还没有全放亮，晨雾笼罩着那片榛窠丛。他带的公鸡一路上躁动不安，在编织袋里总是用鸡爪蹬他后背。金虎心里说：别担心，你就是一个备胎，说不定芦花鸡已经搞定了。

走到榛窠丛，两人被眼前的一幕惊呆了，中央洼地里的芦花鸡不见了踪影，草地上有鸡毛和血迹，榛窠却不乱，可见猎物是跳进空地里的。芦花鸡被吃掉了。再看榛窠里的钢丝套，并没有被触发。

“好机灵的家伙！”他嘟哝了一句，“厉害！”

“猞猁没有钻榛窠，是跳进来的。”苗魁绕着榛窠走了一圈后说。

“要不怎么叫猫科动物呢？猞猁是出色的跳高运动员。”榛窠不过齐腰高，猞猁很轻松就能跳过去。

金虎又到悬崖边察看了一番，那个暗套没有触发。

他吸了吸鼻子，嗅到了一股尿臊味，他觉得这味道不对，于是警觉起来，停下来四处观察，忽然发现几十步外的柞树林里有个灰色的东西闪了一下，很快又不见了。

“我看见它了。”他咽了一口唾液小声说，“这家伙也在偷瞧我们呢。”

苗魁什么也没看到，睁大了眼睛四处张望。周围的柞树、桦树都是老树，对动物的隐蔽很有益处，只有一只布谷鸟不大不小地叫了几声，听起来怪怪的。

“你看见什么了？”

“应该是它，灰色的一团，鬼影一般闪了一下，又没了。”金虎指了指左前方。苗魁按着金虎指的方向望去，那里是一片苕条丛，苕条上还有稀疏的紫花。

“可惜了芦花鸡。”苗魁道。

“吃一堑长一智。”金虎把榛窠从中间的空地整理了一下，捡出零碎的鸡毛，然后重新设了钢丝套，把那只大公鸡固定在空地中间。“这回看你的了，大公鸡。”他说。

大公鸡被固定后忽然变得无精打采起来，鸡冠也不再挺立，趴在草地里甚至闭上了眼睛。

“公鸡应该是渴了。”苗魁说，“我喂它点水。”他从背包里拿出一瓶矿泉水，用瓶盖来给公鸡喂水，公鸡连看也不看，一副装睡的样子。

金虎觉得公鸡一定是被某种野兽的气味影响了，他知道有些野兽的气味本身就有杀伤力，一些容易被猎杀的动物闻到后要么惊悸，要么萎靡，会失去常态。公鸡的表现说明它闻到了一股气味，这气味足以让雄赳赳的公鸡失去威风。估计是那只狡猾的猞猁所致，猞猁的气味是否能影响公鸡他没有经验，但一向好战的大公鸡绝不是阿猫阿狗就能吓住的。

“它不缺水，”金虎说，“它缺的是胆子。”

“怎么讲？”

“鸡和鸵鸟有相似之处，在遇到危险的时候会把眼睛闭起来，看不见以为危险就不存在。”

“这不是自欺欺人嘛。”苗魁说，“这一点大鹅最厉害，从来不知道害怕。”金虎说：“其实，人在害怕的时候也会闭上眼，这是一个道理。”

“公鸡胆怯说明我们的判断没错，”金虎肯定地说，“可怕的气味表明它就在四方台附近转悠，刚才那个灰色影子我没看错，就是一只四条腿的野兽。”

一切重新设置好，金虎看着公鸡说：“你要打起精神来，被人家偷吃多没面子，要死也死得壮烈一点。”

大公鸡似乎听懂了他的话，振翅挣扎了一下，无法迈步，又蹲下去，眼睛再不闭，侧着头往草地看了看，猛然啄住一只蚂蚱吞下去。

“这就对了。”说完，金虎看看表，“该回去了，必须在九点前到家。”

苗魁说：“我真想在树上蹲他一小天，看看这家伙是怎么吃鸡的，我就不明白，猞猁难道比人还聪明？”

“不能低估猞猁，到目前为止我们还无法进入猞猁的世界，说不定那是一个迷宫，动物是有智慧的，只是和人的智慧不在一个频道上。”金虎说，“多年猎手经历让我得出一个结论，人并不比动物牛多少，差别就在一个工具上。”

苗魁点点头，“是啊，如果没有猎枪，普通人莫说去招惹老虎和大象，恐怕连猴子都惹不起。”

“这只猞猁不简单，”金虎看着远方保护区橘黄色的晨曦，喃喃地道，“我一直能感觉到它的存在，我甚至能看到它那双圆圆的眼睛，就在一片柞树叶后面；我也能闻到它的气息，说实话一点也不好闻，带着腥臭。它在与我们捉迷藏，在密林里故意闪露了一下身子，好像没把我们放在眼里，如果红獒在身边，它敢吗？”

“刚才要是红箭在手，它已经倒在你枪下了。”苗魁有些遗憾，家里就有一支进口猎枪，却用不上。

“红箭在我也不用，我想和它斗斗，看是它狡猾，还是我的猎套管用。”

苗魁开心地笑了，金虎有这番斗志，不愁猎猞计划落空。

两人下山很早，没有走大路和小路，而是从上次那片次生林回来的，没遭遇鬼使神差般的胡所长。但金虎明显感觉到有一双黄眼珠在杨树下盯着自己，这是一双与猞猁眼有一拼的黄眼珠，像带着冰碴儿的琥珀，又像凝固的糖稀。对这双眼睛，金虎知道应该时刻保持警惕。

他听到灌木丛里有唰唰跟上来的脚步声，急促而杂乱，像野猪在奔跑。

他没回头，心里却说：“整天盯着人家，自己就不累？”

这时，苗魁在身后小声地说：“下次光明正大进山，我今天就去买渔竿。”

14

第十四章

接二连三地失手让金虎有些沉不住气，在四方台已经损失了三只鸡。

金虎捏着下巴蹲在草地上盯着这块榛窠围成的小小洼地，四方台难道成了自己的滑铁卢？三只鸡就像心头的三道血棱子，连痂都不结，时时渗出血珠来。

“好难缠的家伙！”金虎站起身，怒气像烧开的水从七窍往外直喷。他觉得这回是遇到了真正的对手，对手似乎了解他，而他对对手却知之甚少。

三只鸡白白喂了猞猁，猞猁毛却没有套到一撮，这不是猎猞，倒像是来山里喂猞猁。

昨夜，苗魁给高老大打电话，说可以断定猞猁的活动区域，看到它露了下头。高老大说秋季猞猁猎食容易，难打，到了冬天会好些。高老大说得对，夏秋本来也不是打猎季。

看到金虎一次次失手，苗魁对下套猎猞变得有点信心不足，如果有枪，那天见到的猞猁是跑不掉的，能躲过一枪飙枪口的猎物微乎其微。但金虎坚持不用枪，一心想用猎套来完成计划，这就遇到了难题，猞猁不上套，投多少鸡也白搭。苗魁劝过金虎，金虎坚持不用枪，说一开枪性质就变了，就像本来比试拳脚，忽然间亮出暗器来，习武之人会如何看你？苗魁知道金虎对猎套一直信心满满，认为软绳子可以当钢枪用，可是现实太残酷了，三只鸡白白喂了猞猁，这等于在打一枪飙的脸。

当然，金虎有金虎的想法，金虎虽然不怕胡所长，却一直避免与胡所长正面发生冲突。金虎说过，他给自己拉了一条底线，红箭上交后不再动枪，底线不能破，就像猎手不打狐狸和黄鼬，这是祖辈给划的底线，后辈必须把它守住。

苗魁觉得金虎是那次进派出所在心里留下了阴影，一朝被蛇咬，十年怕井绳。但金虎不这么认为。金虎说笆篱子因素肯定有，但不是主因，主因是自己答应了胡所长，说出去的话就是钉在地上的钉，猎手一旦失了信誉，就是能降龙伏虎也没用，信誉是立身之本。

既然底线不能破，苗魁就盘算着另找一个枪手，这才在姜大先生的介绍下找了高老大。苗魁的想法是不想因为猞猁帽给金虎出难题，他盘算着一旦摸准猞猁踪迹，就悄悄让高老大带上自己的猎枪去猎猞，出了事与金虎无关。

苗魁的想法金虎不知情。

在第三只鸡被吃掉当天，设在悬崖边的猎套意外套住了一匹狼。

狼被套住脖子后吊在悬崖上，遛套时发现狼已经僵硬了。金虎把死狼拉上来，苗魁一看死狼腿肚子就转筋了，站在一旁哆嗦个不停。狼褐色的皮毛有些斑驳，龇着利齿，双眼圆睁，舌头耷拉在嘴巴一侧。金虎解下猎套，用工兵锹在远离榛窠丛的草地里挖了个坑把狼埋了。按规定狼也不能打，一旦被胡所长发现就成了事儿。前几天他让苗魁去办狩猎证，因为根据《枪支管理法》，猎民在猎区、牧民在牧区可以申请个人配置猎枪，审批权限在县局。胡所长不给办，理由很简单，谁说三林区是猎区？现在全区域禁猎，已经没有规定中的猎区了。他研究过这个法规，觉得胡所长的解释过于武断，北障属于兴安岭，兴安岭有不少少数民族猎人，难道他们传统居住的地方不是猎区？但法律问题他搞不清楚，胡所长的说法在三林区就是最权威的解释。不知是不是胡所长故意卡着不办，反正胡所长想让一枪飙从此成为历史这是确定无疑。

苗魁看着被埋掉的死狼有些惋惜，“我很想要这张狼皮，人说用狼皮铺座椅辟邪，这张狼皮铺在我的酸枝木椅子上正好。”

林区人喜欢用狼皮做垫子，就像国外某个品牌喜欢用狼皮做羽绒服领子一样，是一种习惯而已，说辟邪有些牵强。金虎知道如果带张狼皮回去，无法逃过胡所长那双猎犬一样的黄眼珠，那样的话猎猞计划就会前功尽弃。但他没有说这些，只是告诉苗魁，这个季节的狼皮铺不了座椅，起身会沾一腚狼毛，想要的话到冬天再弄。

金虎掩埋好死狼，不禁就想起前段日子掩埋红獒那一幕，红獒如果活着，那天看到的一团灰色就不会跑掉。狩猎必须带狗，狗是猎手的左膀右臂，有的活儿人办不成，狗却能办到。没了红獒后，金虎一直想买条狗，也找了六子他们三个年轻人帮助联系，一直没有遇到可心的。他认为猎手和猎犬首先要有眼缘，要像年轻人搞对象一样一见钟情，这样猎手猎犬才能一条心。胡所长曾给苗魁打电话，说进山放羊确实需要一只狗，他可以从朋友那里要一只斗牛犬送来。苗魁征求金虎意见，金虎谢绝了胡所长的好意，现在的斗牛犬是一种观赏狗，哪里能放牧？金虎甚至觉得胡所长的建议是对猎手的一种嘲笑，送一只功能退化的斗牛犬给没有枪的猎手是什么意思？当然，也许是自己想多了，说不定胡所长也是好心。他已经想好了，择机再去趟北镇，精心挑一只满意的红獒回来。金虎有一天接了个陌生的电话，对方说自己是在狗市卖藏獒的女孩，很想念那只红獒，希望他能用手机拍几张红獒的照片发给她。他马上就想起狗市上那个圆脸的红衣少女，一时不好回答，就搪塞说等两天再拍。没想到女孩子很执着，第二天又打电话过来。他不能再隐瞒，就说了红獒被猞猁咬死的事情。这一说，对方“哇”的一声就哭开了，说：红獒还没长大怎么能带着去打猎？不是送你一个狼牙项圈吗？怎么不给它戴上？你不爱红獒为啥要买它？就像你不爱一个女人，为啥要娶她当老婆？女孩滔滔不绝地质问他，他一句话也回不了，女孩最后说了句狠话：“我恨死你了！”然后就把电话挂掉了。

站在埋葬死狼的地方，金虎想抽一支烟，又担心留下烟味，便将烟放回兜里。他对苗魁说：“也许我们要在四方台住一夜。”

“住几夜都没问题。”苗魁回答说。

“明晚有月亮，我们就来蹲一夜。”

苗魁说：“好，我准备帐篷、防蚊油、手电。”

“帐篷不能支，会把猞猁吓跑；防蚊油也不能抹，有味儿。”

“用不用换个诱饵？”

“诱饵暂时不用换，看来活鸡很合它的口味。”

下山的路，金虎步伐很沉，但还是很小心地四处张望。

“你在找什么？”苗魁问。

“后脑勺上的眼睛。”金虎说。

回来后，苗魁去鸡贩子家中挑了一只公鸡，用蛇皮袋拎着往回走，路上恰好遇到了胡所长。胡所长盯着他的编织袋问他忙什么。在看到是一只公鸡后胡所长皱起眉头问：“你俩连着几天买鸡，整啥事呢？”

苗魁愣了一下，说：“最近淘了两个偏方，一个是公鸡炖鲜猴头治胃寒脾虚，不光买鸡，这几天还老是上山采猴头，这猴头越来越难采了；还有个偏方是山鲇鱼炖江葱，也是治胃肠病。我和金虎胃肠都不好，就自己求了偏方来治。”苗魁一谎两答，让胡所长下面的问题不用再问。

“我说你和一枪飙怎么老往山里钻呢，原来不光是采猴头，还去菠萝河钓鱼啊。三林区的猴头叫你俩采绝根也就是了，可别把菠萝河的山鲇鱼再钓光了。”

“还不是为了治病嘛，采猴头和钓鱼挺遭罪，山上蚊子太多。”

胡所长眯着眼睛扫了一眼苗魁的脖子，果然看到几个红包，眉头蹙了蹙道：“我还是要提醒你，别整啥事儿。”

苗魁手一摊，“我俩能整啥事儿？”

胡所长歪着头说：“回去告诉一枪飙，我脑壳后面可是长着眼呢，偷猎的事想也甭想。”

苗魁心里直突突，胡所长那双黄眼珠鳄鱼眼一般瘆人，仿佛带着芒刺，能扎透人的皮肤。

苗魁回来把胡所长的话对金虎复述了一遍。金虎笑了笑，心想，胡所长不生疑心才不正常。

“明天改成下午进山，”金虎说，“我问六子了，胡所长下午去县局开会，咱俩明天一点钟出发。”

第二天上午，两人特意在办公室若无其事地喝茶。金虎知道，胡所长通过望远镜能看到办公室的情景。苗魁特意拉开窗纱，打开了窗户。中午吃过饭，两人按照约定时间，分头出村，过了杨树门再会合。

来到四方台，仍然在那块洼地里布好钢丝套，拴好公鸡。苗魁问，为什么总在同一个地方下套？金虎说，设套如同钓鱼，打好的窝子轻易别换，因为动物和人不一样，人喜欢见异思迁，动物喜欢老路重走。

这一次，金虎在卡点设套后，又在公鸡身边增设了一个触发机关，只要鸡被叼走就会触发猎套，一下子将猎物套住。一切就绪，金虎轻轻拍了拍公鸡道：“就看你的了，你若立功，我养你到老。”

黄昏降临，昆虫鸟兽的奏鸣曲让四方台变成了一个名副其实的舞台，不时有飞禽走兽的叫声在耳边响起，一会儿像年迈老人的咳嗽，一会儿又像婴儿的啼哭，令人头皮发麻。林子里雾气重，夜幕下百虫蠕动，诸兽出行，应该是食肉动物养足了精神，抻直了懒腰出来觅食的时机。金虎选定上次休息的那棵老柞树作为夜晚栖身之处。在树上过夜有两个好处，一是视野开阔，便于观察；二是利于防身，免得遭野狼偷袭。大柞树枝杈多，金虎让苗魁在上面一个枝杈上休息，自己则选择了最下面一个树杈，行动更方便些。因为不能抹防蚊油，两人各备了一顶防蜂帽，戴上后蚊子是防了，却有些热，还影响视线，月光里看那片洼处有点朦朦胧胧。

夜色渐浓，月光被柞树枝叶分割得支离破碎。两人为了不在睡着后跌下来，用绑带像爬杆的电工一样将腰和树干套在一块。苗魁带了强光手电，这是金虎特意嘱咐的，一旦遇到狼，强光手电比刀剑管用，强光会让狼眼一过性失明。

苗魁心里有些怕，“晚上会有狼来吗？上回可是套住了一匹狼。”

“有狼也是孤狼，森林里不会有狼群，”金虎说，“群狼是跟着成群的鹿或狍子迁徙的，不会跑到四方台这死胡同里来。”

夜色变深，四方台上忽然间多了许多叫声，连金虎也分不清都是什么在叫，尤其是有些凄厉的声音从悬崖下的菠萝沟里传来，好像是孤魂野鬼在打群架。金虎仔细听了听，觉得这叫声中真的有狼嚎，只是声音悠远，从对面保护区传来。至于其他叫声，来处很难说清，当地原始森林中有许多罕见的大鸶、乌林鸮、大嘴乌鸦等飞禽，叫声怪异，尤其在夜里会发出令人毛骨悚然的怪叫。

“我这心里直突突。”苗魁说。

“猎猪都敢，怎还怕上声音了？”

苗魁道：“咱俩没枪，你就一把攮子，我一把工兵锹，哪有这种装备的猎手？来一头黑瞎子咱俩都对付不了。”苗魁抱着膀子，担心一旦有猛兽出现，两人难以应对。

“那你不该来，”金虎说，“打猎本身就是赌博，甚至拿命赌。”

苗魁嘿嘿一笑，“有你在我怕啥。”

柞树枝叶夜里会发出蜜一样的甜香气息，而且随着夜色加深，这种甜香会越来越浓。不时有橡子掉落地上，发出扑扑的声响，金虎这才知道原来橡子是在夜里熟落的。打猎几十年，这个发现还是第一次，金虎陶醉在这种惬意的气味和橡子落地的扑扑声响里，体会着林中夜色的美妙。夜里观察四方台的树木，会有与白天不同的感受，因为罩了一层夜幕，就如同树木穿上了纱衣，粗壮的柞树像将军，优雅的椴树像少妇，亭亭玉立的白桦树则是少男少女，间或生长的水曲柳、红松才是树中君子，颇有些鹤立鸡群的模样，而名贵的黄菠萝则疑似投错了胎的江南才俊，显得孤独伤感。心思像来袭扰的蚊虫，在防蜂帽外嗡嗡一会儿便会飞走。他注意到苗魁肯定是乏了，先是打瞌睡，一会儿竟微微打起鼾来，好在鼾声不太大，不至于惊到猎物，金虎也没有摇醒他。

夜半时分，鸟虫开始沉寂，金虎也有了困意，眼皮变得倦怠，往事开始在脑海里一幕幕回放。三十年前，他曾经套过一头野猪，那是一头带着一群猪崽的母猪。母猪被套在腰部，进不成退不得，一群小野猪围着它哼哼直叫。他估算了一下，野猪应该不下三百斤，卖到林区供销社土产收购部，可以买一台大金鹿自行车，拥有一台大金鹿自行车可是他当时的梦想。套到野猪应该杀死，这是三林区猎手的共识，因为前不久，林区一个老年猎手进山下套遭遇了一头发情的公猪，被公猪撞断了五根肋骨。老猎手对前去看望他的同行发出呼吁：见到孤猪一定要捕杀，这东西祸害人。套住了这么大的野猪，自然不能放过，他举枪瞄准野猪脑门，野猪也发现了他。野猪的眼里透出一种绝望，和他对视片刻后，突然匍匐在地。那群小猪则像卫士一样，迅速排成队跑到母猪前面头朝内、腚朝外呈半圆形拱卫着母猪。他十分好奇，小猪为什么会有这样的动作？母猪为什么会突然匍匐下身子？他没有扣动扳机，因为此时开枪会打到小猪，而打猎的禁忌是不杀幼小。他收起红箭，掏出匕首，走过去将固定猎套的麻绳挑断，野猪带着一群小猪头也不回跑进了林中。当时他想，带一群小猪的母猪不算孤猪，放掉它与老猎手的呼吁不矛盾。

他还曾猎杀过一头黑熊，正是这次猎杀成就了一枪飙的威名。

猎杀发生在初春的菠萝沟，菠萝河水尚有浮冰，草木开始返青。河畔盛开的达子香让寂寥的菠萝沟有了十里桃花的韵致，展现出令人亢奋的一面。这个节气不必担心野鸡脖子蛇，因为蛇还没有在冬眠中缓过身子，河水中有几只长喙大鸟在觅食。在菠萝沟他遇见了一个持砂枪的外地猎手，从猎枪判断，猎手是来打野鸡和黑嘴松鸡的，因为这是一杆俗称“洋炮”的砂枪，靠枪管装填铁砂来射击猎物，铁砂呈扇面射出，杀伤面很大，适合打成群的飞禽。两人各自保持着距离，并未搭话。在山里讨生活的人都懂，山中遇到狼虫虎豹不可怕，最可怕的是遇到人。素不相识的两人偶然相遇，各自又带了刀枪，若是一方起了歹心，后果难以预料，谁知道遇到的是不是胡子？金虎和那个猎手都懂这个道理，各自保持着安全距离。这时，一头黑瞎子从彼岸慢悠悠到河边喝水。黑瞎子旁若无人，根本没把这岸的人放在眼里，优哉游哉地晃到河边开始低头喝水。黑瞎子与棕熊相似，有时候也会到河里抓鱼吃，对水有一种天然亲近感。他俩同时看到了那头到河边喝水的黑瞎子，黑瞎子在喝水时不时抬头向河这边张望一下。黑瞎子牛一样大，通体黑色，如同一个移动的煤堆。一般来说，有经验的猎手遇到这种情况应该选择躲避，因为没有合适的武器，就奈何不了这个庞然大物。金虎转身准备离开，他看到那个持砂枪的猎手站在原地没有躲避的意思。金虎很纳闷，凭一支砂枪想打黑瞎子，简直是拿性命开玩笑。但这个猎手似乎着了魔，把砂枪枪塞拔下，倒出小粒铁砂，换上了大粒铅弹。这个猎手要么疯了，要么没有打熊经验，如果一枪不能击中要害，被激怒的黑熊不会给你第二次装药填弹的机会。再说，靠一枪管铅弹怎么能撂倒一头成年黑瞎子呢？你只会在它身上留下几个小窟窿而已。他想劝阻，但老规矩提醒他不能多说话，一心打猎的人最怕打扰，尤其是来自陌生人的打扰，一旦产生误会掉转枪口来一枪不是没有可能。四林区就发生过一次误击事件，一个猎手潜伏在树林里等着打鹿，这时另一个外地猎手也来打猎，趴在树林里吹鹿笛吸引雌鹿。四林区这个猎手从没见过吹鹿笛的猎手，把树林里那个隐隐约约的身影当成了雄鹿，朝着发出鹿鸣的地方就开了一枪，这一枪击中了吹鹿笛的猎手。被打死的猎手是从县城专门来打鹿的，他用鄂温克猎人吹鹿笛引诱雌鹿的古老方式来打鹿，结果被四林区这个缺少经验的猎手当成了靶子。这件事虽然是个意外，但四林区这个鲁莽的猎手还是被判了三年。

眼前这个猎手很显然是个经验不足的二愣子，只看到猎物的诱惑而不见猎物的危险。他快步离开现场，隐藏到一棵水曲柳树后，想看看会发生什么情况。就在这时，只听“砰”的一声枪响，猎手开枪了，这枪很准，击中了黑瞎子的肩胛处，但砂枪根本无法让黑瞎子致命。正在低头喝水的黑瞎子原地打了个转转儿，然后狂躁地蹦起来。砂枪放过后会有一团枪烟迟迟不散，正是这团枪烟暴露了猎手的位置。只见黑瞎子旋风般扑腾扑腾从河对面扑过来，几步就扑到了猎手面前，一掌将猎手击飞，那支砂枪被抛起来，在空中画了个弧，落在枯草里。完了！金虎惊叫了一声，下一招儿就是坐压和撕咬了。黑瞎子对猎物总是先拍后坐再咬。想想看，牛一样的体重压下去，下面的人必然筋断骨裂、性命不保。猎手被严重拍伤，佝偻着身子在抽搐。救人要紧，不能眼看着同行就这样命丧熊口！金虎大吼一声从树后现出身来，顺手拉开了枪栓。这声吼吸引了黑瞎子，它不再对昏死的猎手感兴趣，转身直立起来发出愤怒的咆哮。直立起来是黑瞎子暴怒至极的动作，是一种示威，紧接着会是狂风般的攻击。金虎正是抓住了黑瞎子直立起身这一瞬间，举枪瞄准了它胸前一团白毛扣动了扳机。胸前这团白毛是黑瞎子心脏的标志，造物主不知什么原因用一团白毛来标注黑瞎子的致命处。站上老猎手常说，这是老天爷特意给猎手准备的，在使用弓箭狩猎的年代，这撮白毛就是靶心。金虎只用一粒小口径子弹就打死了一头黑瞎子，一举成名，一枪飙的威名也就成了林区的传奇。那个被熊一掌将左臂拍成粉碎性骨折的猎手从此不再打猎，他来自呼玛，后来每逢过年都给金虎送来一份年礼。

往事清晰如昨日，金虎想，从青年时代开始猎手生涯以来，还从来没有遇到这么难缠之事，还没有哪只猎物让他如此纠结。他对自己所设猎套一向很自信，没想到在这只猞猁面前失灵了，是自己设套水平不行，还是猞猁过于聪明？他否认了前者，肯定了后者，他已经下定决心，不套到这只猞猁，誓不罢休！

月亮转到了四方台的西侧，从树上望过去，设套的榛窠丛变得模糊起来。金虎不觉也进入了一种似睡非睡状态，他仿佛看到怒气冲冲的胡所长走过来，一脚踢飞了大公鸡。他浑身一震，胡所长便像提线皮影一样消失了。瞪眼再看，发现有个灰蒙蒙的东西正在悄悄靠近榛窠丛。他立马精神起来，心跳陡然加快，轻轻摘下防蜂帽擦了擦眼。一定是你了，他对自己说，这一回你要是能逃脱，我服你！

那团灰色静止在榛窠丛边不动，似乎在观察公鸡。

金虎屏住呼吸，伸长脖子想看得更清楚一些。一些硕大的柞树叶遮挡了视线，他不敢扒开，一旦弄出声响会惊跑猎物。借着月光他盯着那块洼地细看，似乎看出那团灰色是一只狗一样的野兽，像獾，像狼，更像猞猁。不管像什么，他心里已经确定这就是那只狡猾的猞猁。突然，那灰色的一团跳起来，越过榛窠直接扑向了公鸡。他心中大喜：中了！

但奇怪的一幕发生了，只见灰色的一团又跳出榛窠丛，急速沿着浅沟跑向悬崖处，一眨眼不见了。

金虎从树杈上跳下来，“这家伙简直成精啦！”

苗魁也被惊醒，跳下来问：“咋样？”

金虎没有搭腔，径直来到设套处，扒开榛窠，让苗魁打开强光手电一照，发现设好的猎套已被触发，却套在公鸡身上，而公鸡的脖子被咬断，正在流血，若不是猎套套住了公鸡，鸡就被叼走了。

“什么样的动作能躲开猎套呢？真是不可思议。”金虎拎起死鸡看了看，鸡腿还在不停地抽搐，“第四只了，不是说事不过三嘛！”

苗魁因为刚才迷迷糊糊睡着了，没看到猎物捕食一幕，很有些后悔。金虎的话提醒了苗魁，苗魁说：“看来还是要用枪。”

金虎放下鸡，双手叉腰愤愤地说："我还不信这个邪了！"

"这家伙是不是察觉到了我们在下套？"

金虎点点头，"耍我，我会奉陪到底！"

森林里响起一声猫头鹰的叫声，很滑稽，似乎在嘲笑两人白白忙活了半个晚上。金虎嘟哝了一句："夜猫子早不叫晚不叫，偏偏这个时候来报庙，晦气！"

"今晚它还会再来？"

金虎说："它记性好着呢，死鸡也不能再用了。"

"它跑哪里去了？"苗魁问。

金虎指指悬崖边，"那里是它布下的陷阱，不能追。"

"它会布陷阱？"苗魁一脸疑惑。

"四林区那个姓高的猎手就是上了这个当，很多猎物喜欢把追击者引到危险的地方去，如果贸然追过去，黑灯瞎火极容易坠崖。猞猁既然能用野兔、野鸡贿赂你，肯定也会引诱你上当、上钩。"

"有这种事？"苗魁很吃惊。

"四只死去的鸡告诉我，决不能低估这个对手。"

金虎决定连夜下山，省得次日一早遭遇胡所长。

15

第十五章

金虎尚在熟睡就被一阵咚咚的敲门声震醒。起身开门，门口站着脸色萎黄的胡所长。胡所长的两个裤腿是湿的，沾着些湿土和草屑。

“有事？”他心里一惊，难道昨夜进山被胡所长的电子眼给拍到了？

“你有事瞒我。”胡所长的目光异常犀利，如同破碎的黄玻璃。

“我能有啥事瞒你？再说我不是你的监视对象，没有必要什么事都向你报告吧。”他对胡所长这种口吻颇为不满，一大早来敲门，岂不是扰民？

“红獒是怎么回事，为什么撒谎？”胡所长打开手机，把一张照片展示给他看，正是他掩埋红獒的地方，土堆已被挖开，露出了红獒的尸体。

“你将红獒暴尸了？”金虎发火了，脸色顿时难看起来。

“我当然要挖开看看，如果埋的是人怎么办？”胡所长冷冷地说，“不过你放心，我又将土堆恢复了原样。”

金虎松了口气，心里暗暗佩服这个黄眼珠警察，北障那么大，怎么就会找到这个小土堆？红獒又不是人，没有命案必破的说法，犯得着这么上心吗？

“你不该对死去的红獒感兴趣，”金虎说，“死獒也不需要办证。”

“在我的辖区，所有反常的事我都感兴趣。”胡所长说话也不客气，“我再次提醒你，休想耍我，一枪飙的时代已经过去，你必须面对这个现实，站在你面前的人是三林区猎手终结者。”胡所长把手机放进兜里，接着说，“红獒脖子断了，如果我没猜错的话，是你带红獒进山，遭遇了豹子或黑熊，你没有枪，只能靠红獒去撕咬，结果搭上了红獒的性命，是你害死了这只可爱的红獒，对不对？”

金虎涨红着脸辩解说：“完全不是你猜的那样，红獒之死是个意外。”

“那么，你能给我一个解释吗？”

金虎一时语塞，想了想，道：“反正不是你说的那样。”

“我知道你不会承认，我也不想听你解释，我还是那句话，咱们事儿上见！”胡所长拂袖而去。

金虎站在门口，望着胡所长远去的背影心想，也许当初比试枪法应该让一让，赢了不该赢的人是一个摆脱不了的梦魇。他担心红獒的土冢会被挖得七零八落，就找了把铁锹，披上衣服匆匆赶往山里。

露水打湿了胶鞋，走起来吱吱响。找到那棵楸子树并不难，这条林间小道已经印在他的心里，楸子树下的红獒坟就像堆在自己心头一般。来到树下一看，那个原本长了蒿草的坟包又变成了新坟，胡所长还算讲究，挖开后重新填上了封土。他铲了些土将封土加高，然后拄着铁锹站在坟前沉默不语。可怜的红獒就像一个出师未捷身先死的战将，太不幸了。红箭、红獒两样心爱之物，成了他心头永远的痛。他对着坟包说："我已经发现凶手行踪了，这家伙跑不掉，我会用它的牙来祭奠你！"

手机响了，是六子打来的，六子告诉他："胡所长发火了，没吃早饭就把三个辅警从家里叫来，问红獒是怎么回事，我们三个谁也不知道红獒的事。所长把我们骂了个狗血喷头，说红獒坟包上草都老高了，你们却不知道它已经死了，一枪飙找你们联系买黑背的时候，就没告诉你们红獒是咋死的吗？"

金虎说："这不怪你们，你们仨谁也不知道，我也不会告诉你们。"

他没有吃早饭，来苗魁家商议下一步该怎么办。

两人在苗魁家的客厅谈话，隔壁卧室不时传来小占鳌的哭闹声。金虎知道孩子的病没好，苗魁心里一定很急，小占鳌每一阵啼哭，都会牵动苗魁的眉心，能看出苗魁特别心疼孩子。

"胡所长知道了红獒的事肯定会顺藤摸瓜。"他说，"我们有两个选择，一个是快刀斩乱麻，速战速决；一个是按兵不定，将猎猞计划缓一缓。"

"还是第一个选择好。"苗魁说。

"我们需要换一种诱饵，鸡不能再用，猞猁已经发现鸡是诱饵，就不会再上当。"金虎认为猞猁比家猫聪明，猫据说能记住每一次受到的伤害或惊吓。那么，换成什么呢？金虎想到了羊羔。

"换成小羊羔，那两只刚出生不久的小羊羔，好像就是为了我们猎猞而生。"金虎说。

“换成大羊也成，几只都没问题。”苗魁很大方，能猎猞成功，用掉所有的小尾寒羊都不是问题。

“大羊太大，”金虎说，“羊羔对于猞猁来说才是顶级美味，一只哺乳期的猞猁无法抵御羊羔的诱惑。”

“用羊羔当诱饵，干脆别下猎套了，换成枪吧。”苗魁起身打开铁柜，小心翼翼从里面拿出一支报纸包着的猎枪，“这是奥地利造，品牌枪。”

金虎接过来打开报纸，果然是一支好枪，保养也好，枫木枪托亮可鉴人。

已经有一段时间没有碰过枪了，摩挲着这支猎枪，金虎不禁心潮澎湃，他想到了红箭，自从红箭上交后，他无枪可擦，每天睡觉都会抓紧一支鸡翅木做的老头乐。老伴说握着老头乐又不挠痒痒，这是把老头乐当红箭了。手里这支枪的确不赖，猎手都懂，好枪第一是手感，第二才是精度，手感不好的枪，有精度也打不出来。

他把枪还给苗魁，“我向胡所长保证过不再用枪，还是下套吧，我要活捉这只猞猁。”

“不让胡所长知道就是了，”苗魁说，“要是被抓住，我来顶，大不了罚钱。”

他摇摇头，“这不是罚钱的问题，一旦用了枪，在人格上自己就输了，胡所长说的事儿上见也就自见分晓，我不能长胡所长志气，用猎套捕获猞猁更能证明自己的本事。当然，用猎套捕获猞猁，胡所长知道了也会处罚，但那时的一枪飙就变成了一套灵，胡所长想当本地猎手终结者的梦想自然从此破灭，因为胡所长无法没收所有的绳子。”

苗魁明白了，这才是金虎坚持下猎套猎猞的原因。

“啥时再进山？”苗魁恨不得晚上就走，小占鳌还在啼哭，似乎是在催促他快点起身。

“明天，不过两个人目标太大，这一次我自己去。”金虎决定一个人进山。他告诉苗魁，明早自己和保安赶着羊群一道去二道沟，然后自己从二道沟抱着羊羔去四方台。

“我会套住它的，”金虎说，“若是再失手，我宁愿把钢丝套套到自己脖子上。”

苗魁吃了一惊，心想，金虎这是要赌命啊！相识多年，从没见过一向沉稳的金虎说这种狠话，红獒之死固然是个诱因，但接二连三地失手让金虎变得有点按捺不住。金虎要证明自己不用枪同样也是好猎手，想击碎胡所长当三林区猎手终结者的梦想，这谈何容易！

“咱不干傻事，大哥，”苗魁有些紧张，“不行的话我想别的法子。”

“没什么不行！”金虎道，“我不仅要给红獒个交代，而且要证明自己依然是北障名副其实的一枪飙！一枪飙在，猎手就在，不存在什么终结的问题。”

“昨晚你要是有枪就好了。”苗魁心里总想着枪。

“不要再提枪。”金虎开始忌讳提枪，红箭是他心头一道无法愈合的伤口。尤其是胡所长说所有上交的猎枪都被销毁之后，他的心总是淅淅沥沥在流血。

“胡所长会不会知道我们的猎猪计划？”苗魁心里有点忐忑。

“应该不会，再说了，哪里有什么计划？”

苗魁嘿嘿笑了，“你说你，当时比枪法给胡所长留点面子多好，人家毕竟是所长，要在三林区混，你赢了他，自己就成了他的靶子，看他那双黄眼珠就知道那是个睚眦必报的人，惹不起。”苗魁觉得金虎当时过于较真，胡所长才是三林区的老大，折老大的面子怎么得了？

金虎道：“比枪法我是接受挑战而已。我本不想比，已经和六子说了，架不住六子央求就去了，话说回来，人家下战书，我若不接招，这不是我一枪飙的风格。”

“我有个想法，”苗魁说，“我们请胡所长吃顿饭，你俩把话说开，化干戈为玉帛，彼此就不会这么紧张了。”

“他不会来，警察有禁酒令。”金虎说。

“试试吧，今天是周六，”苗魁说，“我现在就去找他。”

事情完全出乎金虎意料，胡所长满口答应来苗魁公司食堂吃饭，而且点名要金虎陪，金虎不陪他不来。

苗魁回来一说，金虎感觉到了不妙，胡所长必是有备而来，弄不好这将是一场鸿门宴。但既然请神来了，就必须安神，这酒一定要喝了。

苗魁对这桌饭菜很上心，有鸡有鱼，但野味一样没上。因为金虎特意交代，胡所长很可能是火力侦察，若是上了飞龙汤、爆炒山鸡什么的，正好就中了圈套。苗魁冰柜里有犴鼻、狍子肉，经金虎这么一说，才觉得万万使不得，胡所长要是钓鱼执法，那就人赃俱获。

金虎回家，将两把渔竿拿来戳在办公室相对显眼的地方。这是苗魁新买的渔竿，玻璃钢材质，五节伸缩，六米长。

胡所长如约而至。胡所长没有空手，拎了一个五升容量的白色塑料桶，里面是满满一桶小烧。胡所长将塑料桶往茶几上一蹾，“这可是七年前扎兰屯烧锅出的酒头，红脸儿高粱原料，不上头。”

“来吃饭还带酒，您也忒讲究了。”苗魁有点不好意思。

“好酒大家喝，我一个人喝没啥意思。”胡所长家不在三林区，一个人住宿舍，三林区人都知道胡所长上班不是八小时，几乎二十四小时都在班上。

在办公室暂坐时，胡所长看到了墙边两把渔竿，走过去抻开掂了掂，渔竿很轻，手感也好。

“新买的？”他问苗魁。

苗魁道：“为了去菠萝河钓山鲇鱼，我和老金跑遍了县城渔具店。”

“怎么，真由猎手转型为钓手啦？”胡所长扭头问金虎。

“趁着菠萝河的山鲇鱼还没有列为保护动物，抓紧钓几回，哪一天您贴个告示不让钓，想去也去不成了。”金虎回了一句。

“菠萝沟少有人去，野生动物厚，过了河就是保护区，到那儿钓鱼可以搂草打兔子。”胡所长话里有话。

“胡所长没吃过山鲇鱼吧？”金虎问。

胡所长摇摇头，他真的没吃过山鲇鱼。

“你若是吃上一回，也会买把渔竿去钓。”金虎说，“山鲇鱼是真正的美味，没听说有这样一套嗑吗？论好吃，四条腿的不如两条腿的，两条腿的不如没有腿的，没有腿的要数长尾的，山鲇鱼就属于长尾鱼。”

“你吃过？”胡所长问。

“当然。”金虎讲了自己吃山鲇鱼的经过。

“有一次在山上撵狍子，出汗太多，口渴，就去菠萝沟喝水，正在捧水喝时，石缝里一条黑乎乎的鱼受到惊吓蹦了起来，因为蹦得高，鱼落到了岸上被我按住了。这是一条山鲇鱼，身子光滑，带着深色花纹，有点像蛇头鱼。那天没有带干粮，肚子正有些饿，便找了些干柴架起火，在河边把这条山鲇鱼烤着吃了。山鲇鱼肉质雪白，脊间无刺，特鲜美，可以放心吞咽。吃了那一回就忘不了。后来胃肠不好，苗魁讨了个偏方，用江葱炖山鲇鱼吃，因为加了作料，炖的鱼就更好吃了。”

“还是一个吃字。”胡所长语气中带着一丝轻蔑。

“这个吃不是因为馋，是治病需要，但也没钓到几回，珍贵的东西都不好弄。”金虎按着自己的想法把话说完。

“怎么没见你带渔竿进山呢？”胡所长问。

这话问到了点子上，但金虎反应快，道：“去过，下的是底钩。”又拍了拍膝盖说，“等买了水叉再去菠萝沟，就可以手把竿了。”

水叉是一种连体水靴，穿上它可以在齐腰深的水里走动。金虎这个理由能说得通，菠萝沟野鸡脖子蛇多，河里乱石交错，山鲇鱼属于冷水鱼，除了下底钩外，只能钓走竿，穿上水叉可以往河里走，既能防蛇，又可以接近河中心。但穿水叉有危险，一旦灌包容易溺水。

胡所长放下渔竿，对着沙发旁那只大雕标本说：“你钓吧，若是能钓到，我也尝尝鲜。”

苗魁说：“没问题，就在我这里炖。”

“钓山鲇鱼用什么鱼饵？”胡所长忽然转身看着金虎问。

这一问，把金虎问住了，他想说蚯蚓，觉得不对，蚯蚓是钓鲫鱼等小型鱼类的，用买的调制鱼饵也显然不行，因为钓走竿挂不住。他看到了大雕标本旁的金鱼缸，鱼缸里有一群热带鱼在游来游去，心里立马有了谱儿。

“用小鱼当鱼饵。因为是走竿，别的鱼饵挂不住。”

胡所长点了点头。

食堂的菜已经上桌，三人下楼来到餐厅。一进餐厅，胡所长见餐桌上备了茅台、五粮液，便让苗魁统统收起来，说：“我要是喝这两样酒，所长就不用干了，今晚就喝我自带的扎兰屯小烧。”

苗魁只好把摆出来的名酒放回酒柜，心里觉得胡所长这个人挺实在。

这顿饭对于金虎来说有点尴尬，苗魁备菜，胡所长带酒，好像只有自己是白吃的主儿。他不多言，酒菜下得也慢，等着胡所长说话。他知道有身份的人在酒桌上都是后发制人，胡所长肯定也是如此。苗魁看得明白，在主动敬了胡所长几杯酒后望了金虎一眼，“金大哥说过几次了，想和胡所长坐坐，胡所长两袖清风，总也不给机会。”

“老金可从没请过我呀，”胡所长并不买账，“老金是北障有头有脸的猎手，大名鼎鼎的一枪飙，都是别人请他，他怎么会请别人？”

金虎觉得胡所长这句话没说错，自己确实没请过人家。他知道自己该说话了，就斟满一杯酒起身道：“喝酒自备，胡所长真讲究！我敬您一杯。”

“真想和我喝？”胡所长看着金虎的酒杯，酒杯是标准的四钱杯，满杯，酒面纹丝不动，看出对方端杯的手很稳。这是打枪练出来的稳功，在部队时自己曾托着砖头练过，最多时托过六块砖，只有手臂稳，枪才能准，手腕微微抖一下，靶上就会偏出好几环甚至脱靶。

“敬您。”金虎端着酒在等待。

胡所长站起身，拿过两个碗，往碗里倒了两个半碗，然后端起一碗，把另一碗递给金虎，道：“咱俩头一回喝酒，这样吧，用碗喝。”

金虎看了看碗里的酒，少说有三两。他不能拒绝胡所长所敬之酒，用大碗敬酒是站上人的习俗，只是这一习俗不再时尚，但老友相聚、婚礼庆典还经常能看到这种酒桌上的豪气。金虎接过碗，把手中那一小杯也倒了进去，双手将碗端至下唇一平，很平稳地喝了下去，然后把空碗照向对方。金虎这个动作也很讲究，如果把酒碗端得高过头顶，那是敬长辈的动作，对于敬重的平辈，端碗最高不能过眉心。

见金虎喝干了酒，胡所长用同样的动作也喝了半碗酒。

两人坐下，胡所长道："老金，从喝酒上看你是条言而有信的汉子。"

金虎笑了笑。胡所长带来的酒很冲，但回味却绵。他酒量尚可，但毕竟五十岁了，喝酒虽爽，醒酒却迟，而且秋季干燥，他很少喝烧酒，只有冬天踏雪进山前才喜欢闷半碗小烧。胡所长吃了几口菜，也用同样的方式回敬了半碗酒。两个半碗小烧下去，金虎脸上潮红如霞，而胡所长的脸却蜡黄如烟。

"老金，有些事希望你理解，职责所系，私情徇不得，理解万岁吧。"胡所长表情很放松。

"树要皮人要脸，猎手的毛病是太在乎这张脸。"金虎也很诚恳。

"有些念头儿就像炮仗引信，还是早掐灭了好。"胡所长话锋突然一转，没头没脑来了这么一句。

金虎显然听明白了，他想了想，接上话道："理儿是这个理儿，可是大年三十谁家不放个炮仗？"

胡所长道："没告示前放个二踢脚、窜天猴什么的不会有人管，告示一贴，再放就是个事儿。"

苗魁怕两人争执起来，急忙打圆场说："小孩子玩的东西，咱不放就是，喝酒！"

苗魁也给自己倒了半碗，想给胡所长倒时，胡所长岔开五指挡住了，"你不行别硬撑，我看你喝醉过，烂泥一样让人背回家的。"

胡所长果然厉害，苗魁想，有一回自己和来林区进货的客户喝醉了，被燕子饭店的伙计送回家，这事没几个人知道，胡所长却能掌握底细，可见胡所长耳目众多。

"还是老金有量，喝酒高手。"胡所长话里不失挑战味道。

其实金虎也有些吃力，但他必须接招。他不知胡所长酒量深浅，但知道对方今天来是想撂倒他。作为三林区最有名的猎手，他还没有在酒桌上被人放倒过，站上人的血脉赋予了他非凡的酒量，他本可以和胡所长厮杀一番，但他对胡所长带来的酒拿捏不准，不知自己服不服这扎兰屯烧锅七年前的酒头。但对方话已挑明，自己不能退缩。金虎把两个酒碗并列摆好，伸出手做了一个请的手势。

胡所长提起塑料桶，咕咚咕咚倒了两个满碗，然后表情很严肃地说："明天开始上边来检查非法狩猎情况，有明察也有暗访，要持续到冬季，这是省里安排的一场行动。我不希望我的地界出事儿，请一枪飙给三林区猎手们做个表率，为此我敬你一碗。"

这是一个十分重要的信息，明天上午开始上边要来明察暗访，而且要持续几个月，金虎知道胡所长这碗酒带有拜托之意。

"我懂了，"金虎说，"一枪飙绝不会给人上眼药。"

"你一枪飙这句话，我信！"

一旁的苗魁吓坏了，这个满碗可是半斤多酒，喝了肯定会有人倒下去。想拦，看看两人斗鸡似的架势，又不敢说话，心里暗暗叫苦，心想，金大哥啊，你就认怂不行吗？怎么还像比枪法那么较真呢？

"大碗喝酒，痛快！"金虎端起碗，手依然很稳。

"先喝为敬！"胡所长先喝了个满碗。

两人都没有醉态，依旧吃菜、说话，谈笑风生。胡所长不恋战，几口吃了个馒头后起身告辞。临走前他朝金虎拱了拱手说："三林区有你在，我当这个所长才有意思。"

"多有得罪，见谅。"金虎努力保持着身姿，他不能摇晃，一旦摇晃，胡所长很可能再追加半碗。他知道，是自己的表现镇住了对方，很多时候，博弈中想让对方收手，最好的方法是不让他看清你的底细。

"酒德看人品，"走到门口，胡所长回头道，"不差事儿！"

胡所长走后，金虎感到有点头晕，坐在食堂门前的台阶上点燃一支烟。苗魁过来问他有没有事，埋怨他不该和胡所长拼酒，"在酒上亏是打了个平手，要是再赢了他，你俩之间又多了一道梁子。"

"酒量，我不如人家，我是硬撑。"

"我看他不一定能喝过你，他急着走，是怕出洋相。"

金虎说："明天上面要来明察暗访，他肯定有些事情要做。"说完，站起身低声对苗魁道："明天不进山了，按第二个办法做吧。"

"咋的了？"苗魁不解。

金虎长舒了口气道："做人要讲究。"

16

第十六章

不能进山猎狳，但可以去菠萝河垂钓。

金虎去菠萝沟当然不是为了山鲇鱼，意在从另一个视角摸清狳猁的踪迹。那倏忽一现的灰色身影像一团缥缈的雾，总在眼前时隐时现，好像在耍弄他。上级打击偷猎明察暗访组一直在周边几个林区转悠，而且要持续将近三个月。他不得不放下原来的计划，这当中当然有不给胡所长上眼药的成分，更重要的一点也是为了三林区的声誉，三林区猎手讲仁义自古有名，这个当口要是被检查组作为偷猎典型捉住，丢人的就不只是胡所长了。据六子说，胡所长这些日子神经绷得很紧，像一支箭搭在满弓的弦上，谁惹就射谁。那个来挂职的副所长小汪让他撸了两回，没鼻子没脸，其实没啥大事，就是汪副所长包保的猎手没有走访到位。

苗魁的情绪自然有些低落，再等三个月猎狳，就等于小占鳌还要受三个月的折磨。金虎安慰他说："缓一缓也好，频繁去四方台，狳猁会有所警觉，缓一缓起码可以让狳猁放松警惕，待机会成熟时再一举拿下它。"

苗魁嘴上说没办法，但心里却有自己的小九九，他还有高老大这张牌可打。苗魁了解到，高老大的父亲就是四林区因猎狳坠崖的那个猎手，父亲传给他的不仅有教训，一定还有经验。

金虎和苗魁去菠萝沟钓鱼。

带着渔竿进山不用偷偷摸摸，可以挺直胸膛走大路。

金虎过去没有发现菠萝沟的美，这个在当地人心中被妖魔化的北障沟壑其实充满魅力。清澈的河水是明亮的，每一朵浪花都白莲一般洁净。河畔的巨石和鹅卵石仿佛天天保洁一样，纤尘不染，无论是卧是坐，都不用担心灰尘。有些河湾处，形成了小小的月牙形的沙滩，河沙呈白色，如同晶莹的盐，沙滩边有簇簇蒲苇，不高，却早早地生出一根根鬼蜡烛。当地人喜欢将蒲棒称为鬼蜡烛，这个绰号形象而贴切，能让人产生跨界联想。河中有不知名的水鸟在悠闲地觅食，最多的鸟类是一种叫长脖老等的水禽，体形大如白鹭，像鹤又像鹳，靠以逸待劳捕食，它立于河水里雕塑般静默，突然间会朝水中啄下去，叼上一条亮晶晶的细鳞鱼来。高大的水曲柳是菠萝沟独一无二的标志性树木。这里的水曲柳树龄大都在百年以上，因为交通和地势的原因，这些古树躲过了一次次采伐，依然偏安一隅，这是难得的幸事。水曲柳与胡桃楸、黄菠萝并称东北三大名木。据林业局做的资源普查，菠萝沟这种成片的水曲柳古树，整个北障再找不出第二处，因此，三林区派出所把这些水曲柳一直当大熊猫来保护。当然，这条沟也不乏黄菠萝，否则人们不会以“菠萝”来命名这道沟。

“估计不久的将来，菠萝沟也会划成保护区，”金虎说，“一条沟里有这么多珍贵名树，林业局不会不重视。”

苗魁说：“菠萝沟与保护区差不多，只不过保护区是人在保护，菠萝沟是野鸡脖子蛇在驻守，每年在这里都有人遭蛇咬，这才少有人来。”

“在保护这片水曲柳林带上，我和胡所长没啥分歧，如果我看到有偷伐的，我会朝偷伐贼的腚上开一枪，打不死贼，也要让贼再不敢生偷伐心。”

苗魁笑了，“都知道你当过护林员，像警察一样，抓贼上瘾。”

第一趟去菠萝沟，两人挂饵放竿固定好渔竿后，金虎看都没看鱼漂，就从背包里拿出军用望远镜，坐在一块大石头上开始观察眼前高高的悬崖和悬崖上面的情况。苗魁很吃惊，他注意到这是一支俄罗斯生产的高倍望远镜，金虎何时买的他一点也不知道。金虎做事严谨周密，有条不紊，这是一个优秀猎手必备的素质。

苗魁也在观察悬崖上的地形和植物，希望能发现点什么。

金虎看到了一个鹰巢，在悬崖中部一块平台上。鹰巢筑在一个截锥形石柱顶端，那是一块连猴子也无法攀爬的绝壁。鹰巢上没有鹰，如果有，当年的雏鹰也该长大了。他把望远镜转向鹰巢右侧一棵小树，看不出那是一棵什么树，像紫椴，又像蒙古栎，但树叶很密实。小树能在悬崖上存活是因为悬崖上有一道很宽的裂缝，雨水和泥土从这道裂缝中下来，给裂缝中的植物包括这棵小树提供了养分。金虎注意到了这条上下贯通的裂缝，猞猁窝会不会设在那里呢？他目测了一下，他们设套的地方应该就在裂缝的上方。

金虎举着望远镜看遍了悬崖，悬崖南端，他看到了两个可疑的洞穴，洞穴孤零零的，像悬崖的两只眼睛。他放下望远镜揉了揉眼睛，让苗魁再看。苗魁接过望远镜看了好一会儿，边看边兴奋地说："这俩洞像猫头鹰的两只大眼睛，挺对称的，里面肯定有东西。"

"那么我们就叫它悬崖之眼吧，"金虎说，"这个名字不错。"他问苗魁为什么肯定洞里有东西。

苗魁说："我看到左边洞里有个东西露了一下头，像松鼠。"

金虎要过望远镜仔细观察了一番，这两个洞都是孤立存在，洞口周围光秃秃的，除非长翅膀的飞鸟，走兽想在洞里筑窝是没法出入的。但是，洞穴另一端有没有出口呢？这是一个值得搞清楚的问题。

他让苗魁在此等候，自己去洞口下看看，洞中若是有走兽筑窝，悬崖下面会有些痕迹。

从菠萝河边到悬崖底部没有路，酸枣、榛窠、刺玫瑰混杂而生。因为担心踩到野鸡脖子蛇，金虎走得很小心，费了好一番力气，才来到悬崖下端，抬头仰望，却发现悬崖上方站着一个人影。他吃了一惊，谁会站在那么危险的地方？因为高度有七八十米，他没有看清人影是谁，便在下面转了转，扭头回返。悬崖下面没有什么可疑痕迹，他希望有食草动物的骨骼、碎皮，如果那样的话，说明洞里有食肉动物存在。他很失望，让他警觉的是悬崖上方那个人影，是谁会到四方台来？为什么会对菠萝沟感兴趣？这两个地方是三林区的禁区，因为人们心里惧怕犯忌，一般不会来此地转悠。会不会是暗访的检查人员呢？他有些紧张，如果是暗访，暗访者一定会对他为什么离开河边到悬崖处起疑心。

回来后他问苗魁，是不是从望远镜里看到悬崖上方有人，苗魁摇摇头说没发现。

"用心钓鱼吧，"金虎说，"我们不能空手回去。"

菠萝沟的鱼不是那么好钓的，尤其是山鲇鱼，鬼精鬼灵的。两人没有钓到山鲇鱼，只是钓到了十几条白漂鱼。金虎用蒲草将鱼穿起来，说一会儿回去要拎着鱼，白漂鱼如果放到包里走回家就臭了。苗魁心里明白，金虎这样做是在宣示钓鱼的成绩。

“下次仔细观察一下北端悬崖，”往回走时金虎说，“北端悬崖更高，上面有很多可以隐蔽的地方。”

“猞猁会不会藏在那两个洞里？”苗魁问。

“不好说，如果没有另外出口，就不会；如果在四方台上另一端有出口，那就另当别论了。”

苗魁暗暗记住了金虎的话。

这次从菠萝沟回来，没有在杨树门看到胡所长，金虎朝杨树门看了看，不见人影，他知道这一回胡所长是放心的。晚上，他给六子打了个电话，问为啥胡所长今天没在杨树门。六子说所长忙着接待检查组，哪有闲工夫干别的事，现在全所都忙得脚打后脑勺呢。

从菠萝沟回来的第二天，苗魁就去县城买了个望远镜，而且是带夜视功能的。拿给金虎时，苗魁说：“猞猁大都夜晚活动，这个望远镜可以晚上用。”

金虎心里一惊，能夜视的望远镜如果被胡所长发现可不是好事，钓山鲇鱼还用夜视？难道想在野鸡脖子蛇乱窜的菠萝沟过夜？但既然买回来了，也没必要再退，说不准会用得上。但他提醒苗魁，白天去菠萝沟万万不能带这东西，带上它不但用不上，而且会引来麻烦。

又过了些日子，金虎决定再去趟菠萝沟。这几天进山放羊，他没有走远，就在近处转悠，其间去埋葬红媄的楸子树下看了看。北镇那个红衣少女又打来电话，问他当时是不是把红媄给吃了。他说了埋葬红媄的情况，红衣少女不信，让拍张红媄坟的照片传给她。他来到楸子树下，用手机对着那个土包拍了几张照片发给红衣少女，红衣少女回了一个哭泣的表情，再也没有和他联系。在楸子树下，他看到土包较低的一端被雨水冲刷的痕迹特别明显，马上就想到了一个问题，悬崖上那两个山洞如果有另一端出口，一定会有雨水流入的痕迹。

这是红夔给予的提示，他暗暗心喜。他可以到四方台上找流水的痕迹，水只要不是流泻到山下，一定在山上入地，入地之处可能就是洞口。

他和苗魁再次去菠萝沟钓鱼。

路上，他和苗魁说了自己的想法。苗魁说，你在河边钓鱼，上四方台寻找洞口的事我来做，如果遇到暗访的，我就说采猴头，反正我不是猎手，胡所长不会怀疑我。金虎觉得苗魁说得有道理，自己上四方台转悠的确会引起怀疑，寻找洞口这样的事也不难，顺着流水痕迹找就是了。

到达菠萝沟，将渔竿挂饵入水，金虎问："你自己上去不怕吗？"

"怕是有点怕，一想到有你在下边心里就踏实了。"

"白天应该是安全的，万一遇到狼和野猪就躲开，实在危险就上树，狼和野猪都不会上树，除非你遇到猞猁。"金虎开了个玩笑，"现在是猞猁怕你而不是你怕猞猁。"

苗魁从南坡上四方台去了，金虎心想，人的胆子是受欲望支配的，有多大的欲望就有多大的胆子，这一点在苗魁身上得到了验证。

苗魁走后，金虎举着望远镜开始观察悬崖的北段，从望远镜里看，北段比较复杂，不仅植被多，而且长着很多不老松。这种松树一千年也长不大，就干干巴巴挂在悬崖上，根系极为发达，能像钢筋一样嵌进石缝里。对于采药者来说不老松绝对是福音，只要有它在，攀爬者凭一根绳索就可以攀上绝壁，采集到珍奇草药。

北段悬崖上端，多石林状竖石。金虎觉得这些地方也有可能是猞猁的藏身之处，但综合悬崖所有可疑之处，他还是觉得鹰巢右侧那道裂缝的可能性最大，除非苗魁有了新发现，否则猎猞的重点区域还应该是被吃掉四只鸡的那片榛窠丛。

金虎放下望远镜开始钓鱼，他希望能钓到一条山鲇鱼。不知为什么，他觉得胡所长很不容易，一颗心几下扯，惦记这个，怀疑那个，上面又来明察暗访，估计觉都睡不好。如果真能钓到一条山鲇鱼，就让苗魁炖了请胡所长品尝一下，也算是一种慰问。

他有点内急，起身到草地里解手。往回走时感到脚下刺溜一下，他以为踩到了野鸡脖子蛇，吓得原地蹦了个高，再看，是一只青蛙，这是一种叫哈什蚂的林蛙，属八珍之列。他忽然就想，若以林蛙为饵，会不会让山鲇鱼上钩呢？

他捡起被踩死的林蛙，提起渔竿，卸下小鱼，换上了这只不幸的林蛙。金虎心里说，能引来山鲇鱼上钩，也不负你哈什蚂的大名了，有些时候，无论动物还是人，都是为了一个虚名而活着。

抛竿入水，金虎想起钓山鲇鱼要在活水里走竿，便起身沿着水流往下遛，走着走着，竿头一沉猛地扎入河里。他以为是挂住了，提竿，感觉很沉，且不断抖动，才知是山鲇鱼上钩了，他双手握竿开始和这条山鲇鱼拔河。山鲇鱼力气很大，在河里蛟龙一样翻滚，几乎要把他拖到河里。他不敢硬拉，一点点在河水中遛着这条大鱼。遛鱼不能逆水，只能慢慢往下游遛。他不知道这条上钩的山鲇鱼有多大，因为他钓鱼经验极其有限，只知道遛鱼急不得，需要耐力，要一点点把鱼的力气耗尽，这如同在雪地里撵野鹿，要像狼一样穷追不舍，最后野鹿耗尽了力气，自己就趴在雪地里束手就擒。他遛出了将近一百米，几次在乱石中跌倒，但手里的渔竿却没有松开。终于，他感到渔竿的另一端不再那么剧烈抖动了，便一点点往河边拖拉。在一块有河沙的地方，他决定收竿，因为再往下走，河水变得湍急起来。他慢慢将鱼拉到岸边，好家伙，一条足有两尺长的山鲇鱼，摇头摆尾，鱼鳍都露出了水面。他知道不能硬提，看到水很浅，便一手擎着渔竿，直接下到水里，单手死死按住了山鲇鱼。山鲇鱼用尽力气做最后的挣扎，长长的尾巴甩起来击中了他的脸，像一记有力的耳光。他忍住了，死死掐住鱼鳃，用力将鱼抛上了河岸。这是一条带有褐色花纹的山鲇鱼，长着很长的胡须。他随身带了网兜，将鱼装起来，提起掂了掂，应该有七八斤的样子。看看表，遛这条鱼几乎用了两个小时，他感到有点累，回到钓鱼处，将网兜扎紧固定好放到水中，然后躺在一块大石头上歇息。遛鱼并不比打猎轻松，他想，这条山鲇鱼也算是鱼中猞猁了，用哈什蚂才能钓上来，口味真刁！

躺在石头上他竟然睡着了，睡梦里他看到了自己苦苦寻找的猞猁就站在河对岸望着他，两耳上的簇毛戟一般竖立着。猞猁目光如电，发出一股蓝光，蓝光是猫科动物发怒的表情，仿佛怒火到了极致会变成干冰。他知道如果没有河水阻挡，猞猁肯定会扑过来锁他的喉。他急忙摩挲身边的红箭，没有摸到，才想起红箭已经销毁，他想从靴子里拔攮子，身子却动不得，知道这是魇住了，他只能和猞猁对视。猞猁身后是茂密的红松林，松林墨一般绿，红色的枝干很柔和，和这只猞猁的凶相形成反差。忽然，猞猁腾空而起，像展翅的大鹏一般压下来，他"哎哟"一声被吓醒了，起身往对面看，背景如梦境一样，只是不见了猞猁踪影。

真是一个奇怪的梦。他想，为什么钓到了山鲇鱼却会梦到猞猁？应该去问问姜大先生，这个梦到底在暗示什么。

他再次起身垂钓，因为没有了林蛙做鱼饵，他没有走竿，坐在石头上闲钓。用蚯蚓做饵，小鱼频频上钩，有船钉子、白漂和柳根。太阳被四方台高高的山影挡住时苗魁回来了，说转了很多地方，没有找到山洞入口。没找到也很正常，原本就是猜测。他指了指网兜，苗魁一看这么大条山鲇鱼，咧开嘴笑了，说晚上就炖了下酒。又说还是问问胡所长，如果胡所长需要就送到派出所食堂去，胡所长有客人需要接待。

回来后苗魁就给胡所长打电话，说钓到了山鲇鱼想送给他。胡所长说，别送了，就在你们食堂炖吧，我过去吃就是，不过等我欣赏一下再炖呵。苗魁说，这样更好，我和老金在食堂等你。

胡所长下班就过来了，换了便装，样子很疲惫，进来就问："山鲇鱼在哪里？我看看。"

苗魁将盛着鱼的大盆端出来，道："这是一枪飙的收获，能钓到这么大的鱼，在咱三林区是头一遭。"

胡所长蹲下去，仔细观察了一番已经死掉的山鲇鱼，还特意扒开鱼嘴看了看。金虎知道他在找鱼钩钩过的痕迹，也许他怀疑这是从鱼贩子手里买来的鱼。但胡所长搞错了，如果是养殖的山鲇鱼不会有这么大，一般都是两斤大小就上市，养这么大再卖就赔本了。胡所长看到了鱼钩钩出的伤口，起身去洗了洗手，问金虎："用小鱼钓的？"

“小鱼不成，这是用一只哈什蚂钓的。”金虎回答。

“哈什蚂，那就是林蛙了，林蛙是受保护的。”胡所长很严肃。

“这个我清楚，是我不小心踩死了一只，就试着做鱼饵，结果真是好用。”

胡所长点点头，“一两只倒也无所谓，要是够数就是个事儿了。”

苗魁把鱼端到厨房加工，厨师姓于，是本地人，擅长烹饪野味，对加工山鲇鱼也有一套。于师傅说可惜没有江葱，要是有江葱，能炖出河豚的鲜味来。苗魁说菠萝沟江葱很多，忘了采。

开席后，苗魁说，上次胡所长带的扎兰屯小烧还有，是不是喝点？胡所长摆了摆手说，免了吧，有上级检查组在明察暗访，酒动不得。苗魁问检查组什么时候撤，胡所长说时间不定，整个行动是三个月，至少要持续到冬天。胡所长还发牢骚说，上级检查组住在县里，什么时候下来也不通知一声，所里干警一直保持临战状态，特紧张。

山鲇鱼炖好了，果然味道不俗，于师傅特意烙了油饼，用乳白色的鱼汤泡黄澄澄的油饼，吃起来简直绝了。

因为不喝酒，三个人吃饭都很快，一锅清炖山鲇鱼加一摞油饼，几乎让三个人给包圆。饭后，胡所长说到楼上办公室坐坐。金虎一听这是胡所长有话要说，不知道又会有什么消息，便跟在两人身后来到二楼苗魁的办公室。

苗魁忙着泡茶，胡所长用牙签很仔细地剔着牙，金虎在沙发上坐下，今天太累，刚才吃得又饱，感觉有点犯困。

茶分好后，胡所长单手将用过的牙签折断放到烟缸里，对苗魁说：“我说两个消息，一个是坏消息，一个是好消息，先说坏消息吧，对不起了苗总，三天后你不能再进山放羊了。”

苗魁愣住了，问：“为啥？”

“检查组正式通知，要求封山禁牧，想放牧，只能到划定的草原，进北障山林肯定不行了，二道河那里不是牧区。”胡所长面无表情地说。

“这个规定只对三林区还是对所有的林区？”金虎问。

“所有林区，而且不是土政策，是上级规定。”胡所长说，“其实，三林区放牧都是零星的山羊，只有你制箸公司成规模，有两百多只，还有专门的羊倌儿。”

苗魁明白了，禁牧这事不是胡所长整的，便说：“不让放就不放，在羊圈里养，可以买饲料。”

“我不关心羊的问题，我关心一旦没了羊可放，一枪飙会干啥去。”胡所长话里带着调侃。

金虎哈哈笑了，说：“那我就当厨子，专门用江葱炖山鲇鱼。”

胡所长没有笑，接着说了那个好消息。上级来了文件，准备在表现突出的辅警中录用一批正式民警，三林区派出所分到一个指标，他觉得这个指标应该在两个猎手出身的辅警中选，不管选中谁，都是对三林区猎手的肯定。

这的确是个好消息，三林区猎手中能出一个民警，是猎手集体的光荣。“我代表不了其他猎手，但我一枪飙要谢谢你，说明你心里对三林区的猎手没有偏见。”金虎说。

“我向来都是对事不对人，”胡所长说，“胖子和麻秆的确比六子敬业，当然，你的徒弟六子也是好人，他特别忠诚，对你崇拜得五体投地。正因为他从不隐瞒对你的尊敬，我觉得他人不错，至少不是个两面派。”

金虎觉得今天的胡所长似乎不那么凶了，那头稀疏的黄头发也不再扎眼，在对待六子的问题上，胡所长的做法完全出乎他的意料。

“好了，两个消息说完，我走了。”胡所长站起身，耸了耸肩对苗魁说，“谢谢啦，我要回去睡个好觉。”

两人送胡所长到街上，胡所长抬头仰望了一下天空，道：“林区的星空格外明亮，一颗颗星星像洗过一样。我当兵的城市是个钢城，想晚上见到星星可不是件容易事，所以我特别喜欢看星星，怎么看也看不够，有时一看就半个钟头。”说完，胡所长走了，步伐很踏实。

“喜欢看星星是咋回事？”看到胡所长走远，苗魁小声问。

金虎道："老辈有种说法，说天上一颗星就代表地上一个人，一颗流星划过，就代表一个人离世，胡所长看星星那是在琢磨人。"

苗魁张大了嘴，没有再说什么。

17

第十七章

刘大牙、宋老三、李库三人同一天被警察抓进了派出所。

六子打电话告诉金虎这个消息时，声音有些变调，说师傅不好了，出大事了，抓刘叔他们的不是胡所长，是检查组。金虎问为啥抓，六子说他们打野鸡，打了十八只。

金虎纳闷儿，怎么三人同时被抓，又是合伙打野鸡，这有点不合常理呀？六子好像正忙，没多说便把电话挂了。

金虎想给胡所长打电话问问，心中犹豫不定，他还从来没有主动和胡所长联系过。但三个好兄弟被抓，他一枪飙焉能不管？

苗魁匆匆赶到羊圈，身后紧跟着食堂的于师傅。于师傅天生秃发、眉毛淡，这让他看上去整个脑袋像个硕大的牛肉丸子。苗魁说了事情发生的原委。

原因出在于师傅家那三亩黍子地上。于师傅靠近山林有三亩黍子地，那里原本是三林区的瓜地，后来承包给了于师傅，于师傅把瓜地改种黍子。于师傅种黍子是为了冬天磨黄米面蒸黏豆包。眼看着黍子成熟了，却遇到了麻烦，成群结队的野鸡从山上飞来吃黍子。为了驱赶野鸡，于师傅扎了稻草人，甚至给稻草人穿上一件破旧的辅警上衣。开始好用了几天，当野鸡发现这些稻草辅警就是个摆设时，便不再害怕了，旁若无人地来吃黍子。于师傅就找到苗魁，想让金虎想个收拾野鸡的办法。苗魁一听便大包大揽，说杀鸡焉用牛刀，赶野鸡这样的小事不用麻烦一枪飙，这样吧，我找刘大牙、宋老三、李库他们老哥仨来办这件事，他们都是三林区响当当的猎手，野鸡都对付不了不叫人笑话？就这样，苗魁没和金虎商量，就带着于师傅到猎人棋牌室来找刘大牙，说了请他们三个猎手出马解决黍子地闹野鸡一事。刘大牙正在加工一把弹弓，听后指指桌上的弹弓说，要是在过去，不用老三和李库，我一把弹弓就中，有多少野鸡放倒多少，但现在不成，用弹弓打野鸡也叫打猎，派出所不允许，不过这事儿也简单，李库不是有网吗，先用网抓到野鸡，然后统统交上去，啥毛病不犯。苗魁问，你这就算应下了？刘大牙说，小事一桩嘛，我这就叫他俩来。

宋老三和李库接到电话很快就来了。宋老三听了情况后说，撵个野鸡多稀松平常的事，用录音机放个打击乐就行了，野鸡胆小，怕鼓乐声。于师傅说打击乐不好使，现在野鸡胆子大，连假辅警都不怕，它们好像知道人不敢惹它们，在地里吃黍子像吃自家食一样，人走到跟前也不飞，有次气得我一脚踢飞一只，那野鸡张牙舞爪还想来啄我。李库说，要是我那杆土铳在就好了，朝天放一炮啥都解决了，不用真打。刘大牙说还是用网，给它来个一网打尽，然后统统送给胡所长，我们也给胡所长出个难题，看他怎么处理这些野鸡。宋老三说，这么干行吗？刘大牙说，怎么不行，这和见义勇为抓小偷一样，抓不犯法，打死打伤才是个事，我们送到派出所说不定还有奖励呢。当然我们也看看派出所是真保护还是做样子保护，他们要是都把野鸡秃噜炖了，那他们说的保护野生动物就是表面文章，下步胡所长再训斥咱，咱就有话说了。

李库表示出担心，说："这么干算不算偷猎？"

刘大牙说："应该不算，咱们为于师傅黍子地除害，逮到的野鸡不占为己有，胡所长没有把柄可抓。"

宋老三觉得这个办法可行，网到的野鸡一只不留，不会有问题。

看李库还在犹豫，刘大牙说："一枪飙有个观点，猎手们议事要三占从二，现在我和宋老三都赞成，你就随帮唱影吧。"就这样，张网捕野鸡的事敲定了。

三人带着挂网兴冲冲跟于师傅来到黍子地，查看一番后决定下午架网，因为野鸡夜间不吃食，觅食主要在早晨和下午五六点钟，赶在黄昏前那次觅食高峰时一举捕获它们。

苗魁和于师傅因为有事回去了，于师傅心里有了底，三大猎手出马，搞定野鸡应该不是难题。

坐在长满稗子的地头，三个名声在外的猎手发起了感慨。刘大牙说："哥几个这辈子不是废了吗？连打个野鸡心里都七上八下，咱可是猎手啊。"

宋老三附和道："形势就这么个形势，谁也没办法。"

李库道："咱算什么？一枪飙那才叫惨，落毛的凤凰不如鸡，当起羊倌儿来了。”

“一枪飙不干辅警，那叫志气。”刘大牙不忘维护金虎的声誉。

宋老三说：“谁都能看出胡所长在和一枪飙斗，我估计胡所长占不了上风，一枪飙败过谁？”

李库点点头说：“一枪飙的话胡所长也得掂量掂量，他去给我要挂网，胡所长还不乖乖给了。”

“等着瞧吧，一枪飙和胡所长之间肯定有好戏看。”刘大牙说。

宋老三和李库都睁大了眼睛，他俩之间有啥好戏呢？一枪飙现在一心一意当羊倌儿。

刘大牙神秘地说：“你们知道一枪飙那只藏獒怎么没的吗？这事肯定与胡所长有关，他一直逼着一枪飙办证，一枪飙顶着不办，结果藏獒没了。”

两人都愣住了，确实，一枪飙的红獒不明不白就没了，谁也不知道咋回事，如果不是派出所动手，谁敢惹一枪飙呢？

说话间，到了架网时辰。对于三个大名鼎鼎的猎手来说，架网捕野鸡是小儿科。他们在西面靠近地头的地方架起网，网支得很高，形成一个半环形的网兜，因为是逆光，当野鸡起飞时不会注意到这种丝网的存在。野鸡起飞不能拔地而起，需要由低向高，仰角爬升，这就给张网捕鸡创造了机会。黍子地垄不长，从东边驱赶，野鸡群起飞自然难逃罗网。宋老三带了鸡笼，李库准备了一大把麻绳，两人埋伏在黍地西头，刘大牙一人留在东头，他提着一挂鞭，估算着时间，只要在东头一放鞭，西边就等着动手捉野鸡。网设得很成功，鞭也放得响亮，一次竟然网住了十八只野鸡，其中有几只雄性七彩鸡特漂亮。李库想带回去养起来，刘大牙没有答应，说那样的话胡所长会找事，还是都送到派出所好，一枪飙说过，咱们无论如何不能和胡所长在事儿上见。

三人将十八只野鸡都装入笼子，收好网，高高兴兴抬着往回走。走到杨树门，被两个穿警服的民警拦住。派出所的民警他们都熟悉，这两人一看就是外地的，见他们抬着野鸡，背着挂网，不由分说就喝令他们举手，逐个搜了身，然后一前一后将他们押到了派出所。

两个民警是上级明察暗访检查组成员，鞭炮声引起了他们的注意，便赶来查看情况，结果半路上遇到了三个满载而归的猎手，他们不相信这些野鸡是往派出所送。其中一个警察对胡所长说，这些人挺会见风使舵，被我们抓住后，说这些野鸡是来送给你的。胡所长一听黄眼珠立马变成了红眼珠，说，这是扯犊子，我啥时候要过他们的野鸡。这些人是检查组抓的，你们审问吧，我回避。两个民警搞清楚这三人都曾经是猎手后，以为抓住了偷猎的重要线索，马上与上级联系，上级要求把人带到县里调查，事情就这么搞大了。

听完苗魁和于师傅的介绍，金虎感到这件事是个大麻烦，检查组很可能想通过这起野鸡案来深挖，挖出一个偷猎链条来。检查组在三林区一直查无所获，他们担心明察暗访走了过场。

“这件事很可能会越描越黑。”金虎说，“也许能向检查组说清楚的只有于师傅。”

“我去派出所讲清楚，难道只能野鸡欺负人，人却不能还手？理上讲不通。”于师傅觉得是自己连累了三个猎手，情绪有些激动，“要抓人抓我好了。”

金虎知道，想化解这个难题还得靠胡所长出马，因为胡所长很清楚刘大牙他们三人没有偷猎行为，心里感叹：还真是事儿上见了。

“今天晚上刘大牙他们三个有家回不得了，”苗魁说，“肯定拘留。”

“我去见胡所长。”金虎说。

“他会给你面子吗？”苗魁问。

“豁出去了，为了兄弟只能豁出去了。”金虎脸色变得很暗。

过了晚饭时间，没心思吃饭的胡所长还在办公室，见到金虎来访，合上翻开的一本卷宗道：“知道你会来。”

金虎点点头，“除了你，我没人可找。”

“这事难办，刘大牙他们被带到县局去了，所里不具备分别羁押条件。不过你放心，唐胖子随车去了，会照顾他们。”

“刘大牙他们真想把野鸡抬到你这儿，哪里有偷猎的大摇大摆不怕人的呢？你该相信他们。”

“我信，可是检查组不信，我也成了他们怀疑的对象。他们一直以为三林区不可能没有偷猎行为，因为三林区有最出名的猎手，之所以没暴露出来，也许是灯下黑，是我这个所长在当保护伞。”

“这是冤枉你了，你抓偷猎的劲头像抽足了大烟，怎么会护着偷猎的。”

胡所长让金虎坐下来，说着急也没用，关键要找到说服检查组的理由，公安工作重证据，空口无凭是扯淡，证据摆出来，就像一塘浑水被抽干，是鱼是虾是蛤蟆一目了然。

“我知道这件事只有你能摆平，罚点款可以，先把人放出来，那里面啥滋味我清楚。”金虎停顿了一下说，“他们三个的家属哭哭啼啼来找我，说本来是不收报酬给别人做好事，却被抓进了笆篱子，整个三林区都要炸庙了。”

“于师傅那块黍子地真的招野鸡？”胡所长蹙着眉头问。

金虎点点头，虽然他没到现场去过，但他相信于师傅说的是实话。

“这样吧，检查组的小赵没走，还在所里，明天早晨你来带我俩到黍子地看看，把情况了解清楚再下结论。”

金虎说：“那就谢谢了，我相信三林区没有你摆不平的事。”

“李库那两张网，还是用在打猎上了，还记得你来找我时是怎么说的吗？”胡所长翻起了小账，“现在看，我当时感觉没错，如果没收不还，就不会有今天这个事儿。”

金虎知道，挂网还给李库后真的没有用过，这次是受人之托，而且又说好了要把野鸡送到派出所李库才拿了网。但不管怎么说，挂网是此次偷猎的工具，即使人能放回来，网也会被销毁。

“一次意外，不该发生的意外，”金虎说，“猎手讲运气，运气差的时候不进山，刘大牙这次运气差到家了。如果半路不遇到检查组，他们就把野鸡抬到派出所来了，不瞒你说，他们还希望得到你的表扬呢。”

胡所长叹了口气，“表扬？这次派出所在考核中被扣分是板上钉钉了，全所辛苦了大半年，叫一笼野鸡给毁了。”

金虎看出胡所长在上火，不知怎么安慰他，谁遇到这样的事都会窝火，这的确是个不好解释的误会，就像你低头系鞋带，恰恰脚下有别人掉的一块钱，系鞋带就成了捡钱。

“明天早晨六点我来派出所接您。”金虎说，“本不想添麻烦，可事儿就是这么巧。”

胡所长站起来，一双黄眼珠盯着金虎道：“知道你不想来，可是为了好朋友又不得不来，要是你自己的事，枪逼到后脊梁也不会来，对吧？”

金虎觉得胡所长是钻进自己肚子里的蛔虫，吃透了他的心思。的确，要是自己的事，打死他也不会来求胡所长，可是刘大牙、宋老三和李库就不一样了，跟着自己混的人遇到了事如果不管，他说话就不会有人听了。

“我挺佩服你的聪明，这是真话。”金虎说。

“我也很欣赏你，但欣赏不代表不能怀疑，不瞒你说，我会对你保持一种警惕，尤其这次野鸡事件让我明白了一个道理——啥事都要从根子上解决。”

“你是后悔当初还给李库挂网？”

“可以这么说，防火最有效的措施是杜绝火种。”

金虎没有反驳，因为胡所长说得没错。

金虎下楼时遇见了苗魁和于师傅，知道两人是来说明实情的，他告诉于师傅明天早晨六点准时来派出所集合，便和胡所长打了个招呼走了。

晚上，似睡非睡中，他脑海里又出现了那只猞猁，猞猁的目光不再那么凶，倒有些戏谑的成分，在他身边跳来跳去，好像在追赶什么。猞猁不见后，红獒出现了，红獒一动不动趴在他面前，静静地看着他，似乎在期待什么。他想唤一声，却叫不出来，觉得胸口发闷，忽然就咳了一声，醒来后觉得自己脑子有点乱。他知道，睡梦中猞猁和红獒同时出现，是在提醒他该做的事不能不了了之。在菠萝沟石头上做过那个梦后，他让六子妈打电话咨询姜大先生，姜大先生说梦到猞猁不预示凶险，但也不是什么吉祥好梦，让他遇事小心谨慎为妙。

猎猞计划放一放是对的，即使摸到了猞猁行踪也要放一放，任何鲁莽行事的后果都将不可收拾。就像这次赶野鸡，明明是件容易事，却惹出了大麻烦。胡所长把话已经挑明，他的一举一动都在胡所长的监视之中，自己若是进去，没人能捞出来。

次日一早，他和于师傅准时来到派出所门口，胡所长头发胡须没有打理。检查组的小赵却很精神，警服十分合体，没有丝毫褶皱，脖子上挂着一架尼康相机。

“走吧，”胡所长说，“于师傅前面领道儿。”

早晨六点，林区的炊烟尚未升起，路旁杂草上挂满秋露，走在田间，几个人的裤脚很快就打湿了，小赵脚上锃亮的皮鞋变得一塌糊涂。有几只笨拙的鹌鹑从草丛腾起，在眼前扑棱棱飞过，不知是谁家的一群小鹅和它们比赛一般也在不远处扭着身体行进。于师傅的黍子地离居民区不足两华里，远远地就能看见一个展开双臂的“辅警”站在地里，“辅警”已经衣衫褴褛，低垂着头，像被人钉在十字架上的罪犯。走到地头，胡所长训斥于师傅：“谁让你这样侮辱警察的？”

于师傅一头雾水，“咋了？”

“你让稻草人穿警服、戴警帽在这儿吓唬鸟？”胡所长很生气，他没想到在他的辖区还会出现这种对警察不敬的事。他看到小赵用相机拍下了这个稻草人。

“哎呀呀，这是个误会，六子妈给我找了套旧衣裳，是六子换下来的，本该丢到垃圾箱里，六子妈说你扎稻草人拿去废物利用吧，我就真用了，没有一点侮辱警察的意思。”

“今天就给我脱下来，”胡所长说，“我回去要收拾六子，脑子进水啦！”

金虎觉得应该转换话题，就劝说道：“我们小点声，你们看，地里是不是有许多黍子在摇晃，那是野鸡在吃黍子呢。”

小赵举起相机，对准地里。胡所长掏出六四手枪，子弹上膛，朝着天空“砰”地放了一枪。这一枪如同往黍子地里投了一颗炸弹，顿时开了锅，只听“呼隆”一声，十几只野鸡腾空而起，先是飞向西面，飞出不远又折回来落到了一片灌木丛山林里。小赵快速按着快门，抓拍了不少照片。

“看到了吧，所长，野鸡再吃几天，这三亩黍子就被吃光了，让我冬天用什么包黏豆包？”

金虎说：“三亩还没完全成熟的黍子至少已经损失三成，野鸡成群，食量又大，那个假辅警根本吓不住它们，如果再不管，到秋就白种了。”

“这不是我能管的事，”胡所长说，“法律就这么规定的，野鸡吃你的黍子可以，你打野鸡不行。”

“现在先不管黍子的事，刘大牙他们咋办？能不能早点放人？”金虎转向小赵说，“赵警官也都拍下来了，确实是野鸡成群结队来吃黍子嘛。”

“我们先回去。”胡所长对于师傅说，“黍子地防野鸡的事好办，你可以牵两条猎狗来，东头西头各拴一条，肯定能吓跑野鸡。”

这的确是个好主意，金虎心里暗暗佩服，如果放了狗在这里，野鸡一降落就会引起猎狗叫，猎狗一叫，胆小的野鸡自然就吓飞了。不过，到哪里去找猎狗呢？笨狗贪睡，毫无警觉意识，野鸡落下来也不会管。

“笨狗行吗？”于师傅问。

“试试吧，”胡所长看着金虎问，“你不是要买黑背吗？怎么还没有买到？”

金虎道：“我准备再买一条红獒。”

“还是一枪飙的套路。”胡所长没头没脑地回了一句。

往回走的路上，胡所长问了黍子地的相关情况，投入多少、野鸡偷吃会损失多少、前几年损失了多少等等。回到派出所，胡所长说他和小赵要到县里去一趟，让金虎分别做做三人家属工作，不要往县里跑，在家耐心等消息，往县城跑也是白跑，毕竟捕获十八只野鸡的事实存在，庆幸的是这些野鸡都活着。

胡所长和小赵开车去了县城。警车开远了，六子系着围裙跑出来，问所长哪去了，早饭还没有吃呢。看到六子这副模样，金虎问他怎么当起厨子来了。六子说自己是内勤，今早食堂大师傅有事，他就鸭子上架当上了大厨，早餐好做，鸡蛋、粥、咸菜和米饭，一会儿就搞定。金虎感到奇怪，六子脚前脚后跟自己混了这么多年，还不知道他会做饭，给七八个警察做饭可不是个简单的活儿。

当天傍晚，三人被胡所长用警车拉回来了，各自匆匆忙忙往家跑，因为家人快要急疯了。于师傅买了些礼品挨家送，表达歉意。三人没有埋怨于师傅，但很后悔办这件事的时候没有告诉金虎。刘大牙说，离开了一枪飙，好事也会办砸。宋老三也说，这事有个环节秃噜扣了，就是没让一枪飙把关定向。李库则说，我的挂网被没收，对不住一枪飙，上回是他给要回来的。于师傅最后来到金虎家，把大家的话传给他。金虎说，这事我也没有好办法，倒是胡所长这个主意好。

"为啥好？"于师傅问。

金虎想了想道："要是红獒在就好了，一獒敌九犬，红獒一声吠，野鸡会屁滚尿流，哪里敢来偷黍子吃？"

"也是，红獒像狮子一样。"于师傅说。

"还有，人打野鸡犯法，狗咬野鸡没事，狗就是一天吃几只也是白吃，因为法律没有禁止狗吃野鸡。"

于师傅心里明白了，胡所长让牵猎狗来保护黍子这是法律允许的举动，当然，猎狗抓住野鸡的概率非常低。

三人安全回来，大家都松了一口气，苗魁打来电话，说是请他到公司办公室坐坐。金虎披上衣服来到苗魁办公室。苗魁一个人在喝啤酒，茶几上已经摆了两个空罐，一盘花生米动也没动。金虎问："怎么喝起闷酒了？"

苗魁将一听啤酒推给金虎，目光直直地说："我在想猎猪计划咋办？"

金虎没有开酒，今天之事像演戏一样，让人哭笑不得。

"现在不仅胡所长看得严，检查组也盯得紧，稍有不慎就会翻船。"苗魁的担心也是金虎放不下的问题，他已经预感到自己每次进山都在别人的掌控之中，而且自己在明处，人家在暗处，这种情况贸然去猎猪无异于裸奔。

"我发现派出所的注意力都在你一枪飙身上，我们可不可以来个声东击西呢？”苗魁喝下一罐啤酒道，“你不出手，只做掩护。”

金虎摇摇头，“三林区我们这几个重点猎手都在人家监控名单里，你找谁都会暴露，这次刘大牙他们仨被抓，更把黑名单做实了。”

“也是，”苗魁点点道，“要不是小占鳌病着，我也不急，可是这孩子太闹人了。”

三听啤酒下去，苗魁有点晕了，他本来酒量不大，加之心情差，酒劲上得就快，舌头明显有些大，“别看胡所长想当猎手终结者，那是吹，真正的猎手终结者只能是你一枪飙！”

金虎摇摇头，自己哪里能当猎手终结者。

“你别不信，三林区猎手打不打猎，就是你一句话的事。”

苗魁还想开一听，被金虎拦住，“不能再喝了，啤酒解决不了问题。”

两人在朦胧夜色里往家走，苗魁腿有些软，金虎扶着他，走到离家还有几十米的时候，迎面走来一个人，到了跟前一看原来是胡所长。金虎感到奇怪，这一天胡所长够辛苦了，这么晚怎么还出来？

“还没休息？”胡所长问。

“喝点啤酒散散心，”金虎说，“也算庆贺你把他们仨给救出来。”

“不值一提。”胡所长盯着苗魁问，“苗总喝多了？”

苗魁是真醉了，他耷拉着头不说话，身子像面条一样搭在金虎身上。

“没菜，干喝，醉得就快。”金虎解释说。

“那就快回家睡觉，”胡所长说，“我再转转。”

胡所长上任后三林区开始夜里有警察巡街，治安效果立竿见影，三林区几乎到了夜不闭户的程度。

就在胡所长擦身走过的时候，苗魁突然说话了：“别老是小瞧人，兔子急了还咬人呢。”

金虎和胡所长都愣住了，此话前言不搭后语，不知他想表达什么。

“苗总真醉了。”胡所长说。

18

第十八章

金虎无论如何也不会想到苗魁会偷偷进山。

当然，苗魁的胆子还没有练到独自去菠萝沟的程度，他有四林区猎手高老大壮胆。

苗魁知道胡所长盯死了金虎，就想另辟蹊径实施猎猞计划。他告诉金虎说要去四林区找姜大先生，没让金虎陪，说带个保安就行，但走的时候保安并没有上车。

这当然是个幌子，苗魁的真实目的是去找高老大，他已经和高老大在电话里沟通好，见面后从四林区方向进山，通过菠萝沟北端然后绕到四方台。

上次苗魁留了一手，他发现了四方台靠近东侧的一片白石砬子下端有一个山洞，与上次金虎看到的大片白石砬子下那个浅洞不同，这个洞可以进人。洞口被一片野葡萄藤遮住，极其隐蔽，洞口能看出有动物出入的痕迹。他没有告诉金虎，因为他断定猞猁就在这个洞里，他已经想好，找一个合适时机叫上高老大，神不知鬼不觉来洞里把猞猁窝给端了。之所以不告诉金虎有两个原因，一个是怕金虎下猎套失手，错过千载难逢的好机会；再一个就是怕连累金虎，金虎视名节如生命，让金虎违背诺言同意用枪，对金虎是个伤害。因为这两点，他去雇了高老大。去四林区前，他把猎枪藏在吉普车保险杠里，这样即便有人查车也无法查出来，除非卸下保险杠。

高老大站在村口，穿一件褐色夹克，配牛仔裤，一条裤腿挽起来，脚上穿一双解放鞋，肩挎一圈绳子，腰里别着一把带皮套的匕首，这模样看上去像个打家劫舍的土匪。苗魁让他赶快上车，因为四林区也可能有明察暗访的警察，一旦被发现会惹上麻烦。

车上，苗魁问："你咋不穿靴子？"

"那玩意儿烂脚丫，"高老大说，"解放鞋防滑。"

从四林区进山苗魁不知道路，完全靠高老大指挥。高老大不愧出身猎手世家，对山里情况透熟，他说有一条毛道可以把吉普车直接开到菠萝沟北头，到了那里，再沿着河边步行就能到四方台。

“你确定发现了猞猁窝？”高老大两眼放着光问。

“十有八九吧，”苗魁说，“四方台上那个隐蔽的山洞应该是猞猁窝，咱们容易瓮中捉鳖。”

“怎么讲？”高老大没听明白。

“山洞入口在四方台，出口却在悬崖上，出口周围没树，全是光秃秃的石壁，猞猁只能从台上那个洞口出入，把住了那个洞口，别说猞猁，就是老虎狮子也跑不了。”

“猞猁不比老虎狮子差，”高老大纠正说，“千万别小瞧猞猁，我父亲就是让猞猁弄残的。”

“我们猎到猞猁，在洞里就地解决，我带着想要的东西与你分头走，如果谁被抓住，就一个人扛，别连累其他人。”苗魁把与高老大商议好的事又说了一遍。

高老大说：“不用啰唆，猎手好比杀手，规矩是宁可自己死，也不会连累雇主。”

高老大这样说，苗魁后颈一阵发凉，没想到高老大还是个道上的人。听姜大先生说，高老大口碑尚可，没有下三滥劣迹，干什么挺讲究，有信用。

吉普车在北障荒野上缓缓驶进，将蒿草、车前子、刺玫碾轧在车轮之下，好在高老大指挥的这条路没有石头，也没有沟壑，吉普车的越野性能得到充分发挥。忽然，车前面出现了一只狍子，狍子看到汽车并不跑，傻乎乎地站在那里看光景。

“冲上去，撞它！”高老大说。

苗魁没有踩油门，车的保险杠里还藏着猎枪呢，一旦发生撞击，枪就会损坏，再说了，进山是为了猎猞，撞傻狍子何用。他说：“算了，撞死狍子也带不回去，还容易把车弄坏。”

高老大说：“你这进口车太金贵，要是212吉普就好了，不怕撞！”

高老大是个要么不说，一说起来就停不住的人，对四林区的情况肚里一清二楚。苗魁问他姜大先生和莫叉玛的情况，对于这两个人，苗魁的所有信息都来自六子妈，想通过其他途径来加以佐证。

“我们三林区有个远近闻名的一枪飙，你们四林区谁名气大？”苗魁问。

“我爹。”高老大张口即说，好像没有过脑子，“因为我爹猎过猞，其他人再牛，也没有敢碰猞猁的。我爹虽然失手，受了伤，但干事情不能以成败论英雄，古代那个刺杀秦王的人不也没成功吗？却成了流传至今的大英雄。”

苗魁知道他指的是荆轲，因为正在上演关于荆轲刺秦王的电影，所以高老大能举出这样一个例子来。

“猎过猞就是大英雄？”

“我爹猎猞的事你肯定听说过，猎猞伤了腿，这事没啥可吹的，我爹的伟大在于他明确了猎猞的规则。在我爹之前，老祖宗只是说猞猁厉害，不要和猞猁死扛，猎手们偶尔还会有动心的，尤其有了快枪之后，猞猁也不是横竖打不得。但我爹猎猞之后，总结了三条猎猞规则，行走在北障的猎手都知道，包括你们三林区的一枪飙。这三条规则很实用，也好记，一是无仇不猎猞。啥意思呢？就是猎猞要师出有名，不能随心起意，没有理由就猎猞有违古训。二是横竖取一头。啥意思？你要是追杀猞猁，遇到猞猁给你留下猎物时，你取了猎物就不要再追，不能两头都要，说白了心别贪，人家已经送礼给你了，你却连礼带人一起要那就过分了。三是猎大须放小。就是说猎猞不能一窝端，应该抓大放小，给猞猁一条生路，因为猞猁太稀罕了，皮毛骨头又值钱，猎手们若都去打，几年就会赶尽杀绝。”

“我们这次来不违反规则吧？”苗魁问。

“不违反，我说了，我们高家与猞猁有仇。”

“四林区还有谁出名？”苗魁接着问。

“再就是刘子厚了，他是我们林区中学的锅炉工，和我是小学同学。这家伙笨得要死，连个猪蹄扣都不会系，怎么教也教不会，谁知道他却教子有方，一儿一女都考上了名牌大学，儿子上了北大，闺女上了清华。我怀疑这俩孩子不是他生的，他那个熊样能培养出这么拔尖的一双儿女来？

奇怪！这小子因为教子有方出名，只要提到刘子厚四林区没有不知道的，他的照片还上了校工光荣榜。很多学生家长到他家取经，希望讨点教育孩子的经验，他也装模作样给人家讲，其实有啥道理可讲？是两个孩子自己用功会学习。”

能听出来，高老大对这个小学同学并不崇拜，人往往都这样，相互太近，容易情感左右理智，得出错误的判断。

“听说四林区姜大先生和莫叉玛很有名气。”苗魁只好自己说出要问的人，因为如果让高老大说，再说出个皮匠、铁匠、喇叭匠都有可能，苗魁可不在乎其他人。

“这俩人呀，云山雾罩的。”高老大说出了一个令苗魁意外的评价。因为高老大是姜大先生介绍给自己的，至少高老大不该说姜大先生的坏话。

“可是，在北障他俩都是名人。”

“墙里开花墙外香嘛，远道的和尚会念经，我们四林区不认，因为我们知道这俩人的底细。”高老大并非酒囊饭袋，有时也会引经据典。

“他俩到底是啥来头？”苗魁关心这个问题。

“姜大先生是唱皮影的，说句公道话，他皮影唱得确实好，拿线也利索，掐着嗓子唱啥像啥。可是现在电视、电脑都普及了，谁还看皮影？皮影戏没人看了，他就干脆学着皮影戏里的人物当起了诸葛亮。诸葛亮是皮影戏《空城计》里的主角，姜大先生唱得好，谁听了都说唱出了诸葛亮的精气神。他不唱皮影后，就学着诸葛亮给人家打卦看风水，因为他会戏里那一套，说的话很多人都信，逐渐就有了名气。外地人不明就里，拿他当大师待，我太清楚他几斤几两了，他对外人说自己前几年在龙虎山拜了一个师父，封闭学习了两年，哪有的事？他最长时间也没有离开过四林区半个月，想走也走不了呀，他老妈半身不遂多年，靠他照顾，他又是个孝子，怎么会撇下老娘到龙虎山上待两年。

“他和莫叉玛是连襟，两人一起装神弄鬼唱双簧，要我说他俩的关系就像獾子和貉子。貉子懒，自己从来不挖洞，獾子勤快，打洞也快，貉子就喜欢蹭獾子的洞来住，所以你在獾洞里常常能逮到貉子。但獾子也不是让貉子白住，挖洞的时候獾子和貉子就相互搭伙了，獾子挖洞，让貉子仰卧，把土拱到貉子肚皮上，然后咬住貉子的长毛尾巴把土运出去。等洞挖好的时候，貉子脊背上的毛几乎也磨光了。猎手看到这样的貉子不会打，因为打貉子是为了要貉皮，磨秃了脊背长毛的貉子不值钱。貉子这叫懒有懒福，丢了毛却保了命。”

苗魁心里暗笑，把姜大先生和莫叉玛比作獾子和貉子有点意思，这不就是成语一丘之貉吗？看来高老大嘴挺黑，不知姜、莫两位哪里得罪了他。

“姜大先生是唱皮影戏出身，那么莫叉玛又是什么出身呢？听说他专治疑难杂症。”苗魁问。

“治是治了，治没治好我不知道，可是他自己得病了却是真的，他对外说自己在闭关修炼，其实是得病了，不敢见人。每次走过他家院子，能闻到很重的草药味儿，他家门前的路口倒满了药渣，没有病喝什么汤药呢？”

“也许闭关修炼需要喝中草药吧，”苗魁说，“给人治病可不是闹着玩的。”

“莫叉玛医道还是懂一些的，他从来不用猛药，都是些平常人吃了用了也没事的偏方。他俩搭伙赚钱，家里盆满钵满，你看他们两家的房子在四林区算不算豪宅？”

苗魁点了点头。的确，姜、莫两家院子都很大，房子也阔气，与周围规制相同的职工住房相比，有点大户人家的样子。林区赚钱不易，居民收入相差无几，能建这样好的房子应该收入不菲。

吉普车在林中兜了偌大一个圈子，来到了菠萝沟北端。停好车，苗魁四下观察了一番，才蹲下身用螺丝刀卸下保险杠，从保险杠里取下用帆布裹紧的猎枪。他没有打开，从后备厢取下一个装渔竿的绿色渔具包，将猎枪放进包里，然后挎在肩上。

“我在前面走，你我保持五十步距离。”高老大说，“一旦遇到有人检查，你就把枪藏起来。记住，只藏枪，包和包里的渔竿要背着。”高老大还是很小心的，不愧是个猎手，有应对复杂情况的经验。

菠萝沟北段要比南段更为原生态，菠萝河水虽不算充沛，却有许多大大小小的水潭，晴朗的日子这些水潭呈现出蓝宝石的颜色，让人很想一个猛子扎进去畅游一番。河两旁是形态各异的石头，有的称得上是巨石，有的却像珍贵的河磨玉。石头缝里没有草，都是白色的细沙，若是赤脚走上去，肯定又软又滑。河谷里点缀着一簇簇红柳，河套边缘生长着许多粗壮的水曲柳，有的高达三十余米，不亚于挺拔的红松。有人走过，按理说一些小动物应该躲避起来，但菠萝沟的小动物好像不怕人。苗魁看见不远处一块圆石上有只旱獭，旱獭半蹲在石头上，两只前爪抱着一个松塔可爱地看着苗魁，没有要逃跑的样子。苗魁知道旱獭皮毛价格不菲，北地人喜欢用它做冬装帽子或衣领，在其他地方，旱獭见到人早就逃之夭夭；在菠萝沟，它却与人格外亲近。

走在前面的高老大突然站住了，苗魁意识到有情况，便机警地蹲在一块大石头后面，从包里拿出猎枪，塞到石缝里藏起来，然后背着渔具包缓缓往前走。他不能到树林去躲藏，一旦被人发现会跟过去，河套里这些大石头就很好，检查的人总不会挨个石头缝里摸吧。

高老大遇到的真是检查人员，但不是三林区的人，是对岸保护区的护林员。对面保护区的人到这边来执法有些越权了，因为三林区和保护区的界河是菠萝河。护林员穿着迷彩服，扎着皮腰带，腰带上还带着好几个黑包包，不知里面装着啥东西。高老大很配合，除了肩上一圈绳子再没带东西，很快被放行。两个护林员朝苗魁走来，苗魁心里直打鼓，不敢正视这两个年轻人。一个护林员问他到菠萝沟来干什么，他回答说来钓鱼，到下游去钓山鲇鱼。护林员让他打开肩上的渔具包，拉开拉链一看，里面是两根玻璃钢渔竿，还有些配件。其中一个护林员说跑这么远来钓鱼，够辛苦的。苗魁说其他地方很难钓到山鲇鱼，附近方圆百里，就菠萝河还有这种野生山鲇鱼。护林员说钓鱼可以，但不能带斧锯，如果盗伐木材，要抓人的。护林员怀疑来这里的人有盗伐嫌疑，毕竟河边这些百年水曲柳是上等木材。护林员没有往北走，而是扭头回返。苗魁故意和他们拉开距离，等看不见人影时，回去拿了枪去追高老大。远远地看到河道一窄处，用两根木头搭了个便桥，两个护林员应该是从这个便桥过来的，又从这里返回对岸。高老大蹲在桥边，捧着河水洗脸。对岸已经不见护林员身影，他看到高老大用一根木棍在撬动什么，撬了好一会儿，搭成便桥的两根松木先后滑落到河中，顺着河水放排了，高老大起身走了。

苗魁来到高老大拆桥处，心里暗暗佩服高老大的智慧。便桥一拆，对岸的人就无法过来了，菠萝河是冷水河，河水冰凉刺骨，谁也不会下河游过来。

两人一先一后来到四方台悬崖下，然后离开河套，钻进林子里从南坡上山，苗魁在前面领路，向记忆里那个充满猎猞希望的洞口出发。谁知在树林里兜了一个圈子，两人又走回了原处。

“你肯定记错了，”高老大叫住苗魁说，“我们兜了个圈，刚才出发时我做了记号，你看这根树枝就是我折断的。”

这一问，苗魁有点发蒙，看看高老大折断的桦树枝，知道自己真的带错路了。“明明记得是这个方向呀，怎么又转回来了呢？”苗魁不知所措。

高老大说：“这样吧，我们边走边在树上留记号。”他抽出腰里的匕首，在身边树干上刮了一块树皮。

“我记着是东南方向，离悬崖不远。”苗魁放慢了速度，一点点按照记忆寻找。他觉得奇怪，上次金虎在下面钓鱼，自己上来下去都很顺利，没遇到任何麻烦，这次和高老大一起走却迷了路，他心有不祥之感。姜大先生说过：和谁在一起，决定你的命运。自己找高老大帮忙难道找错了？从高老大刚才的表现看，此人还是有点本事的。他安慰自己，这事也只有高老大适合做，因为高家与猞猁有仇，能下得去手。

正在寻找间，一只小灰狐挡在了前面，这是一只鼠灰色的小狐狸，经常会跑到居民区偷鸡吃，但无论猎人还是一般居民都不愿意伤害它。历史上那许多关于狐狸的传说在人们心里发挥着潜移默化的作用，使这种小东西在人面前日渐有了优越感。灰狐两眼像黑加仑，嘴巴、眼窝和四爪呈白色，如同唱戏的丑角涂了粉。灰狐龇牙咧嘴想吓退不速之客，甚至做出一个要扑过来的假动作。怎奈这种小东西实在不堪一击，不用刀枪，只要飞起一脚就可将它踢飞。高老大走过来，朝着灰狐蹲下去，这一蹲，灰狐撒丫子跑开了。

苗魁感到好笑，原来灰狐也和狗一样怕人弯腰。

高老大说："北障的猎手都忌讳狐狸，遇到狐狸挡道在我打猎生涯里还是头一遭。"

苗魁心里一颤，他知道猎手忌讳多，但不知道狐狸挡道也是忌讳，能让高老大这种天不怕、地不怕的猎手心里打怵的忌讳，估计挺严重。

这一回没有兜圈子，苗魁找到了那蓬山葡萄。本来秋高气爽的天气，此处却雾气弥漫，好像电视剧里唐僧师徒四人遭遇的盘丝洞一样。苗魁心里嘀咕：怎么与上次不一样呢？难道猞猁会吞云吐雾？

"洞口就在山葡萄藤下，有井口那么大，"苗魁指着那一大蓬山葡萄藤说，"掀开藤子就是。"说完，他将猎枪从渔具包里拿出来，掂了掂递给高老大。高老大接过枪，快速拉开枪栓，举枪单眼瞄了瞄，然后子弹上膛，便转过身，蹑手蹑脚走过去，抽出匕首挑开葡萄藤，露出个不大不小的洞口，雾气正是从洞里散发出来的，带着丝丝寒意。高老大收起匕首，抓了一把洞口的湿土闻了闻，洞中的湿气让他产生了怀疑，一般来说，食肉动物会栖身干燥的地方，洞穴如此潮湿，猞猁不会以此当窝。但从气味和洞口的痕迹来看，确实有东西频繁进出。

看到高老大犹豫不决，苗魁说："要不我先进去，你端枪在后面跟着。""你在前面我怎么打枪？"高老大埋怨了一句说，"把手电筒给我，我下去，你在洞口等着。"

苗魁将手电筒交给高老大，高老大用匕首割下一截绳子，将手电紧紧绑在枪管上，打开开关，手电如同瞄准镜一般照向前方。他双手端枪躬身下到洞里。高老大动作很敏捷，进洞的时候甚至没有剐蹭，他想保留洞口的原貌。

黑暗中食肉动物的眼睛遇光会有反射，只要发现两个亮点，朝着亮点中间射击就是脑门儿，作为资深猎人，高老大对此不会不熟知。他借着手电光亮往前走。洞内空气潮湿，阴森森的，头顶上布满大大小小的钟乳石，脚下却有些泥泞，应该是经年累月雨水从洞口冲进泥土所致，猞猁怎么会在这里栖身？他想，如果有猞猁，也只能是一走一过。走出大概二十几米的样子，洞里除了湿气和腥气，什么也没有，洞口变细并深扎下去，这种垂直下探的角度，人和野兽都无法下去。他估计四方台上的入口与悬崖上的出口并不直接贯通，这个下垂的洞口应该是与地下河相通。他松了口气，端着猎枪转身往回走。快到洞口的时候听到外面“妈呀”一声惨叫，他吃了一惊，知道是苗魁遇到了危险，便快步冲出去，冲到洞口，感到脚踝被刺了一下，放低枪口一照，顿时吓得魂飞魄散，原来洞口有数条野鸡脖子蛇缠在一起，其中一条高高翘起头，正吐着红红的芯子。“坏了，踩上蛇窝了！”他叫了一声，猫腰快速蹿出洞来，发现苗魁正捂着屁股在草地上直蹦。

原来，苗魁看高老大下去后，想起身上还带了那架夜视望远镜，便想下洞去看看。往洞里钻的时候，裤子被洞口一块石头剐了个口子，他试了试，是一块能挪动的石头，便用脚将石头蹬到里面去了。蹬掉石头后，他先进脚，然后往洞里一点点挪身子，不想石头下是一窝野鸡脖子蛇，屁股冷不防就被咬了一口，他惨叫一声退了出来。高老大过来时，因为到了洞口没朝脚下看，也中了蛇一口。

高老大知道野鸡脖子蛇的毒性，他让苗魁褪下裤子趴下，用嘴一点点吸吮血水，直到吮出的全是鲜血才停下来。他挽起裤脚，让苗魁也同样来给他吮，一再告诫别咽下去，咽下去就没命了。苗魁吸吮了几口，因为耽误了一会儿，加上没吸干净，眼看着小腿肿了起来。

“趁毒性还没发作，快走。”高老大说。

高老大原本要系着绳子下到悬崖之眼的，现在保命要紧，顾不上什么猎猞，两人忍住疼痛急急忙忙往沟北头走。回到停车处，也顾不得往保险杠里藏枪，跳上车就往四林区赶。苗魁觉得自己是坐在炭火上开车，屁股像烤熟了一样，疼、麻、燎、烫，各种滋味无以言表。坐在副驾驶上的高老大一言不发，那圈绳子此时用上了，他用匕首又割断一截绳子，紧紧扎住受伤的那条腿，延缓毒血往周身蔓延。车直接开到了四林区医院，高老大自己下车，瘸着腿走进诊室。值班的女医生是个说话尾声上翘的唐山人，和高老大很熟，看高老大这副模样，惊讶地问："这是咋了，输干爪了？"女医生是高老大的麻将牌友，平时喜欢开玩笑。高老大往急诊床上一躺，有气无力地说："叫野鸡脖子蛇咬了，快不行了。"说完便昏了过去。

苗魁向女医生说了情况，女医生说医院有血清，马上就给高老大注射。忙完了高老大，苗魁才对女医生说自己也被咬了。女医生说你被咬了咋还活蹦乱跳的呢？苗魁说高老大用嘴给吸出来了。女医生说咬在哪儿了？赶快处理一下。苗魁不好意思地说咬在屁股上。女医生说别管屁股不屁股了，快脱了裤子消毒吧。女医生给他处理了伤口，也注射了血清，用浓重的唐山口音说，这野鸡脖子蛇好像会打麻将，在你屁股上咬出一张二饼来。

高老大没醒过来，苗魁不能回三林区，再说屁股也受不了。他给高老大和自己都办了住院手续，想在医院陪高老大住一夜。夜深了，他悄悄来到停车场，将保险杠卸下，看周围没人，把枪藏在里面然后上好螺丝，才一瘸一拐回来，扶着医院走廊的栏杆直喘。他忽然感到很饿，眼睛开始冒金星，想了想，他和高老大午饭、晚饭都没吃。尽管饿，却不想吃东西，只想大口大口喝水。他去小卖部买矿泉水，发现小卖部橱窗上贴着一张广告，上面写着这样一行字：小儿夜里啼哭，白天须晒太阳。他想起小占鳌似乎从来没有晒过太阳，心想回去应该试试看。回到病房，看着躺在病床上昏睡的高老大，心里忽然变得很伤感。他拨通了金虎的电话，金虎接通电话，问他到哪里去了，怎么这么晚还不回来，自己开车走夜路一定要注意安全，再说了，那个保安咋没去呢。

金虎一连串的问题把他的眼泪问下来了，他呜咽着说："金大哥，我让野鸡脖子蛇给咬了。"

"咬到哪里？有没有危险？"金虎声音很急促。

"咬在见不得人的地方，我是自作自受。"

19

第十九章

“把那个计划揉巴揉巴揣起来吧，”金虎坐在病房里对苗魁说，“一切等到入冬，等山上下雪之后再做打算，急躁和莽撞万万要不得。”

金虎从三林区赶来，看到躺在病床上的高老大似乎明白了什么。

苗魁能说什么呢？尽管金虎没有埋怨他，但他还是觉得此事办得不妥，自己伤了不说，还让高老大差点赔上性命。

“我们找到了一个山洞，谁知道里面没有猞猁，却有一窝野鸡脖子蛇，蛇在一块石头下面，我蹬掉了石头，蛇就出来了。我原本不该进去，谁知道鬼使神差就想下去看看，要怪也得怪那架夜视望远镜，没那个东西我不会下去。”苗魁显得有些絮叨。

金虎没有问详细情况，既然苗魁瞒着自己进山肯定有进山的原因。他知道高老大，高老大的父亲在林区猎手中小有名气，因为他制定了猎猞三法则，三条看似简单的法则，却是他用两条腿换来的。庆幸的是野鸡脖子蛇虽有毒，却不像蝮蛇那样一口便会致命，苗魁第二天就出院回家，高老大属于过敏体质，加之苗魁吸吮不净，导致反应大了些。

高老大清醒后说：“你们走吧，这里的女大夫会照顾我，打麻将我坐她上家，她表现不好我就不给她喂牌。”

女医生嘴一撇，“皮糙肉厚的，死不了。”

有牌友照顾，苗魁也就放心了，他交足押金，说必须尽快回三林区，估计胡所长已经起了疑心。

回三林区的路上，金虎说：“下雪前别再上四方台了，去一次，猞猁就多一分戒备，如果猞猁觉得四方台不安全，会迁徙到菠萝河对面去。”

苗魁点点头，他在想，如果金虎在现场，一定不会让他进洞，高老大醒过来后说，那么潮湿的山洞里怎么会有猞猁呢？现在看来，那个洞口就是四方台的下水道，根本不适合野兽做窝。

进到三林区，公路上有全副武装的民警在设卡检查，苗魁放慢车速留心观察，发现唐胖子和冯麻秆也在，就鸣了下笛，唐胖子走过来。金虎问为啥设卡。唐胖子说出大事了，昨晚菠萝沟发生了盗伐案，三十棵百年水曲柳遭盗伐。金虎听了暗暗叫苦，这起盗伐案发生，会有很多民警去现场调查，这对于栖息在四方台的猞猁来说，等于家里闯进了许多不速之客。

万幸的是警察没有检查吉普车的保险杠，他们重点是检查后备厢里是否有刀斧电锯。

苗魁把车开回家，下车前对金虎说：“这事真巧，我们被蛇咬，水曲柳遭盗伐，一个白天，一个夜晚，我俩会不会成为嫌疑犯？”

金虎说：“不会，盗伐木材都是一条龙作业，这点胡所长懂。”

“这趟菠萝沟去的，腚上留下张二饼。”

“你该谢谢高老大，他要是不及时把蛇毒吮出来，你小命难保。”金虎说。苗魁下车转到车前，看了看保险杠，然后小声对金虎说：“这事挺磕碜，别让刘大牙他们知道。”

金虎拍了拍苗魁肩膀，转身回家了。

第二天，金虎接到六子电话，说胡所长请他到派出所说话。去派出所的路上金虎心里琢磨，在上级眼里发生盗伐案比盗猎案还要紧，因为山里的名木古树已经不多，像菠萝沟那些百年水曲柳，每一棵都珍贵无比。

胡所长显然是上火了，衣扣也没系，趴在桌子上看一张打印出的彩色卫星地图。金虎进来，他头也没抬就说：“坐坐坐。”然后继续看图，又过了一会儿，“啪”的一声把铅笔拍在地图上，狠狠骂了一声：“操！”

胡所长虽然看上去凶，但从没听他说过粗话，金虎觉得胡所长是真生气了，这个盗伐案发生在上级打击偷猎专项行动期间，这是故意给他上眼药，盗伐和偷猎性质一样恶劣。

“听说了吧？三林区发生了一起盗伐案，就在老子眼皮底下，无声无息，毫无征兆。”胡所长坐下来，黄眼珠变得有些发红，“看来前段时间的平安无事都是假象，越是稳定的表象越容易鼓包，三林区还是出事了。”

金虎不明白胡所长叫他来说这些有何用，自己现在只是个微不足道的羊倌儿。

“你是北障通，有些事我想请教你。”胡所长很诚恳。

“我对打猎的事懂一些，伐木这种事知道不多。”

“我在想，我们换位思考一下，假如，当然我说的是假如，假如盗伐水曲柳的是你一枪飙，你会怎么把木材运出北障？”

问题很突然，金虎从来没想过这个问题，脑海里复原了一下菠萝沟的情景，马上就想到了菠萝河，便回答了两个字：“放排。”

“我们想到一块了，”胡所长说，“只有放排才能躲过公路上的木材检查站。”

“放排并不难，关键是在哪里靠岸，总不能把木头一路放到嫩江吧。”果然，胡所长提出了新问题，菠萝河是嫩江支流，放排的话可以直达嫩江。

“当然不会。”金虎点点头。

“那么你说盗伐者会在哪里将木材靠岸呢？”

“三河口。”金虎几乎未加思索。

三河口是三县交界，河水平缓，在那里用小四轮就可以将木材拖上岸，而且河边不远处就是两条国防公路交会点，平时车辆不多，也没有设卡点。

胡所长又回到地图前，找到了三河口的位置，用铅笔画了个圈。刚才，他想到了菠萝沟进入临县前的两个拐弯处，觉得那两处是木材上岸的最佳地点，可金虎越过了这两处，提出了更下游的三河口。他对三处地点做了比较，觉得金虎说的三河口更有可能，因为在那里靠岸后更适合截段、装车和运输，最关键的是在三河口靠岸等于走出了林区，避开了所有的木材检查站。

“有道理！”胡所长用力点了点头。

胡所长打了两个电话，对堵截工作做了安排，然后走过来坐在金虎对面，“知道我现在有一种什么感觉吗？”

金虎摇摇头，不知道他要说什么。

“如芒在背啊！过去，我一直以为三林区最安全，不可能出现盗伐案，因为派出所的网格化管理很到位，但怎么也没想到，盗伐案还是发生了，把我弄得措手不及，县局领导两次给我打电话，要我限期破案。当然，对破获这起案子我有信心，但我对接下来还会发生什么案子心里不托底。”

金虎明白了，胡所长是指接下来会不会发生盗猎案。

“如果是流动作案，确实不太好预料。”金虎说。

“三林区有五十多个猎手，从某种程度上讲这就是五十多个隐患，”胡所长说，“我好像坐在一堆刺猬上，你能理解吗？”

金虎说：“小心谨慎没错，但也大可不必杯弓蛇影。”

“听说苗魁被蛇咬了屁股，他一个做筷子的，叫电锯割破手很正常，叫野鸡脖子蛇咬了屁股就不正常了。”

金虎暗吃一惊，连苗魁被蛇咬胡所长都知道，这家伙真是神了，事情出在四林区，他是怎么知道的呢？

“你俩一夜未归，能告诉我原因吗？”胡所长严肃起来。

金虎努力放松面部肌肉，后背往沙发上靠了靠，道：“还不都是山鲇鱼惹的祸。”

“山鲇鱼？”胡所长瞪圆了眼睛。

“苗魁去找姜大先生给小占鳌看病，和四林区一个朋友吹牛，说前几日钓到了大个头山鲇鱼，如果拎到集市上卖，一斤能卖一百块！朋友听后非要他领着去菠萝河钓鱼，谁让苗魁没事找事了，只好带着朋友去，谁知山鲇鱼没钓到，两人都叫野鸡脖子蛇咬了，朋友被咬伤脚踝，苗魁被咬中了屁股。说实话，菠萝沟那地方还是少去为好。”

“顾头不顾腚，”胡所长道，“不过你怎么没去？那天你好像就在羊圈转悠了，挺清闲。”

“母羊要下羔，走不开，”金虎编了个理由，“他们去也没叫我。”

“原来是这样，”胡所长说，“不过说句老实话，你不进山，我倒心安；你若进山，我的心便会悬起来。”

金虎知道，自己的行踪躲不开胡所长的监视，苗魁去四林区，他整天就没离开羊圈。不过，苗魁从四林区再去菠萝沟他并不知情，苗魁瞒过了所有人。金虎说：“据我所知，苗魁去四林区原本没有去钓鱼的打算，虽然渔具就在车上，去菠萝沟钓鱼是临时起意，吹牛惹的祸。”

“我怎么觉得苗魁在给谁当线人呢。”胡所长歪着头说。

“胡所长的意思是苗魁去菠萝沟与盗伐案有关？”金虎警觉起来。

“那倒不是，虽然盗伐案件和苗魁去菠萝沟发生在同一天，但我排除了苗魁参与作案的可能，本案应该是外地人所为。”

金虎慢慢平静了下来，胡所长这一惊一乍真让人受不了。他知道胡所长一直在观察自己，这种观察实际上是寻找破绽，一旦找到了破绽，胡所长会像草爬子一样叮进去。

“不过，没有盗伐木材，没有甩竿钓鱼，还被野鸡脖子蛇咬了，苗魁是去那个鬼地方探险吗？”胡所长看似漫不经心，但提出的问题却毫不含糊。

金虎道：“我去过菠萝沟几次，老百姓说的不假，那里石头缝儿到处都有野鸡脖子蛇。这蛇很会伪装，有时就盘在石头上晒太阳，像一朵黑黄相间的花，你若不小心碰到，它会像弹簧一样蹿起来咬你一口。苗魁应该是还没下渔竿的时候屁股就遭了殃，而他那个朋友，估计是走路踩上了蛇。”

胡所长说：“人啊，想错了点子头挨撞，坐错了地方腚受伤，还是循规蹈矩好，制箸公司生意那么好，想三想四去什么菠萝沟呢？”

胡所长给金虎讲了前段时间四林区派出所破获的一起盗猎案。

四林区有个外来走亲戚的年轻人，网名“许大马棒”，据说网上粉丝成千上万，还去过俄罗斯远东地区参与商业狩猎，猎杀过一头棕熊。七月份，他利用来四林区探亲的时机，带着双筒猎枪偷偷潜入保护区，在保护区内他猎到了一头马鹿，并把他和猎物的合影发到网上。那头马鹿脖子上有铝牌，上面有编号，保护区的工作人员通过放大照片上的铝牌发现了线索，并设卡抓到了他。金虎说：“保护区好比上林苑，去那里打猎不是脑子进水吗？”

胡所长说：“你知道他打猎为啥？审问时差点把警察气死。他不是为了吃鹿肉，也不是为了鹿角鹿皮，他是为了拍照发到网上吸粉，结果一头带编号有户口的马鹿被他杀害了。”

“这种事情在国外好像也发生过。”金虎说，“有些人狩猎，就是为了寻找刺激。”

“要我看是为了虚荣，被人吹捧的虚荣。”

“有这种可能。”金虎表示赞同，很多人确实为了虚荣去冒险。

“为了虚荣去违法，看来脑子是进水了，偷猎是什么行为？一个偷字就能盖棺论定，不仅违法，还违背道德！别的地方我管不着，在我的辖区不行，三林区猎手终结者我是当定了。我一向心软，但在收拾偷猎者上我会下死手，我要替那些被残杀的野生动物出口恶气。”

金虎没想到胡所长说起话来蛮有觉悟，不过他不相信胡所长自己标榜的心软，谁都知道他是个狠茬子，对动物能网开一面，对人却冷酷无情，所有被他收拾过的人，见到他都会腿肚子转筋。“当猎手终结者不是件容易事。”金虎并没盲目附和，尽管他知道胡所长这话是说给他听的，“该保护的保护，该捕猎的捕猎，站上人自古以来就是这么做的，没必要为一条野鸡脖子蛇掉眼泪，也不可能割下自己的肉去喂野狼。人胸膛里的心要软，手里的枪要硬，一味地软和一味地硬都不可取。”

胡所长惊奇地看着金虎，金虎敢说出这样一番话完全出乎他的意料，这话明显有点唱反调的意思。他摆摆手说：“得，我知道你在想什么，因为你是一枪飙，自从不让打猎，估计你每天晚上都睡不踏实，人哪，有时候不经历一些事，旧观念的盖头总也不会揭开。”

“这话有点哲理。”

“你怀疑我当不成猎手终结者？”胡所长问。

“当或者不当是你的想法，我想告诉你，有的人容易被终结，而有的人没有谁能终结，能终结他的只有他自己。”金虎不卑不亢。

胡所长耸耸肩，把衣扣系好，戴上帽子，然后说：“也许咱俩只能事儿上见，请你转告刘大牙、宋老三和李库，别干趁火打劫的傻事。我是能同时打赢两场战争的战士，再说了，我是个睁着眼睛睡觉的人。”

金虎琢磨胡所长这话里似乎藏着什么，一时没有接话，六子急匆匆进来，小声对胡所长嘀咕了几句。胡所长说：“老金你回去吧，我找你来就是闲聊，我这里有事要忙，就不留你了。”

金虎起身告辞。路上他想，破案工作这么紧张，胡所长却找他来闲聊，这不符合常理，估计胡所长有了新的担忧，让自己转告三位猎手的话用意很清楚，就是暗示不要趁派出所在忙盗伐案时轻举妄动去偷猎。

金虎来到猎人棋牌室，让刘大牙打电话把宋老三和李库叫来。三个人到了后，他转告了胡所长的话，问大家怎么理解这句话。

李库说：“这话意思很清楚，就是说他对我们放心不下。”

宋老三说：“历史上睁眼睡觉的人好像是三国里的张飞，他睁眼睡觉，想杀他的范疆、张达虽潜入帐中却不敢动手，因为张飞睁着两只圆眼看着呢。没想到张飞睡觉打呼噜，呼噜一响，范疆、张达知道是真睡了，便一刀剁下张飞头颅，连夜跑到东吴去了。”

刘大牙说：“胡所长这是在打心理战，告诉咱们不要动打猎的念头，其实大可不必，哥几个真的金盆洗手了，他疑神疑鬼好没道理。如果真想打猎，他就是睁着眼睡觉也没用，趁他打呼噜的时候就把事办了。”

金虎也觉得胡所长这是敲山震虎，派出所全力以赴查办盗伐案，无暇顾及偷猎一事，他担心这几个老猎手趁机出手，才把自己叫到派出所讲了那番话。疑心容易放大，这东西像恶性肿瘤，哪怕动刀子也很难切干净，他觉得胡所长总是把幻想当现实，把臆测当证据，这样很容易办出冤案来。

刘大牙建议把唐胖子叫来，问问胡所长为啥还在怀疑他们。

金虎知道胡所长和六子出去了，叫唐胖子来一趟也无妨。刘大牙给唐胖子打了电话，唐胖子正在所里和林关查看录像，接到电话骑着摩托很快赶来了，进门就说：“你们不叫我我也想来，有些话想和你们当面讲。”

唐胖子说胡所长昨晚给全所干警开会，讲了三件事。一件说盗伐案的发生是有原因的，近一段时间，全所主要精力用在防偷猎和治安上，给盗伐古树名木的人钻了空子，这个教训是深刻的。菠萝沟的水曲柳、黄菠萝让很多盗贼惦记，贼在惦记，我们却马放南山，能不出事吗？第二件说全所在侦破盗伐案的同时，决不能放松对违法偷猎的防范。上级检查组要到冬季才撤，我们不能顾头不顾腚，偷猎者如果利用我们把力量用在盗伐案件上的时候进山作案，我们就被动了。第三件就是要突出重点人、重点地区。重点人就是一枪飙和上次下网抓野鸡的三大猎手，重点地区是菠萝沟。一枪飙和制箸公司的苗魁总往那里跑，肯定有什么猫腻。三林区大人孩子都知道菠萝沟危险，是蛇窝，那么危险还要去，说是钓鱼，实际干什么还不好说，这里面没有鬼才怪。所长要求干警按照上次分工，继续人盯人，猎手们有什么举动马上向他汇报。

唐胖子讲完这三件事，很为难地望着金虎说："这是把你们当偷猎嫌疑人啦，咋办？"

刘大牙道："被人当贼看，心里别扭。"

宋老三说："这个胡所长，心眼儿怎么像细箩。"

李库无奈地摇了下头，"咱哥几个在他那里有案底。"

金虎不得不佩服胡所长，此人遇事不慌，临危不乱，把工作安排得头头是道，说明肚子里的确有玩意儿。胡所长在这个时候防范偷猎是有道理的，三十六计里不是有趁火打劫一计吗？敌之害大，就势取利，是古人惯用的兵法，派出所都在抓盗伐者，谁还会留意山上的狍子、野猪？这个时候容易发生偷猎案。他看了看三个神情黯淡的猎手说："胡所长怀疑不怀疑是他的事，我们要好自为之，过好自己的日子就是。"

其实，金虎心里也特别扭，天天被人盯梢，就像身上长了尾巴，做什么事都有惊厥感，被监视和被偷窥会给人一种无形的精神压力，哪怕你什么违法之事也没做。

唐胖子说："我有个办法，不知大伙能不能同意。你们可以和派出所签一个东西，叫协议也行，承诺书也可，每人签个名，按个手印我带回去，这样胡所长就会放心了。"说完，唐胖子拿出一张打印好的纸来，还带着一盒印泥。

金虎心里想，唐胖子这是有备而来呀。他没有出声，看众人的表现，估计三人不会同意签名。

李库捏着下巴说："还按手印，怎么像杨白劳似的。"

宋老三拿起那张纸看了看，问："这算啥？保证书还是悔过书？"

刘大牙话更狠："胖子，你这不是卖友求荣吧，拿着大伙的卖身契去铺你升官发财路。"

三人的话有点离谱，唐胖子的脸红一阵白一阵，扭头看着金虎说："大伙想哪去了，我这可是为大家好。"

金虎说："问题是大伙签了名、按了手印，胡所长就不会怀疑了吗？一张纸就这么管用？"

唐胖子没想到自己这个主意没一个赞同，不免有些尴尬，他把那张纸抓起来揉成一团塞进裤兜里，道："就算我没搞，这事我想简单了。"

金虎拍拍唐胖子肩膀说："你想得不简单，承诺书也没啥大毛病，只是我们四个人的枪已经上交，也不再是猎手，如果不犯法，胡所长手再长也管不着，没必要向他承诺什么。"

刘大牙说："是啊，我们向他保证什么？他又不是我们领导。"

唐胖子说："这事不是胡所长要搞的，是我一时心血来潮，和林关商量出来的，字也是林关打的。"

"林关就是负责电子眼的那个警官吧？"金虎问。

"是的，林关是我哥们，我俩一起想出这个点子，林关说要用契约精神来改变警察和猎手的关系，我没向所长汇报，也没和冯麻秆、六子说。"

金虎心想，唐胖子若和冯麻秆、六子说起此事，他俩都不会同意，这种所谓的保证书、承诺书，明显是不公平的东西，没有了猎枪的猎手就是一介公民，凭啥给派出所写保证书？他胡所长又不是衣食父母。但既然唐胖子都说了自己考虑不周，金虎不想再深说此事，他问唐胖子："林警官有什么爱好？"

唐胖子眨了眨眼说："没啥特殊爱好，喜欢上网、喝可乐、看网剧，再就是喜欢吃羊肉串。"

金虎说："等胡所长破了盗伐案，我们给他庆功，让苗总杀只羊烤羊肉串，到时候可以请林警官来，咋样？”

唐胖子笑了，“那还不把他美死。”

金虎让唐胖子回去了，担心所里有事找不到他。唐胖子走的时候向大伙抱拳拱手道：“我是晚辈，刚才的事各位别在意呀，我是给人打工的，说白了就是二警察，望大家理解。”

金虎推了他一下，道：“大伙在一起不是一天两天了，谁不知道谁呀，快走吧。”

唐胖子走后，刘大牙摇摇头说：“胖子变了，变滑了。”

“跟着胡所长那样一只黄狐狸混，能不滑吗？”李库说。

宋老三不同意，“人家麻秆和六子可没变，该啥样还是啥样，过去都说麻秆心眼多，要我看论聪明还是胖子鬼一些。”

金虎摆摆手制止了大伙的议论，“在一起多年的老少爷们，相互担待些吧，唐胖子也有他的难处，他是辅警队长。”

刘大牙从来没有顶撞过金虎，这次却冷冷地说了句：“啥辅警队长，唬人的差事。”

刘大牙的话没错，大家都明白，这个辅警队长就是胡所长一句话的事，上面不在册。

20

第二十章

盗伐案还没有破，林区便进入了冬季。

菠萝沟盗伐案损失百年树龄水曲柳三十棵。三十棵大树不是绣花针，即使截成树段也很难藏匿，偷盗者到底把木材放到了何处，胡所长为此伤透了脑筋。胡所长发动全所力量对周边地区进行了拉网排查，还调查了相邻两县所有的木材加工厂，最终还是一无所获。

金虎发现胡所长是真上火了，嘴角总是涂着紫药水，像大把吃过都柿没有擦嘴一样。

这段时间金虎做了一件一直想做的事，去北镇买回一条小红獒。

这是一只刚断奶的红獒，虎头虎脑，爪子特别大，喜欢前腿并立蹲坐，很有派头。去北镇前，他给那个卖獒的红衣女孩打了个电话，女孩语气不咸不淡，说她家没有，有了也不会再卖给不心疼獒的人。他说哪有不心疼獒的人开车千里买獒的？女孩想了想说，也是，那你就来吧，我从熟人手里匀一只。他特意嘱咐要一只红獒。电话里女孩说，看来你这人还挺有心，就凭要买红獒这一点，这个忙我帮了。女孩果然就帮他买了一只小红獒，价钱也合理。离开狗市时，那个红衣女孩说："要是不想养了，就把红獒送回来，我回收。"金虎说："你是担心我养不起，喂它鸡架吃？"女孩说："你能买得起獒，说明你养得起，问题是怕新鲜感没有了之后，心里就没有它了。我家附近有一只流浪的西施犬，身上的毛都擀成了球，脏得不成样子，看上去好可怜，那一定是狗主人稀罕够了遗弃的。"金虎说："你放心吧，等红獒长大后我会拍照片发给你。"红衣女孩笑了，笑容很甜。金虎想，这真是个少有的爱狗女孩。

小红獒虎头虎脑，吃东西护食，喜欢黏着金虎，金虎走到哪里就跟到哪里，不用牵绳。但金虎还是给它拴了一根可伸缩的绳子，倒不是怕它伤人，主要是考虑幼獒的安全。

金虎在羊圈的一切都在胡所长眼里，包括这只小红獒，红獒的出现让胡所长不安。他私下对六子说，你师傅打猎之心不死，这条小藏獒就是个证明。六子把话传给金虎，金虎道，胡所长弄错了，藏獒在藏区是牧羊犬而不是猎犬。

天气变冷，清晨羊圈的水槽里有了冰碴，小红獒的毛变得厚实起来，派出所的干警也换上了棉衣棉帽，看上去个个壮实了不少。这段时间，金虎也格外关心盗伐案的破案进展。这件事不仅影响到派出所的威信，而且也影响到了三林区的声誉，到外地去遇到谁都会提起这件案子，人们担心的是菠萝沟那些名贵树木是不是能保得住。小占鳌的情况没有变化，依然夜里闹人。苗魁带着小占鳌去省城做全面检查，打回电话说检查一切正常，但心里不托底，想到北京再查查。金虎说，没病是好事，非要查出点事来你才满意？抓紧回来吧。苗魁听了他的建议，说在省城过几天就回。

苗魁在电话里和金虎说起那天在四林区卫生院看到的广告词，金虎认为晒太阳有道理，他听人说两种人一定要多晒太阳，一种是老人，一种是小孩，晒太阳的目的是补钙，缺钙的孩子会哭闹，缺钙的老人容易骨折。苗魁说回去就天天让孩子晒太阳。

小占鳌一天不好，苗魁就受煎熬一天。他一有空就跟金虎唠叨：天咋还不下雪呢？今年冬天来得太晚了，东北的冬天啥时候变得这么磨叽。金虎知道苗魁为啥这样说，因为他决定继续实施猎猞计划的时间节点就是入冬下雪。金虎知道，猞猁帽如同金箍一样套住了苗魁，医院越是查不出病来，苗魁越是寄希望于那顶帽子，在他脑子里，猎猞成功就意味着孩子痊愈。

北障的山林已经被霜染红，山上柞树偏多，一次霜过，柞叶便呈现出耀眼的柿子红。金虎放开牵绳，带着小红獒在树林边慢跑，意在锻炼小红獒的韧性和体力。草地已经枯黄，因为草的种子已经熟落，草地里便有许多觅食的鸟，金虎和红獒跑过，会惊起许多飞鸟。遇到鹌鹑、斑鸠这种飞得又慢又低的鸟，小红獒会跃跃欲试跳起来扑鸟。獒能做出猫的动作，说明这是一只灵活的獒。金虎知道，在犬类专家眼里，獒的智商相对较低，他不懂这个结论是何人凭什么得出的，如果忠诚代表智商低的话，他宁愿选择智商低的藏獒。

遛獒回来，金虎发现胡所长在羊圈门口站着。胡所长穿便装，目光不像以往那般锐利。金虎发现，政府执法部门工作人员工作时一般要穿制服，但领导却可以穿便装，为什么会有这样的规定他弄不明白，其实制服穿在身上挺精神，老百姓眼里的民警不应该是便衣。

“有事？”金虎一边拴小红獒一边问。

“来看看你的藏獒，不错，是条好狗。”胡所长说。

“再好的苗子也需要调教。”

“这话我赞成，看到你天天和藏獒形影不离，就知道你想把它培养成一只好猎犬。”

“错了，不是培养猎犬，我是在培养一只出色的牧羊犬。”金虎纠正说。

“哦，我忘记你一枪飙已经金盆洗手了，是培养牧羊犬，你是羊倌儿嘛。”胡所长笑了笑，话题一转，问，“你是猎手，看问题分析问题很有些见解，你说三十棵直径达半米的水曲柳，怎么就无影无踪了呢。”胡所长说完，点燃一支烟，抽了一口，半天没吐出烟来。

“三河口没发现可疑之处？”金虎一直觉得三河口是销赃之地。

“查了几遍，一无所获。”胡所长说了实话，其实他知道，不说实话也瞒不住，六子会把情况偷偷告诉金虎。胡所长知道六子对金虎好，六子是金虎在所里的内线，但六子不做违规之事，他试过多回，六子做事有分寸，从不阳奉阴违，就是人直了一点，说话办事让人不舒服。

“当一条道走不通的时候，就需要想办法绕过去，别在一个洞口堵兔子。”金虎说，“既然三河口没线索，就不要总盯着三河口了。”

胡所长看了金虎一眼，也许这句话触动了他某根神经，他肩膀抖动了一下，问：“往哪里绕？”

金虎说：“我要是知道往哪里绕，我就成了姜大先生。”

胡所长舒了口气，看了看趴在金虎脚下的小红獒，把手里的烟蒂在羊圈围墙上拧灭，表情变得轻松起来，道：“我来找你是有件事想听听你的意见。”

金虎对胡所长说：“那就屋里坐着说吧。”

羊圈外獒舍旁是羊圈的管护房，屋内陈设简单，靠窗是一面小炕，炕上一领苇席，却没有铺盖。在林区，火炕是家的灵魂，一个没有炕的屋子只能叫库房，因为没法住人，所以再小的房子也有一铺炕。炕上有一炕桌，桌上放着一把铸铁茶壶、两个白瓷茶碗，这里是金虎和苗魁闲坐唠嗑的地方。屋里地面铺着米色地砖，墙壁刮了大白，门对面的墙边有个碗橱，碗橱上面有电水壶、电饭煲、手电筒和一个几乎要生锈的铁质茶叶罐。金虎请胡所长在炕上落座后，把那个茶叶罐拿过来打开，里面是花茶，也不问胡所长喝不喝，就用铁壶泡了茶，然后又回冲了一下，才正式给胡所长筛茶。胡所长端起茶碗，闻到了一股浓浓的茉莉花香，这种茶公务人员很少喝了，但很多年纪偏大的北障人对此记忆深刻，喜欢这种味道。胡所长喝了一口，感觉不怎么对味，如同吻了一个擦着雪花膏的女人，香气过于浓郁。胡所长享受不了这种茶香，放下茶碗道："你喜欢喝花茶？"

"习惯而已，我爷爷和父亲都喝花茶，当年在站上人看来，茶砖、黑茶是家常便饭，花茶才是点心果子。"

胡所长知道，当时条件有限，想喝到好茶的确不易，这不仅仅是个经济问题，很重要的一点是好茶不好保存，辗转运到北障保质期也快过了，不像茶砖、黑茶可以长期存放。花茶也可以久存，花香能延长茶叶的寿命。

"想听我什么意见？请讲吧。"金虎不愿意拐弯抹角。

胡所长递给金虎一根烟，金虎将烟放在炕桌上，说等一会儿再抽，他喝茶时不抽烟。胡所长手指夹着一根烟，却不点，问金虎："派出所三个辅警都和你关系铁，也都听你的话，这一点我清楚，我做什么事情也瞒不过你，对吧？"

金虎想说什么，胡所长摆摆手制止了，"不用解释，这不要紧，三林区大都是站上人后裔，关系盘根错节很正常，你又是三林区有名号的人，年轻人跟着你混我理解。我今天不是来说你们的关系，有件事我想听听你的意见。"

金虎有点疑惑，一向刚愎自用的胡所长什么事会征求他的意见？这是不是一个圈套？他保持一分警惕静静地听下去。

“我告诉过你，所里有一个辅警晋升正式编制指标，胖子、六子和冯麻秆都不错，我一时拿不定主意，想听听你的意见，这个指标给谁比较好。”胡所长说出了来意。

金虎没有马上回答，脑子像陀螺在转。记得前些日子胡所长说这是一个好消息，看来这是到了实际操作阶段。那么，胡所长为什么来征求他的意见呢？正式编制就不是辅警了，而是有警号、警徽的正式民警，这对三个人中任何一个，都是改变命运的大事。他想推荐六子，又觉得冯麻秆也不错，冯麻秆已经被县畜牧公司选做保卫科科长，只是还没操作，应该没有大的问题，因为公司经理是他的好朋友，他已经说了麻秆的家庭情况，公司经理正在帮助借房子。与冯麻秆相比，唐胖子似乎更有可能，唐胖子是辅警队长。忽然，金虎心头好像有只燕子倏然掠过，心里咯噔一下，胡所长已经任命唐胖子为辅警队长了，这不说明已经有了某种倾向吗？那么为什么还要来征求他的意见？他忽然就想起了“二桃杀三士”的典故。自己若是推荐其中任何一个，都会得罪另外两个，他明白了，他的意见不会成为胡所长的决策依据，倒会成为胡所长击破自己与三个辅警关系的一枚炸弹！他觉得后脊梁有点湿，似乎有冷汗在流，胡所长果然不简单，把猎套设得严丝合缝。

“三个人用谁都行，”金虎说，“谁都不会给你掉链子。”

“优中选优呢？”胡所长追问。

“三个年轻人各有长处也各有短处，不好笼统下结论，我倒是有个建议，你不妨出张卷子，让三人考试，你亲自批卷，谁分多用谁。”金虎的回答无可挑剔。

胡所长点点头，“那好吧，公开选拔是个好办法。”

胡所长走了，出门时看到门边墙上挂着两副狼牙夹子，伸出手摸了摸，狼夹已经锈蚀，一看就好久未用，便止住脚步问：“挂它是个念想？”

“不是，”金虎纠正说，“是用来辟邪的。”

胡所长来过羊圈当天傍晚，金虎打电话把六子叫来，六子来时抱了一条小柴狗。六子说小红獒需要有个陪着练习撕咬的伙伴，否则长大了也不敢搏斗，就像练武之人，不经过对练，始终是玩花架子。金虎觉得六子说得对，小狗、小猫、小狼崽都是在玩耍中学会相互撕咬，小红獒独自一个练不成本领。把小柴狗和小红獒放到一块，它们很快就撒着欢儿耍戏起来。小柴狗并不惧怕小红獒，甚至跳到小红獒的后背上去咬脖子，当然两只小狗并不真咬，但看上去像真的打斗一样。

"眼看小雪了，盗伐案还没线索？"金虎问。

六子摇摇头，盗伐案让派出所每个人都抬不起头来，明察暗访偷猎的检查组马上就要撤了，上级领导有话，说林区派出所防偷猎不错，抓盗伐不行，年底要是破不了此案，年终考核只能算基本合格。

"这是对你们所长的一次大考。"金虎说。

"所长说了，哪怕抓不到人，先把三十棵水曲柳追回来也行，可是人和木材连影子都没找到。"

早上胡所长走后，金虎也在想水曲柳被盗伐的事，此事很奇怪，如果从菠萝河放排，三十根木头只能在三河口上岸，其他地方不具备运输条件，但三河口找不到运输木材的蛛丝马迹，这事便有些怪异。其实，金虎对盗伐案的关注程度不亚于胡所长，盗伐那些百年水曲柳，等于挖了他的心头肉，静下来的时候他常常冥思苦想这起案子。昨天，苗魁无意中提到他和高老大在菠萝沟曾遇到两个保护区林管员的事，还说高老大把便桥给拆了。他脑子开始打转儿，保护区的人到河这边干什么？忽然他想，会不会木材没有运走，而是在山上就地藏匿呢？盗伐者也许想等到风头过去，大雪覆盖，再用爬犁往外运。如果真的这样，在菠萝沟盗伐，木材能藏匿在哪里？下游没有，上游不可能，西面是悬崖，那么只剩下了东面。想到这儿，他一拍大腿，木材一定藏在了保护区，因为最危险的地方往往最安全。金虎没有对胡所长说这一判断，他希望把这个立功机会给六子。

"我估计三十棵水曲柳没外运，你可以建议胡所长到菠萝河对岸保护区搜查一下。"金虎说。

"保护区从来没进去过，那里不归我们管。"六子说。

“正因为不归你们管，才需要去搜一搜。”金虎说，“说不定那些水曲柳就藏在对岸哪条沟里呢。”

六子说：“您这么一说我觉得有道理，明天我就和所长汇报。”

“这个意见他会听，思路一变，说不定会柳暗花明。”金虎说，“不过你别说是我告诉你的，就说是你的建议。”

“为啥？”六子很不解。

“为了一个人的自尊。”金虎笑了笑。

金虎又问了唐胖子和冯麻秆的情况，六子说这俩人挺认真，天天盯着猎人棋牌室，这几个月刘叔他们连山都没进过，和他俩盯得紧有关系。

“你呢？你不也盯人吗？”金虎问。

“我才不当特务呢，我就是隔三岔五给李叔打个电话，问他有没有我要帮助干的活儿。李叔知道我问他的目的，人家不给我找麻烦。”

金虎笑了，六子遇事也挺动脑子的。

去省城给小占鳌看病的苗魁回来了，他把金虎叫到办公室，将一摞化验单摊在茶几上给金虎看，说做了全面检查，孩子身上不缺任何营养元素，各项指标正常。这个结果出来后他给姜大先生打了个电话，姜大先生说幼儿癔症是查不出来的，你不用查了，只要弄到猞猁帽一切就会好。姜大先生还提供了一个情况，说莫叉玛闭关修炼到了分离转换期，猞猁帽最好抓紧弄，戴上有什么反应好与莫叉玛说，等莫叉玛不理俗事的时候再说就迟了。

金虎有点糊涂，“什么叫不理俗事？”

“这个我问姜大先生了，他说莫叉玛一旦修炼圆满，就不再看这些鸡毛蒜皮的俗病，要看的是家国大事、人生命运。”

金虎差点笑出来，看苗魁一副认真的样子才强忍住没有笑。上次姜大先生说修炼三个月，这时间快到了，看到时候莫叉玛能不能脱胎换骨吧。他说：“大医院检查没事你就放心好了，猎猞之事我心里有谱，时机一到我自会行动。”

苗魁问：“你有把握吗？”

“感觉它就在那儿，在那儿等我，等着我较量个高低，前几回是它占了上风。”

“它好像明白你的设套原理，能躲开触发点。”前几次失手，苗魁也在思考，打猎这样的事谁在明处谁吃亏，“不行的话就用枪，你一枪飙的长项是枪啊。”

金虎摇摇头，“绳子不比枪差，用一根绳子猎到大山之灵，那才算真本事。”

苗魁暗暗叫苦，金虎坚决不用枪有点凿死卯，打猎把工具分得那么清干吗？不管白猫黑猫，把耗子逮到手才是好猫，用猎套已经损失了几只鸡，如果再损失几头羊，那就不是猎猞而是喂猞了。但苗魁知道自己说服不了金虎，有了上次被蛇咬的教训，他自己也不敢贸然行动，只能等机会。让他心里妥帖一点的是，金虎一直没有放弃猎猞，现在已经入冬，估计等了几个月的金虎也快出手了。

“猎猞的最好季节是冬季，”金虎说，“尤其雪后，猞猁再狡猾也不会自己抹平足迹。”

“那我就等着了，所有的希望都在这个冬天，”苗魁说，“不过悬崖南端那两个山洞别考虑了，洞口周围光秃秃的，猞猁没法进出。”

“你说得对，”金虎夸奖道，“你已经学会观察了，猞猁藏身最大的可能性在那道悬崖裂缝处，我们设套最佳地点还是那片榛窠丛。打猎，第一感觉是黄金，最初的判断往往是最正确的判断，更何况在那里我们已经损失了四只鸡。”

苗魁知道，金虎一旦认定的事情就像猎狗咬住了兔子很难松口。他很庆幸金虎没有关注悬崖南端所谓的悬崖之眼，那两个洞其实就是迷惑人的两个圈套，谁进去谁倒霉，野鸡脖子蛇与猞猁无法和平共处，猞猁根本不可能把那里当窝。那片榛窠丛确实是一个适合设套的地方，榛窠丛下那条通向悬崖裂缝的浅沟，应该是猞猁行走的路线，金虎的选择没错，连失四只鸡不是猞猁所为又能是什么。他担心的是一旦发现猞猁而猎套又套不住，再度失手后猞猁迁徙就前功尽弃了。总之，下雪后这次猎猞无论如何不能失败。苗魁也分析过，忙于破获盗伐案的胡所长不会有更多麻痹的时间，猎猞的空当极其有限，必须抓住机遇，一举成功。

“你只要记着有个猎猞计划就行，我是怕你忘了。”苗魁说。

“有小红獒在想忘也忘不了，”金虎说，“你没看小红獒的眼神吗？像先前那只红獒转世一样，它那么黏我，每天看到它我心里就会想到楸子树下那个坟包，就会想到那只猞猁正虎视眈眈盯着小红獒。我发过誓，哪怕我被猞猁咬几口，也要确保小红獒的安全。”

“猞猁不会来羊圈了，上次不是有猞猁崽在嘛。”苗魁说，“有时候我挺后悔，那只猞猁崽要是养到今天也成年了，我们哪用费这么大的劲来猎猞。”

金虎摇摇头，“你要是真把猞猁崽养大，还会忍心杀它、剥它的头皮？”

苗魁心想也是，真要是当成宠物养大，怎么下得了手杀它？

小雪前一天，六子打来电话，说师傅你真神了，盗伐案破了，被盗的水曲柳果然就在保护区里。

冯麻秆兴冲冲来到羊圈旁的管护房，说胡所长带人在菠萝河对岸的保护区里发现了被树枝掩盖的三十棵水曲柳，然后顺藤摸瓜，抓到了盗伐者。罪犯原来是保护区雇的几个临时工。他们不敢在保护区内作案，便瞄准了对岸的水曲柳，盗伐后把木材拖过河，藏在林中一条沟里，等待冬季再想办法运出去。

快要把派出所压垮的盗伐案告破，让所里每个人都松了一口气，胡所长甚至当着全所干警的面流了眼泪。

冯麻秆还告诉金虎一个好消息，县畜牧公司招他当保卫科科长的事定了，房子也给借了，年前就去上班，他还没来得及和胡所长说。他猜测这一切都是师傅在帮忙，因为那个叫马达的经理说话间总是提到金大哥，说当年下乡的时候跟金大哥在北障打过狼。金虎说：“树挪死、人挪活，县城里的机会更多，但不管走到哪里，心里都要装着北障，北障才是能扎根的地方。”冯麻秆说：“胖子这段时间性格发生了变化，办事说话有点云山雾罩，不像师傅您带出的猎手了。”金虎沉吟片刻，说：“人各有志，由他去吧。”冯麻秆告辞时金虎拍着他的肩膀道：“记住，到啥时候都别忘了自己是个猎手！”

冯麻秆走后不久，唐胖子来了，也告诉金虎盗伐案已经破获的消息，说明天所长去县局汇报案件破获情况，县局电话通知说准备开个总结会，表彰破案有功人员。金虎问都谁有功，唐胖子说这就是所长一句话了。

金虎在收音机里听了天气预报，林区明天普降大雪，他问唐胖子能不能明晚请林警官喝酒。唐胖子眼珠转了几圈，明白了金虎的意思，就大包大揽定下来，说明晚请林警官到他家吃土豆炖大鹅，林关说过几次想吃土豆炖大鹅，明天一早就去买只大鹅，让媳妇给炖上，晚上他和林关好好喝一顿，算是庆贺盗伐案侦破。金虎从柜子里找出两瓶剑南春，说这是陈年老酒，下口柔顺，让唐胖子把酒带上，请人家喝酒要大方，别太小气，除了土豆炖大鹅之外再炖条鱼。但金虎没有给唐胖子买鹅和鱼的钱，他知道唐胖子不会要，给两瓶好酒就可以了。

“明天晚上我和林关一醉方休，就是天塌下来也不管它了，紧张了好几个月，该彻底放松一下。”唐胖子说，“胡所长小气，我要是所长，就在食堂搞一次庆功宴，让大伙喝个痛快。”

“这么大的事确实值得庆贺，”金虎说，“压在三林区人心头的一盘磨掀掉了。”

金虎问唐胖子：“派出所那么多民警，为什么你只和林警官关系好，总是请林警官吃饭。”唐胖子说：“林关姐夫是县局政工科科长，管人事，连胡所长都高看他一眼。此外，林关没架子，不说粗话，待人和气，不像有的民警把辅警当农民工使唤。”

唐胖子还向金虎提出一个请求，有机会劝劝六子和麻秆。唐胖子说这段时间指挥他俩有点不灵，都是好朋友，他又不能向所长打小报告，但总这么下去可不行，他这个队长很没面子。

金虎说，你们都是三林区人，别搞窝里斗，免得让人笑话。他答应唐胖子过两天召集三人一起到猎人棋牌室坐坐，有些话要说开，总是疙疙瘩瘩不好。

金虎问："明晚请林警官喝酒要怎样解决电子眼问题？是不是可以暂时关闭？"金虎本不想问，但他觉得唐胖子变得有点滑，还是敲钟闻响才托底。

唐胖子信心满满地说："我让林关把山里的电子眼都关掉，明天晚上电脑不储存任何信息。"

"他会听你的？"

"会的，一定会听，"唐胖子说，"你想想，如果设备维护没录上，林警官啥毛病没有，电子眼完全可以因为没电或操作失误而罢工，你看谁家因为电子眼出现故障处理人了？但是如果电子眼好使，你不去查看，那就是个事了。所以我想吃饭前让林关只开着路口的电子眼，山里的干脆一律关掉，免得有麻烦。"

金虎不得不佩服唐胖子的鬼主意，的确，监控坏了谁也没办法，机器不是人，总不能追究机器的责任吧？再说林警官主业是户籍，监控电子眼乃分外工作，与渎职无关，设备检修、充电、升级都需要关掉，这些设备上的问题想必胡所长也不一定懂。

"他会不会怀疑你？"

"应该不会，林关对我印象相当不错，说我这个辅警很快能转正，将来可以和他一起调到县局，说我特别适合做后勤工作。我发现林关除了我之外也没有朋友，这个朋友我交定了。"

金虎没有再问什么，唐胖子分析问题头头是道，听起来很可行，关上设备是免责的最好选择，这姑且也算眼不见为净吧。

21

第二十一章

小雪这天清晨，北障果真下起了雪，下得很大，雪片纷纷扬扬，漂白着天地间的一切。从早晨到黄昏，老天甚至没有歇口气，下午三时，金虎从炉火正旺的羊圈管护房出来，看到地上的雪已经深及脚踝，北障一片苍茫。他深吸一口气，单手接住几片雪花，趁雪花未化，鼓起两腮将雪花吹走。

雪刚停，便有些野兔跑到村民院子里觅食，引来狗吠。

夜幕在徐徐拉上，杨树门两边的路灯亮了，这是林区在胡所长建议下刚刚安上的路灯。本来就雪霁月明，再配上两盏大瓦数LED灯，杨树门的雪地被照得白昼一样。金虎望着朦朦胧胧的北障自言自语："是时候了。"

苗魁拎着一个保温饭盒深一脚浅一脚走来，他带来了新煮的猪肉酸菜馅水饺。

苗魁说："占鳌今早朝我笑了笑，笑出了酒窝，我估计这是好兆头，一定是老天开眼了。"

金虎边吃水饺边说："你包饺子是想给我发脚吧。"北障民间有个传统，猎手进山打猎或丈夫出门，媳妇要给包饺子吃，意思是发脚，走得顺。

苗魁笑了，道："不是下雪了嘛。"

"天赐良机，不能错过。"金虎一口吞下一个水饺，饺子很香，只是肉多菜少，酸度不够。

"我们今晚进山？"苗魁小声问。

"当然，"金虎说，"但你不能去，你有企业，企业不能没有老板，不像我，我轻手利脚。"

金虎的话不无道理，尽管很不情愿，苗魁还是要服从金虎，他也知道自己进山不但帮不上大忙，还容易暴露目标。当然，苗魁有苗魁的想法。

金虎反穿一件羊皮袄，戴一顶貉皮帽，这是祖辈狩猎的装束。反穿皮袄容易雪地藏身，貉皮帽可以伪装成猎物同类。然后在羊圈里抱了只小羊羔出来，小羊羔不知道主人带它去干什么，很不情愿地挣扎着。金虎给它绑住四蹄，然后像抱孩子一样抱在胸前。

“别怕，”金虎拍拍羊羔的头说，“我会保证你的安全。”

为了掩人耳目，金虎让苗魁驾车将他拉过杨树门，在远离居民区的地方悄悄下了车，然后再经过路边的次生林带深入北障。这么做是为了以防万一，虽然胡所长去了县局，林关又关闭了电子眼，但他觉得还是小心为妙，万一胡所长交代别人监视自己呢？下车前他告诉苗魁，最好将车开得远一点兜一圈再回去，回去后要把羊圈管护房的灯开着，炉子不断续柴，让烟囱至少冒烟到半夜，造成一个雪夜在羊圈守护的假象。长时间被监视，金虎无师自通有了反侦察经验。

金虎进到山里，往回拐了个弯去了那棵楸子树下，红獒的坟已被白雪覆盖，他在那里默默站了一小会儿，然后低声说：“给我加把劲，我能行的。”

大雪掩盖了原本凹凸不平的山地，走起来不敢把脚落得过实。跋涉的小心比不上躲避电子眼的担心，金虎不得不留心每一个可疑的树杈，有时看见一个黑乎乎的东西，心惊胆战绕过去一看，结果是个树瘤。他就这样小心翼翼地前行着，直到唐胖子发来短信，说他和林关正在开怀畅饮，让他放心，他提着的心才放下来。短信里说，没有买到大鱼，只买了几斤泥鳅，做了个泥鳅炖豆腐。

有唐胖子交底，金虎不必在意电子眼，甩开大步直奔四方台。

月色里他看到了许多觅食的野鸡，一处山泉边的椴树上甚至落满了飞龙，雪地上不时可见野猪、狍子的足迹，足迹很新。看到这些足迹他有种久违的冲动，沿着这足迹追下去，不用很久就能追上猎物。但他不能驻足，好猎手最重要的素质是专注，今夜目标是那只猞猁，就是遇到鹿群也万万不可分散注意力。

虽然到四方台并没有路，可对于他来说却不是问题，几乎闭着眼睛都能摸到四方台南坡。他有点后悔，进山前忘了嘱咐苗魁照看好小红獒，大雪之后野兽觅食困难，说不准会有野狼盯上羊圈。

他行走很快，到达四方台比预计时间提前了将近半个钟头。站在黑白两色的四方台上，金虎头冒热汗，气喘吁吁，他把貉皮帽盖到胸前的小羊羔身上，小羊羔很老实，将头埋在帽子里，紧紧依偎着他。大雪覆盖的四方台格外静谧，原始森林固有的童话氛围被大雪渲染得愈加浓重。他摸了摸靴筒里的攮子，这是唯一的防身武器，关键时候要用上的。他抬起头四处打量，忽然在一棵柞树树杈上发现了一个电子眼，他暗暗吃惊，看来胡所长早就注意四方台了，前几次来的时候，还没有这个装置。电子眼没有红灯闪烁，估计已被林关遥控关闭。他松了口气，唐胖子还真有本事，把个林警官哄得说啥听啥。金虎对林警官没什么印象，只知道这个白白净净的小伙子戴一副眼镜，警服穿在身上不怎么合体。转身离开电子眼，他的目光停留在远处那片嶙峋的小石砬子上。夏季因有树木遮挡，这个石砬子并不醒目，冬季树叶落尽，这个灰黑色的小石砬子就在白雪中凸显出来，像雪地里卧着一群野猪。他走过去想歇一歇，刚才走得急，又抱着羊羔，胳臂已经麻木了。雪地上没有足迹，他断定石砬子下不会有猎物。他甚至想，如果真有猞猁扑出来，他就与猞猁肉搏一番，虽不能保证徒手制服猞猁，但他靴子里有攮子，狭路相逢勇者胜，不信这家伙会有三头六臂。搏斗才有快感，如果一枪击倒对手，复仇的过程就变得乏味，若能徒手打败猞猁，那么他将创造北障又一个奇迹——赫赫有名的一枪飙从此转型成徒手猎猞的林区武松。那个时候胡所长会怎么看？恐怕黄眼珠就会变成蓝眼珠了。

他放下小羊羔，坐在石砬子上，从包里掏出那个双排刺项圈戴在脖子上，猞猁和狼这种猛兽首先会攻击人的脖子，有了项圈可以保命。他摸了摸脖子上的项圈，上面的狼牙钉密集尖锐，以牙克牙，这是谁的发明呢？体力恢复，他起身去抱羊羔，忽然“刺啦”一声，裤子被剐开个口子。他觉得晦气，朝石头上跺了一脚，石头发出“硿”的一声，他感到奇怪，弯下腰仔细察看，原来石头下面有个洞。他小心翼翼地趴下来用手电朝洞里照，洞大约两米深，一步宽窄，半人高。从里面已经风干的粪便看，有点像猞猁窝。他心里一阵狂跳，再看，里面一些啃食过的骨头没有新茬，尘埃的厚度说明这个窝已遭废弃。他站起来，望望东面黑黢黢的保护区，心想，猞猁会不会带着幼崽迁徙到对面保护区了呢？他疑虑重重地来到那处设套的洼地，落叶后的榛窠丛变得稀疏起来，被榛窠环抱的那块不大的空地雪光耀眼，连鼠类的足迹都没有。他抱来小羊羔，把羊羔固定在洼地中央，将设好的猎套用雪埋起来，然后用手轻轻把雪抚平。做完这一切，他退出榛窠丛，来到那个通向悬崖的沟口处。这些日子，他一直觉得上次套住狼的这个沟口是下套的绝佳之处，尽管小沟不过两步宽，深也不能齐膝，但是，上次这家伙就是从沟里逃走的。小沟里有几道足迹，从爪印可以判断这是食肉动物留下的。他觉得自己的预感是对的，猞猁窝也许就在悬崖的缝隙里，那里对于人来说很危险，但对于善于攀爬的猞猁却不是问题。他记得上次那个月夜，这家伙跑到悬崖边就土行孙一般消失了，不躲到悬崖上还能去哪里呢？

今夜又是个月夜，看你还能不能逃得了！

雪夜里在坡度很大的悬崖边下套是一步险棋，一则没有掩饰物，猎套容易暴露；二则位置太险，一旦失足会顺坡跌落悬崖；再有，一旦套住猎物，如果吊在悬崖上，如何取下猎物也是难题，夏季套的那匹狼当时就挂在悬崖上，费了好大力气才拉上来。权衡再三，他还是决定走这步险棋，因为一旦榛窠丛的猎套失手，只能靠这个卡点来兜底。

他用结实的白色尼龙绳设了个暗套埋在雪下，将引绳固定在远处一棵黑松上，黑松根系深，能牢牢地抓住石缝。他回头看了眼羊羔，心里有些不忍，应该给羊羔带点吃的，饥饿的羊羔容易被冻死。他去林中想薅些干草给小羊，但雪太深了，草都被埋住了。被绑住四蹄的小羊咩咩叫了几声，黑眼珠望着他，一副可怜状。他抚摸了一下小羊的头，“别怕，就一个晚上。”他脱下羊皮袄，倒退着用皮袄将所有的脚印痕迹抹平，一直退到林子里。

夜已渐深，大雪后的北障像连绵的巨大的棉桃垛，看上去弹性十足。等着好戏上演吧，他对自己说，成败在此一举。

他找到上次栖身的那棵老柞树，在树下雪地挖出一个雪窨子，反穿皮袄，低扣貉皮帽子，卧在那里等待猎物出现。七八分把握还是有的，他想，大雪封山，猞猁捕食不易，又有小猞猁要喂，闻到羊羔味道不会无动于衷。他唯一担心的是有狼半路杀出来，但这个担心被他自己否定了，猞猁这种独行侠活动的区域，狼会退避三舍。

听老一辈说猞猁能杀死狼，但没有人见过这个场面，但狼遇到猞猁会远远地躲开这是事实，猎手们猜测，狼怕猞猁的原因是猞猁能一招制敌。狼喜欢撕咬，擅长穷追不舍，特点是死打烂缠，一般是等猎物筋疲力尽才会下口。猞猁则不然，猞猁擅长伏击，冷不防从天而降一口咬断猎物的脖子。与猞猁较量，狼找不到北，所以最安全的选择就是躲避。

气温骤降，小羊羔被冻得咩咩叫个不停。他心里可怜这只小羊羔，觉得自己有点心狠，拿一只小羊羔当诱饵是不是过于残忍了？自从当了羊倌儿，他就不再喜欢吃羊肉、喝羊汤。他对苗魁说这些小尾寒羊卖掉可以，自己宰杀不行，尤其不能在羊圈宰羊。苗魁说咱公司养羊就是为了吃，卖钱是次要的。他说不反对吃羊，只是看到朝夕相处的羊被宰杀心里不是滋味。苗魁说，你可是一枪飙啊，倒在你枪下的飞禽走兽多了去了。他说，正因为这个我才金盆洗手了。他知道苗魁不可能卖羊，他已经想好，等苗魁处理这批羊的时候，他就带着小红獒去北镇住几天，让那个红衣少女看看红獒，算是对小姑娘一个交代。其实，金虎不喜欢吃羊肉并非突然，是杨辣子那头黄牛让他产生了联想。黄牛为什么要冲撞杨辣子？一定是黄牛绝望了，我给你耕了一辈子田，到头来你却要把我杀掉吃肉，这是多么冷酷无情的做法！万物皆有灵，谁晓得黄牛是怎么想的？有的耕牛在进屠宰场之前会流泪，有的甚至会给主人下跪，这该怎么解释？人是有感情的，人的感情和动物的感情肯定有相通的渠道，要不怎么解释狗对主人的忠诚？他和这群小尾寒羊相处虽然只有半年，但觉得这些羊就像自己的孩子一样，怎么忍心吃它们的肉、喝它们的汤？他还记得小时候语文课本中有篇文章，是写草原上一对小姐妹为了保护羊群而被暴风雪冻伤的故事，小姐妹这是把羊当成了伙伴看待。他理解小姐妹的感情，人和羊相处久了，羊已经不是单纯的羊，它就是你的兄弟姐妹。因为这种想法，金虎不再喜欢吃羊肉。有一次六子请他到燕子饭店吃饭，上了一盘羊排，老板特意说这是制箸公司养的小尾寒羊，吃起来不膻。这顿饭他没动那盘羊排，饭后甚至有点反胃。金虎已经得出一个结论，自己喂养的牲畜不要去宰杀，它那么信任你，你却害它性命，怎么说也说不过去。也许那头待宰杀的黄牛在冲向杨辣子时就是为了复仇，也许是真的疯掉了，这种举动至少能说明点什么。

人卧雪中，脑子里像有雪花在飞，他想此时的林警官也许已经进入微醺状态，林警官这个名字很怪，林关，闯关夺隘可不是件容易事。那么，唐胖子扮演的是一个什么角色呢？他心里有点讨厌唐胖子，但又觉得唐胖子在用心帮自己，这种矛盾心理像拿着一块沾有灰尘的雪糕，吃不得，扔了又不忍心。

时间过得很慢，四方台的冬夜静得有些吓人，只有小羊羔偶尔发出咩咩叫声，叫声不大，却十分真切，以往的虫鸣鸟叫都不见了，悬崖下的菠萝沟也悄无声息，四方台好像在大雪的覆盖下进入了冬眠。恍惚间，他眼前出现了那只猞猁，奇怪，猞猁的目光没了想象中的凶狠，变得柔和而哀怜，似乎想乞讨什么。他对猞猁说，你救子心切可以理解，为什么要杀死红獒？红獒还没成年，又被拴着，对你构不成威胁呀。猞猁不回应，扭头走开，不一会儿，叼着一只七彩锦鸡返回，将锦鸡放在雪地上，再次弱弱地看着他。他摇了摇头，想贿赂我？没用，我说过要用你的利齿来祭奠红獒，这对红獒是个交代。猞猁听后扭头走了，再也没有返回。他想起身去找，忽然一下醒过来，原来是梦。他揉揉两眼，刚才的梦太真实了，尤其猞猁那眼神儿，软软的，抓人心肝。猞猁也有可怜的一面，他想，也许该给它留条生路。他想起了父亲的话，凡事要适可而止。他对自己说，自己是不是太狠了，自己和刘大牙他们总是埋怨胡所长狠，想一想，其实在对待猎物上，自己比胡所长更狠。也罢，如果套住猞猁而猞猁又不做抵抗，就解开猎套将其放生，反正我套住你，就等于打败了你。他想起当年父亲放走四匹狼的情景，狼能放，作为大山之灵的猞猁更应该放。想到这儿，他心里快慰许多，周边的地仿佛也温暖了许多。

忽然，他看见有灰色的一团出现在沟里，动作缓慢，走走停停。他吃了一惊，这家伙从哪里冒出来的？这团灰色是反方向来的，并非来自悬崖边，他一时有些转向，如果它叼了羊羔朝反方向跑，悬崖边那个兜底的暗套就落空了。

灰色的一团在榛窠丛边停下来，似乎在观察。他揉揉眼，却怎么也看不清，便悄悄站起身。灰色的一团异常警惕，大概听到了什么，猛地蹿起来，回头要跑，这时，只听“砰”的一声枪响，灰色的一团瘫在了雪地上。这一枪也把金虎吓了一跳，回头一看，高老大端着猎枪走出来，他顾不得与高老大搭腔，快步跑过去察看。

雪地上那灰色的一团不是猞猁，是一只三条腿的狐狸，狐狸被击中了后腰，正痛苦地抽搐。

“怎么是只狐狸？”高老大提着枪站在一边问。

他起身一把夺过高老大手里的猎枪，低声道：“为啥要用枪，这会出大事儿你知道吗？”

高老大认识一枪飙，解释说：“这不是我的枪。”

“你不是四林区的猎手吗？怎么跑这儿来了？莫叉玛让你来的？”金虎不知道高老大是苗魁请来的，还以为是莫叉玛派他来猎猞。

“莫叉玛？”高老大愣了愣，“莫叉玛死了，死人怎么会派我来，是苗总叫我来帮忙的。”

苗魁跑过来，朝金虎点了点头。金虎明白了，原来苗魁和高老大一直在身后跟着自己。

“莫叉玛死了？”他有点不相信自己的耳朵。

“死好几天了，狂犬病，被狗咬了没打疫苗，死得挺惨，见光抽筋，见水发飙。他连襟姜大先生也出事了，听说和你们三林区盗伐案有牵连。”

姜大先生和盗伐案有牵连，难道他是盗伐水曲柳的背后主谋？金虎心想，果真如此的话，这个所谓的拿线高手原来一直在把别人当皮影耍。

金虎看了苗魁一眼，“姜大先生和莫叉玛连自己的事都没看明白，他们的话你还信吗？”

苗魁很意外，如果金虎不问，他还不知道莫乂玛已经去世，姜大先生也出了事。在他印象里，姜大先生热心，莫乂玛神秘，怎么也没想到两人会是这样一个下场。

“现在我们摊上事了，不仅动了枪，而且还打死了狐狸，”金虎说，“打狐狸本身就触碰了猎手的忌讳，你身为猎手，难道不懂吗？”

“我没看清是狐狸，还以为是猞猁呢。”高老大也觉得窝囊。

苗魁满脸通红，鼻尖像一只红辣椒，胸脯快速起伏着，他做梦也没想到实施了小半年的猎猞计划，却被一只狐狸捉弄了。

“几次吃鸡的原来是这只有残疾的灰狐狸。”苗魁声音有些变调儿。

这三脚狐简直成精了！金虎也颇感意外，万万没想到与自己捉迷藏的一直是这只受过伤的狐狸。都说狐狸聪明，看来此言不虚，猎套很少套到狐狸就很能说明问题，是那条残腿保护了这只狐狸，猎套被触发时，本来应该套住的前肢恰恰是个空当。这只因失血而死去的狐狸，在垂死中努力将头朝向了悬崖的方向。

“狐死首丘，它的窝应该在悬崖上。”金虎对高老大说，“你犯的忌，你去把狐狸埋了吧。”

高老大问：“就埋在雪地里？”

金虎点点头。

高老大是猎手，懂得站上人狩猎的规矩，金虎特意嘱咐道：“头的朝向别变。”

苗魁把工兵锹递给高老大，高老大走到灰狐狸旁边，在雪地上拢了拢雪，将灰狐狸掩埋起来，然后将雪拍实，像抹灰一样又抹了抹，以防雪被风吹走。

看来猞猁的确是迁走了，很可能母猞猁叼回小猞猁的当天就迁到了对面的保护区。金虎起身道：“到此为止吧，我一枪飙以为自己多能耐，没想到被一只三条腿的狐狸给耍了。”

三个人都无比失落，榛窠丛中那只羊羔又叫了起来。金虎对苗魁说：“莫乂玛死了，让他把冥冥之中的猞猁帽带走吧，说不定在那边真能驱鬼辟邪。”

苗魁一句话也说不出来，今天的事被他搞砸了，他不但是猎狳计划的终结者，而且成了狐狸恶作剧终结者，但所有的终结都没有价值。

金虎说：“小占鳌的事我想过，你让弟妹改改习惯，白天少哄他睡，把生物钟正过来。”

三个人正要转身返回，一声断喝从身后传来：“都别动！”

是胡所长！金虎怀抱猎枪紧闭双眼，大脑跳出一片雪花。苗魁和高老大傻子般站在原地不敢动。

胡所长过来一把夺过猎枪挎在自己肩上，又走过去摸了摸高老大的腰，他没理苗魁，而是来到金虎跟前，熟练地下了金虎靴子里的攮子，看着一脸尴尬的金虎说：“不愧是一枪飙啊，够准！”

金虎愣了一下，诚恳地道：“你赢了，我心服口服。”

“输赢是另一回事，你顶风作案可是摊上了大事，不过我挺佩服你，我差点就信了你。”胡所长有些得意，“说实话，我真不想咱俩在事儿上见。”

金虎伸出双手，意思是让对方把他铐起来。胡所长摇摇头，“算了，天黑路滑，戴着手铐怎么走？”

金虎问：“你是怎么跟踪到我的？”

“两军对垒永远是你中有我，我中有你。”胡所长实话实说，“你必须正视现实，一枪飙的辉煌已经彻底终结。”

金虎明白了，自己和苗魁进山，没有躲过胡所长的监控，不过，没有了电子眼，胡所长靠什么监控的呢？

“我知道你还下了暗套，”胡所长说，“信不信我能把它找出来。”

胡所长说完，独自走向悬崖边的浅沟，浅沟尽头埋着金虎设的暗套。金虎有些纳闷，电子眼已经关闭，胡所长怎么会发现他设的暗套呢？他不敢往下想，难道关闭电子眼是个阴谋？难道真的自己在明处，而猞猁、三脚狐和胡所长都在暗处，自己成了被观看的一帧皮影？

胡所长大踏步走过去，在走到埋葬灰狐狸的那个地方时，因为雪被踩得平滑，胡所长脚下一滑，刺溜一下，只听“咣当”一声，眼看着胡所长双臂伸展，肩上那支猎枪高高抛起落在雪地上，人却顺着浅沟滑下崖去了。

“糟了！”金虎快步跑过去，探头往下看，发现胡所长右脚被猎套套住，大头朝下倒悬在悬崖上。应该是跌落时碰到了头部，胡所长失去了知觉，头上的棉警帽也掉了。

“快过来帮忙！”他招呼苗魁和高老大，三人用尽全力才把胡所长拉了上来。金虎摘下自己的貉皮帽给胡所长戴上，胡所长头上在渗血，月光下血色是黑的。他把胡所长抱在怀里，一边呼叫一边掐着人中。

过了一会儿，胡所长慢慢睁开眼，看了看他，又看了看苗魁和高老大，喃喃地说：“咱还是事儿上见了。”说完，想挣扎着起来，腰却明显不吃力。“我走不了了。”他痛苦地说。

“我背你下山。”金虎蹲下身，让苗魁把胡所长扶上身背起来，对苗魁说，“把羊羔也抱上。”苗魁过去抱了羊羔，几个人深一脚浅一脚地开始往山下走。

走出不远，胡所长在他的耳边轻声说着什么，他听了几遍才听清楚，胡所长是说：“别忘了猎枪，那是物证。”

走下四方台南坡，地势开始平坦。金虎感到后背上的胡所长呼吸均匀了许多，便问：“好些了吗？”

“换个人背吧，别把你累坏了。”胡所长有气无力地说。

“我是输家，背你下山符合情理。”金虎说的是心里话。

胡所长说：“知道你输在哪里吗？”

“输在错把三脚狐当成了猞猁。”金虎怎么也没想到，自己这个有着北障猎神之称的一枪飙，竟然让一只狐狸给耍了。

“不是，你错在轻信上。”

“咋回事？”

“是唐胖子把一切都告诉了我。”胡所长的声音很低，低得只有金虎才能听得到。

金虎眼前一黑，狠狠闭了一下眼才恢复常态，他想到了这种可能，但一直说服不了自己。他想到了那两瓶剑南春，想到了唐胖子那张饱满的脸，唐胖子成了三林区猎手间传统友谊的终结者，该结束的一切都结束了。金虎说："胖子的做法可以理解，他是对你负责，因为他很快就要转正了嘛。"金虎故意把话说得漫不经心，尽管他的心头在滴血。

"我已经改变主意了，转正指标给六子，"胡所长说，"是六子对你的忠诚打动了我。"

金虎忽然就想起不知谁说过的一句话：没有忠诚，能力一文不值。

胡所长又迷迷糊糊睡过去，金虎让苗魁给六子打个电话，让他赶快告诉小汪副所长，就说胡所长受伤了，安排车到杨树门等着，好尽快送医院。

金虎背着胡所长下山，不让高老大和苗魁替换，只允许他们在身后帮着扶一扶。实在累得走不动，就靠在树上歇一下然后接着赶路。出了林子走上公路，灯光明亮的杨树门就在前方，金虎看到了杨树门下停着派出所那辆老旧的桑塔纳，车旁站着一群人，有小汪副所长，有六子、冯麻秆、刘大牙、宋老三和李库，没想到先前说要一醉方休的唐胖子和林警官也在。人群奔跑着迎过来，金虎忽然感到一阵眩晕，喉咙里涌上一股咸咸的液体，这液体像麻药一般，他感到自己如同那只中枪的灰狐狸，一下子瘫倒下去。

警车将两人同时送去了林区医院。